Sarah Glicker
Craving You. Henry & Lauren

Das Buch
Rich Girl meets Biker mit düsterer Vergangenheit
Lauren ist im Luxus aufgewachsen und hat immer getan, was ihre Eltern von ihr verlangt haben. Doch dann begegnet sie Henry und plötzlich ist alles anders. Der sexy Biker mit seinen Tattoos und der rebellischen Einstellung fasziniert Lauren vom ersten Augenblick an. Als er sie um ein Date bittet, sagt sie zu, obwohl sie weiß, dass es ein Fehler ist, sich auf ihn einzulassen. Immer weiter wird sie in seine Welt aus Verlangen, Lust und Gefahr hineingezogen. Bis die Grenzen zwischen richtig und falsch schließlich verschwimmen und sie nicht mehr weiß, wem sie trauen kann …

Die Autorin
Sarah Glicker, geboren 1988, lebt zusammen mit ihrer Familie im schönen Münsterland. Für die gelernte Rechtsanwaltsfachangestellte gehörten Bücher von Kindesbeinen an zum Leben. Bereits in der Grundschule hat sie Geschichten geschrieben. Als Frau eines Kampfsportlers liebt sie es, Geschichten über attraktive Bad Boys zu schreiben.

Sarah Glicker

Craving You. Henry & Lauren

Roman

Forever by Ullstein
forever.ullstein.de

Originalausgabe bei Forever
Forever ist ein Verlag
der Ullstein Buchverlage GmbH, Berlin
Oktober 2018 (1)

© Ullstein Buchverlage GmbH, Berlin 2018
Umschlaggestaltung:
zero-media.net, München
Titelabbildung: © FinePic®
Innengestaltung: deblik Berlin
Gesetzt aus der Quadraat Pro powered by pepyrus.com
Druck- und Bindearbeiten: CPI books GmbH, Leck

ISBN 978-3-95818-305-6

Teil 1

1

—•◆•—

Seufzend lasse ich meinen Kopf auf das Lenkrad meines Mercedes Coupés sinken. Seit einer Ewigkeit stehe ich nun schon im Stau und es ist kein Ende in Sicht. Dabei hätte ich eigentlich schon vor einer halben Stunde bei meiner Freundin Jennifer sein sollen, um die Aufzeichnungen der Kurse mit ihr durchzugehen.

In drei Monaten haben wir endlich die alles entscheidenden Prüfungen und damit unser Medizinstudium abgeschlossen. Jetzt kann ich nur noch hoffen, dass ich auch wirklich so gut abschließe, wie ich es mir wünsche.

»Verdammt«, fluche ich, als ich mich prüfend nach rechts und links umsehe. Nirgends erkenne ich die kleinste Lücke, durch die ich meinen Wagen lenken könnte. Dabei ist der doch gar nicht so groß.

Es sind nur noch wenige Meter bis zur nächsten Kreuzung, an der ich abbiegen müsste, um endlich aus diesem Chaos zu entkommen. Mir schießen ein paar Flüche durch den Kopf, die ich gerade nur zu gerne gerufen hätte und die eindeutig nicht jugendfrei sind. Aber das kann ich mir in letzter Sekunde gerade verkneifen. *Es würde ja doch nichts bringen*, überlege ich, während ich wenige Zentimeter nach vorne rolle. *Da kann ich mir die Mühe auch sparen.*

Stattdessen hebe ich meine Hand und löse das Gummi, das meine langen blonden Haare zusammenhält und kämme sie einige Male mit den Fingern durch. In der Vergangenheit habe ich gelernt, dass es besser für meine Nerven ist, wenn meine Finger in solchen Situationen etwas zu tun haben.

Nachdem ich mich wieder einigermaßen beruhigt habe, greife ich in meine Tasche und wühle solange darin herum, bis ich mein Handy gefunden habe. Schnell entferne ich die Displaysperre und scrolle durch das Telefonbuch, bis ich den Namen meiner Freundin gefunden habe. Dann drücke ich auf das grüne Symbol und halte mir das Telefon ans Ohr.

»Hi, Süße. Wo bleibst du? Ich warte schon auf dich«, begrüßt mich Jenny, noch bevor ich die Chance habe, etwas zu sagen.

»Hi«, erwidere ich, wobei ich den genervten Unterton in meiner Stimme nicht unterdrücken kann.

»Was ist los?«, fragt sie mich sofort alarmiert.

»Ich stehe mitten im Stau. Eigentlich sind es nur noch zehn Minuten, dann wäre ich bei dir, aber ich komme weder vor noch zurück.«

»Aber du kommst doch, oder?« In ihrer Stimme höre ich Unsicherheit. Kurz runzle ich die Stirn, doch ich beschließe, dass ich nicht weiter darauf eingehen werde. »Es kann sich nur noch um Stunden handeln, aber irgendwann werde ich bei dir sein«, antworte ich ihr.

»Jetzt übertreib mal nicht. Zum Glück habe ich heute nichts anderes mehr vor.«

Vor meinem inneren Auge sehe ich, wie sie mit den Schultern zuckt. Dieses Bild entlockt mir ein leises Lachen. »In diesem Fall bin ich mir nicht so sicher, ob ich wirklich übertreibe.«

Jennifer ist das genaue Gegenteil von mir, sie ist unter völlig anderen Umständen aufgewachsen als ich. Mein Vater ist Chefarzt in einer Privatklinik. Und nicht in irgendeiner, sondern in der berühmtesten an der Westküste. Jennys Dad hingegen gehört eine Autowerkstatt.

Am Anfang fanden meine Eltern es nicht gut, dass ich mich mit ihr treffe. Um genau zu sein, waren sie dagegen. In ihrer privilegierten Welt darf man nur mit Menschen derselben Gesellschaftsschicht verkehren. Doch in diesem Fall habe ich meinen Willen durchgesetzt. Genauso wie später bei meiner Wohnung.

»Dann sieh mal zu, dass du hier ankommst, damit wir lernen können. Wenn ich mich vorhin nicht verhört habe, haben meine Eltern entschieden, dass sie grillen wollen, sodass auch für unser leibliches Wohl gesorgt ist.«

Bei ihren Worten bildet sich ein leichtes Lächeln auf meinem Gesicht. Ich liebe meine Eltern, trotzdem ist es immer wieder schön, Zeit mit Jenny und ihrer Familie zu verbringen. Bei ihnen ist alles so viel entspannter als bei meiner Familie. Während meine Eltern sehr darauf bedacht sind, was ihre Freunde von ihnen halten, habe ich bei Jenny einfach Spaß.

»Ich beeil mich.« Mehr sage ich nicht, sondern lege auf.

Kaum ist mir ein leiser Seufzer über die Lippen gedrungen, kommt wieder etwas Bewegung in die Schlange, sodass ich meinem Ziel ein paar Meter näher rücke.

Allerdings sind es wirklich nur ein paar Meter.

Eine halbe Stunde später halte ich endlich vor dem Haus von Jennifers Eltern. In der Auffahrt zur Garage parkt ihr Wagen, während sich mitten auf dem Rasen, der den Vorgarten ziert, zwei Motorräder befinden. Ich weiß, dass das rote ihrem Bruder Lukas gehört. Er arbeitet zwar in der Werkstatt seines Vaters und wohnt auch noch zu Hause, ist aber nicht sehr oft hier. Meistens trifft er sich mit seinen Kumpels oder verbringt seine Zeit bei Motorradrennen, bei denen er auch mal als Mechaniker einspringt. Wem das zweite gehört, weiß ich nicht, aber es zieht meine Aufmerksamkeit auf sich. Es ist pechschwarz. Aufkleber oder bunte Bilder gibt es keine.

Nachdem ich meinen Wagen am Straßenrand abgestellt habe, ziehe ich den Schlüssel heraus, greife nach meiner Tasche mit den Unterlagen und steige aus. Kaum habe ich das gekühlte Innere verlassen, schlägt mir die warme Luft entgegen. In der gleichen Sekunde fange ich wieder an zu schwitzen.

Bevor ich mich in Bewegung setze, werfe ich noch einen Blick auf die Maschine. Sie sieht geheimnisvoll aus, und obwohl ich keine Ahnung von Motorrädern habe, erkenne ich, dass diese Maschine Power hat.

Mit schnellen Schritten gehe ich über den Kiesweg durch den Vorgarten auf das Haus zu. Doch noch bevor ich die Tür erreicht habe, öffnet sie sich und Jenny streckt ihren Kopf heraus. »Da bist du ja endlich.« Ich höre den erleichterten Unterton in ihrer Stimme, gehe aber nicht darauf ein. Stattdessen bleibe ich dicht vor ihr stehen und umarme sie. Als ich mich von ihr löse, lächelt sie mich an. »Ich habe schon gedacht, ich müsse den Verstand verlieren. Meinem Bruder und seinem Kumpel zuzuhören ist echt nicht lustig.« Während sie spricht, verdreht sie die Augen, und ich muss lachen.

»Ach komm schon. Ich weiß, dass du jede Minute mit Lukas genießt«, wende ich ein. Obwohl die beiden Geschwister sich gerne gegenseitig aufziehen, halten sie doch zusammen und sind unzertrennlich.

»Ja, du hast recht. Aber von zwei Typen umgeben zu sein, die beide meinen, sie wären die größten Helden der Stadt, ist nicht einfach. Zwei Alpha-Männchen, wie sie im Buche stehen. Ohne weibliche Unterstützung steuere ich geradewegs in eine Katastrophe hinein. Zum Glück sind sie erst gekommen, nachdem du angerufen hattest.«

»Und wieso bist du nicht in dein Zimmer geflüchtet?«, erkundige ich mich.

»Ich muss doch wissen, über wen die beiden lästern. Wie soll ich denn sonst auf dem Laufenden bleiben?« Geschockt verzieht Jenny das Gesicht.

Sie und Lukas verstehen sich gut mit ihren Eltern. Und das nicht nur oberflächlich, wie es bei mir und meiner Familie der Fall ist. Ich bin mir sicher, dass ihre Mom und ihr Dad alles über sie wissen. Genauso, wie sie ihre Kinder bei allem unterstützen. Zumindest hatte ich bis jetzt diesen Eindruck. Und ich kenne Jenny schon seit einigen Jahren.

Jenny macht einen Schritt zur Seite, damit ich ins Haus treten kann. Im Gegensatz zu draußen ist es hier drin beinahe dunkel. Es dauert ein paar Sekunden, bis sich meine Augen an die Lichtverhältnisse gewöhnt haben, doch dann sehe ich wieder klar und deutlich. Der Flur geht direkt ins Wohnzimmer über, beide bilden einen großen Aufenthaltsraum. Jennys Eltern haben ihn in einem dunklen Braun gestrichen, was dem Haus eine gemütliche Atmosphäre verschafft. Ich finde, dass das Ambiente perfekt zu Jennifer und ihrer Familie passt.

»Mein Dad hat gesagt, dass wir sein Arbeitszimmer benutzen dürfen. Da können wir uns am großen Tisch breitmachen und keiner stört uns.« Während Jenny spricht, schließt sie die Tür hinter mir und geht voraus zur Küche. »Willst du was trinken?«

»Wasser, danke«, antworte ich und folge ihr.

»Es führen so viele Wege von der Uni hierher und du nimmst ausgerechnet die Straße, in der es sich staut«, sagt Jenny seufzend und dreht sich dabei zu mir.

Ich kann das belustigte Funkeln in ihren Augen genau erkennen und lache leise. »Glaub mir, ich hätte mir auch in den Hintern beißen können. Das war aber nicht vorhersehbar. Schließlich ist es eigentlich der kürzeste Weg.«

»Das nächste Mal fährst du am besten außen herum. Dann bist du zwar ein paar Minuten länger unterwegs, aber auf der sicheren Seite.«

Während Jenny spricht, geht sie mit großen Schritten auf die Tür zu, hinter der sich die Küche befindet. Kaum hat sie die geöffnet, dringen die Stimmen von zwei Männern an meine Ohren. Die eine gehört ihrem älteren Bruder Lukas. Die andere kann ich nicht zuordnen. Deswegen gehe ich davon aus, dass sie dem Besitzer des zweiten Motorrads gehört.

Der raue Klang der zweiten Stimme dringt mir durch Mark und Bein. Ich spüre, wie mein Herz schneller schlägt. Meine Hände beginnen sogar zu zittern. So etwas habe ich noch nie erlebt. Die Stimme meines Freundes Jonathan schafft es auf jeden Fall nicht, mich so sehr aus dem Gleichgewicht zu bringen. Bisher hat mir noch kein Mann so eine Reaktion entlockt, und schon gar nicht einer, den ich nicht kenne.

Langsam, ein wenig zögerlich, betrete ich hinter meiner Freundin den Raum.

Sofort entdecke ich Lukas. Er hat sich lässig gegen die Küchenschränke gelehnt und dabei die Arme vor der Brust verschränkt. Seine

Haare stehen ihm wirr vom Kopf ab, sodass es aussieht, als wäre er gerade erst aufgestanden. Auf seiner weiten Jeans kann ich ein paar Ölflecken erkennen. Auch sein eigentlich helles Shirt ist nicht mehr sauber.

Sein Aussehen zeigt, dass er gerade aus der Werkstatt kommt oder irgendwo anders an seinem Motorrad gebastelt hat.

Als er mich sieht grinst er mich von einem Ohr bis zum anderen frech an. »Hi, Lauren«, begrüßt er mich gut gelaunt.

So kenne ich ihn. Manchmal habe ich das Gefühl, als würde es nichts geben, was ihm die Laune verderben könnte. Ich kann mich nicht daran erinnern, dass ich ihn jemals mit schlechter Laune gesehen hätte.

»Hi«, gebe ich zurück, nachdem ich stehen geblieben bin.

»Du siehst fantastisch aus. Die Hose steht dir.« Noch während er spricht, schaut er mich von oben bis unten an, als hätte ich ein Vorstellungsgespräch. Und auch seine Tonlage passt dazu.

»Danke«, antworte ich leise und versuche ihm auszuweichen, was aber gar nicht so einfach ist.

Ja, ich gebe zu, dass ich nicht oft Komplimente bekomme. Schon gar nicht von einem Mann. Jonathan sieht mich meistens nur anerkennend an. Aber sagen tut er nichts. Und das, obwohl ich es gerne mal aus seinem Mund hören würde. Aber dafür ist er viel zu beherrscht, wie er es selber nennen würde. Deswegen brauche ich mir da überhaupt keine Hoffnung zu machen. Das ist ein weiterer Beweis für unsere merkwürdige Beziehung, falls man es überhaupt so nennen kann.

Bei dem Gedanken kann ich es mir gerade noch verkneifen, dass mir ein enttäuschter Seufzer über die Lippen dringt.

»Fahrt ihr noch mal in die Werkstatt?«, fragt Jenny nun und lenkt ihren Bruder so von mir ab, worüber ich froh bin.

Obwohl ich mich gut mit Lukas verstehe ist es mir doch etwas unangenehm, wenn er so etwas zu mir sagt. Er zwinkert mir noch einmal zu, ehe er sich zu seiner Schwester dreht.

»Nein, wir werden hierbleiben. Wir können auch in der Garage ein wenig schrauben. Ihr braucht euch also keine Gedanken zu machen, dass euch jemand entführt. Wir passen auf euch auf.«

Beim Klang der Stimme drehe ich mich ruckartig um. In der Sekunde, in der ich ihn erblicke, verschlägt es mir den Atem. Am Küchentisch sitzt ein Mann, der vielleicht drei oder vier Jahre älter ist als ich. Lässig hat er sich nach hinten gelehnt, während er mich betrachtet. Ich kann seinen Gesichtsausdruck nicht deuten, würde ihn aber nicht als herausfordernd einstufen. Dafür strahlt er zu viel Ruhe aus. Ruhe, um die ich ihn beneide. Denn mir fehlt sie definitiv. Ich fühle mich, als hätte ich die Nacht durchgefeiert, so aufgedreht bin ich.

Es kommt mir wie eine Ewigkeit vor, bis ich mich wieder gefangen habe. Doch dann schlucke ich und betrachte ihn ein wenig genauer. Sein weißes Shirt ist so eng, dass ich jeden einzelnen Muskel darunter erkennen kann. Und das sind nicht gerade wenige. Seine Oberarme machen den Eindruck, als würde er gerne und viel ins Fitnessstudio gehen. Und ich bin mir sicher, der Rest seines Körpers steht dem in nichts nach.

Doch das ist es nicht, was meine Aufmerksamkeit auf sich zieht. Auch nicht das unwiderstehliche Grinsen, das er mir nun schenkt, oder die kleinen Fältchen, die sich dabei um seine Augen bilden.

Es sind eher die zahlreichen Tattoos, die ich auf seinen Armen erkennen kann. Ein paar von ihnen sind größer, andere etwas kleiner. Manche sind bunt, andere bestehen nur aus schwarzer Tinte. Als ich sie genauer betrachte frage ich mich, ob sie irgendeine Bedeutung für ihn haben. Doch das werde ich wohl so schnell nicht erfahren. Ich kenne ja bis jetzt nicht einmal seinen Namen. Aber das ändert nichts daran, dass ich kurz nicht weiß, was ich sagen soll. Mein Gehirn hört für wenige Sekunden auf zu arbeiten, sodass ich es schon fast bereue, dass ich ihn mir näher angesehen habe.

»Darf ich dir meinen Freund Henry vorstellen?«, fragt Lukas mich und reißt mich so aus meinen Gedanken, bevor ich etwas sagen konnte.

Kurz schaue ich zu Lukas, bevor ich mich wieder zu seinem Freund drehe.

»Henry, das ist Lauren, eine Freundin von Jenny. Ich glaube, ihr kennt euch noch nicht.«

»Nein, daran würde ich mich mit Sicherheit erinnern«, erwidert Henry und steht auf.

Stumm schaue ich ihm dabei zu, wie er auf mich zukommt. So sehr ich es mir auch wünsche, ich bin nicht in der Lage, mich zu bewegen oder irgendetwas zu erwidern. Es kommt mir sogar so vor, als würden meine Füße darauf bestehen, an Ort und Stelle Wurzeln zu schlagen.

»Freut mich«, erklärt Henry mit fester Stimme, als er vor mir stehen bleibt. Dabei streckt er seine Hand nach mir aus.

Kurz betrachte ich sie, als würde ich abwägen wollen, was passieren kann, wenn ich sie berühre. Doch da ich mir da selber nicht so sicher bin, komme ich zu keinem eindeutigen Ergebnis.

Langsam hebe ich meinen Kopf und schaue wieder in sein Gesicht. Ich bemerke, dass er mich genau beobachtet. Irgendwie habe ich das Gefühl, als könnte er meine Gedanken lesen, obwohl mir klar ist, dass das Quatsch ist. Er kennt mich ja schließlich nicht. Genauso wenig wie ich ihn.

Wie von alleine hebt sich meine Hand. Als sich unsere Finger berühren, bereue ich es jedoch sofort. Die Luft zwischen uns beginnt zu knistern und mir wird schwindelig. Für einen kurzen Moment habe ich das Gefühl, als würde ich gleich umkippen, geradewegs in seine Arme. Doch da lässt er meine Hand schon los, sodass ich auch mein Gleichgewicht wiederfinde.

»Mich auch«, gebe ich zurück, als mir klar wird, dass ich noch nichts gesagt habe. Dabei versuche ich, meine Stimme so normal wie möglich klingen zu lassen. Aber ob mir das wirklich gelingt, weiß ich nicht.

Eine Weile ist es ruhig in der Küche. Mir ist klar, dass Jenny und Lukas uns wahrscheinlich beobachten. Aber so sehr ich es auch versuche, ich kann mich einfach nicht von Henry abwenden. Der Mann hat mich in seinen Bann gezogen.

»Na gut«, sagt Jenny schließlich. Beim Klang ihrer Stimme zucke ich erschrocken zusammen und reiße mich von Henry los. »Tut uns aber bitte einen Gefallen und seid nicht so laut. Wir müssen lernen«, erklärt sie und drückt mir eine Wasserflasche in die Hand.

»Versprochen, Schwesterherz. Du wirst keinen Mucks von uns hören.« Ein letztes Mal sieht Lukas in meine Richtung. Ich habe das Gefühl, als würde er mir stumm irgendetwas sagen wollen. Doch noch bevor ich herausfinden kann, was es ist, wendet er sich von mir ab. »Komm, lass uns die Maschinen in die Garage bringen.« Mit diesen Worten stößt er sich von der Arbeitsplatte ab und bedeutet seinem Freund, dass er ihm folgen soll.

Henry grinst mich an. Doch in der nächsten Sekunde hat er sich bereits umgedreht und folgt Lukas aus dem Haus.

Kurz bleibe ich noch stehen, ehe ich mich wieder meiner Freundin zuwende. Doch ich habe noch immer sein Gesicht vor Augen und spüre das Gefühl seiner Finger auf meiner Haut.

Als ich es endlich schaffe, das Bild von ihm zur Seite zu schieben, merke ich, dass Jenny mich beobachtet. Ein amüsierter Ausdruck hat sich in ihre Miene geschlichen.

»Henry ist Single«, klärt sie mich auf.

»Und?«, frage ich nach. Dabei versuche ich so zu erscheinen, als hätte ich keine Ahnung, wovon sie spricht.

Aber leider weiß ich das nur zu genau. Sie hat in der Vergangenheit schließlich nie ein Geheimnis daraus gemacht, was sie von Jonathan hält.

»Nichts, ich dachte nur, dass es vielleicht interessant sein könnte.« Unschuldig zuckt sie mit den Schultern.

Ich überlege, ob ich sie daran erinnern soll, dass ich mehr oder weniger in einer Beziehung stecke. Ja, mehr oder weniger. Denn es gibt tatsächlich Momente, in denen ich mir da nicht so sicher bin. Um genau zu sein, habe ich die meiste Zeit keine Ahnung. Allerdings habe ich mir das in der Vergangenheit nicht anmerken lassen, und ich habe nicht vor, damit ausgerechnet jetzt anzufangen.

»Und Jonathan ist übrigens ein Langweiler«, fügt sie hinzu und tut dabei so, als würde sie gähnen.

»Das hattest du schon gesagt«, erwidere ich.

»Henry und Lukas verbindet eine echte Männerfreundschaft«, fährt sie fort, als hätte sie die vorherige Bemerkung nie gesagt.

»Männerfreundschaft?«

»Ja, die beiden kennen sich schon ewig. Früher haben seine Eltern nur ein paar Häuser weiter gewohnt, bevor sie in das Haus seiner Großeltern gezogen sind, was sie geerbt haben. Und obwohl ihre Interessen nicht ganz die gleichen sind, sind sie immer noch die besten Freunde.«

Es dauert eine Weile, bis ihre Worte bei mir angekommen sind. Doch dann hebe ich meine Brauen und sehe sie fragend an. »Wie meinst du das?«

»Man könnte sagen, dass Lukas die Maschinen repariert, die Henry zu Schrott fährt.«

Da ich noch immer keine Ahnung habe, wovon meine Freundin spricht, kann ich nicht verhindern, dass sich ein irritierter Ausdruck auf meinem Gesicht breitmacht.

»Henry fährt Motorradrennen.«

Ich bin mir sicher, hätte ich gerade einen Schluck Wasser genommen, dann hätte ich mich verschluckt. Ich war ja irgendwie auf alles gefasst, aber damit habe ich nun wirklich nicht gerechnet.

Jennys Stimme hört sich so an, als wäre es das Normalste auf der Welt. Aber ich bin mir sicher, dass es nicht so ist. Mechaniker zu sein, so wie Lukas, das ist normal. Aber Rennfahrer? Nur die Wenigsten wollen das. Zumal es alles andere als ungefährlich ist.

»Motorradrennen?«, frage ich nach einer Ewigkeit, um sicher zu gehen, dass ich sie richtig verstanden habe. Denn ich muss zugeben, dass ich es noch immer nicht glauben kann.

»Ja, er ist sogar sehr gut.«

Meine Augen werden immer größer, während ich mich zur Tür drehe, durch die die beiden Männer gerade verschwunden sind.

Motorradrennen.

Ich brauche eine Weile, bis ich die Bedeutung dieses Wortes wirklich verstanden habe. Doch dann würde ich mir am liebsten in den Hintern treten.

Bei so einem Beruf bin ich mir sicher, dass die Frauen ihm reihenweise zu Füßen liegen. Und obwohl ich nie zu solchen Weibern gehören wollte, die Sportler aus der Ferne anhimmeln, habe ich es unwissentlich doch geschafft. Und zwar in dem Moment, in dem er meine Hand in seiner hielt.

Noch immer kann ich seine Haut an meiner spüren, was mich nervös werden lässt. Da ich mir bewusst bin, dass Jenny mich aufmerksam betrachtet, presse ich die Lippen aufeinander. Damit will ich verhindern, dass etwas aus meinem Mund dringt, was ich früher oder später bereuen würde.

»Ist alles in Ordnung? Du siehst so komisch aus«, fragt Jenny mich, nachdem ich auch nach einer gefühlten Ewigkeit nichts gesagt habe.

So unauffällig wie möglich schüttle ich den Kopf und bekomme mich wenigstens wieder ein wenig in den Griff. »Ja, alles bestens«, antworte ich ihr und bin stolz auf mich, weil ich die Worte ohne Probleme herausbekomme.

»Lass uns an die Arbeit gehen. Sonst werden wir heute überhaupt nicht mehr fertig.«

Einen Augenblick lang sieht sie mich noch an, als würde sie etwas sagen wollen. Und leider kann ich mir nur zu gut vorstellen, was ihr durch den Kopf geht. Aber sie sagt nichts, wofür ich ihr dankbar bin. Stattdessen nickt sie nur und geht voraus in das Arbeitszimmer ihres Vaters.

2

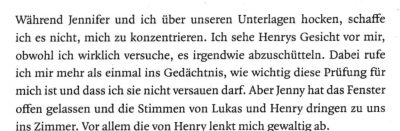

Während Jennifer und ich über unseren Unterlagen hocken, schaffe ich es nicht, mich zu konzentrieren. Ich sehe Henrys Gesicht vor mir, obwohl ich wirklich versuche, es irgendwie abzuschütteln. Dabei rufe ich mir mehr als einmal ins Gedächtnis, wie wichtig diese Prüfung für mich ist und dass ich sie nicht versauen darf. Aber Jenny hat das Fenster offen gelassen und die Stimmen von Lukas und Henry dringen zu uns ins Zimmer. Vor allem die von Henry lenkt mich gewaltig ab.

Jedes Mal, wenn er etwas sagt, läuft ein Schauer über meinen Rücken. Die Tatsache, dass er mich so beschäftigt, macht mir ein wenig Angst. Vor allem, weil wir uns kaum richtig unterhalten haben.

Am liebsten würde ich alles stehen und liegen lassen und verschwinden, nur damit ich endlich wieder ruhiger werde. Doch mir ist klar, dass das wahrscheinlich merkwürdig wäre, weswegen ich es mir gerade noch verkneifen kann. Jenny würde mir danach Fragen stellen, bei denen ich mir nicht sicher bin, ob ich die passenden Antworten darauf kenne.

Trotzdem zucke ich jedes Mal zusammen, wenn Henry wieder etwas sagt. Das geht die nächsten drei Stunden so, bis ich schließlich die Stimmen von Jennys Eltern höre. Sie unterhalten sich auf dem Hof mit den beiden Jungs und fragen sie, wann sie fertig sind.

»Okay«, sagt Jenny ernst und lässt dabei ihren Stift sinken. »Würdest du mir nun endlich sagen, was mit dir los ist? So bist du doch sonst nicht.« Abwartend betrachtet sie mich.

»Was soll denn mit mir los sein?«, stelle ich die Gegenfrage, um wenigstens noch ein paar Sekunden Zeit zu gewinnen.

»Das frage ich dich. Seitdem du hier bist, bist du schon so merkwürdig. Liegt es vielleicht an Henry?«

»Nein«, sage ich schnell und versuche dabei so energisch wie möglich zu klingen.

»Und was ist es dann?« Mit diesen wenigen Worten macht sie mir klar, dass ich ihr nicht ausweichen kann.

»Es ist eher, dass ich kein medizinisches Wort mehr lesen kann.« Während ich spreche, streiche ich mir ein paar Haare aus dem Gesicht und lasse mich nach hinten sinken.

»Deine Eltern sollten aufhören, dich so unter Druck zu setzen. Ich finde, sie können stolz darauf sein, dass du in den letzten Jahren so viel erreicht hast. Schließlich bist du Jahrgangsbeste und gehst neben dem Studium noch im Krankenhaus arbeiten, damit du deine Wohnung finanzieren kannst.«

Ich brauche sie nicht anzusehen, um zu wissen, dass sie sauer ist. Aber irgendwie hat Jenny auch recht. Meine Eltern haben hohe Erwartungen an mich. Schließlich wollen sie, dass ich in der Klinik meines Vaters anfange. Und diesen Erwartungen gerecht zu werden ist nicht einfach.

Trotzdem glaube ich nicht, dass sie es mit Absicht machen. Sie sind selber mit diesem Leistungsdruck groß geworden und geben ihn nun an mich weiter.

»Hm«, brumme ich zur Antwort, da ich nicht weiß, was ich sonst sagen soll.

»Ich bin mir sicher, dass du eine gute Ärztin werden wirst. Egal, ob du die Noten hast, die deinen Eltern vorschweben oder nicht. Die Patienten im Krankenhaus werden sich glücklich schätzen können, dich zu haben«, erklärt Jenny und versucht, mich ein wenig aufzubauen.

»Ach, und du wirst keine gute?«, frage ich sie, während ich meine Sachen zusammenräume.

»Doch, aber nicht so wie du. Was mit Sicherheit auch daran liegt, dass mein Dad nicht der Chefarzt einer Privatklinik ist.«

»Und was soll das heißen?«

»Du hast es einfach im Blut.«

Nachdenklich schaue ich an ihr vorbei, um mich wieder zu sammeln. Unwissentlich hat sie mit ihren Worten eine wunde Stelle in meinem Inneren erwischt. Auch Jonathan hatte mich schon einmal darauf angesprochen und mich gefragt, ob ich, wenn ich die Chance hätte, auch im städtischen Krankenhaus arbeiten würde. Wo ich nicht so viel verdiene. Damals habe ich mit *Ja* geantwortet und meine Meinung hat sich nicht geändert.

Nachdem sie mich noch einmal kurz betrachtet hat, nickt Jenny und steht auf. Schweigend folge ich ihr.

Durch die große Glastür treten wir einige Sekunden später vom Wohnzimmer hinaus auf die Terrasse.

»Braucht deine Mom Hilfe?«, frage ich Jenny, nachdem ich mich zu ihr umgedreht habe. Doch sie kommt nicht mehr dazu etwas zu sagen, da in diesem Moment Schritte hinter uns zu hören sind.

»Nein, ich brauche keine Hilfe. Setzt euch bloß hin und genießt die Ruhe. Nach den letzten Tagen habt ihr es verdient.« Erschrocken drehe ich mich zu Ann herum und sehe, dass sie nur wenige Schritte hinter mir steht. Ihre Stimme ist streng und gibt mir zu verstehen, dass sie keinen Widerspruch duldet.

»Sicher?«, frage ich sie trotzdem. Ich habe ein schlechtes Gewissen dabei, sie alles alleine machen zu lassen.

»Sonst würde ich es nicht sagen.« Ann stellt ein paar Schüsseln auf den Tisch, die mit unterschiedlichen Salaten gefüllt sind.

Als ich mich zu Jenny wende bemerke ich, dass sie sich bereits auf einen der Stühle gesetzt hat und nun mit den Schultern zuckt.

Kurz frage ich mich, ob ich nicht einfach in die Küche gehen soll, doch bereits in der nächsten Sekunde entscheide ich mich dagegen. Ich weiß eigentlich, dass Ann sich darüber freut, wenn sie sich um alle kümmern kann. So war sie schon immer. Jenny hat mir erzählt, dass sie ihre Arbeit geschmissen hat, als sie erfuhr, dass sie mit Lukas schwanger war. Und seitdem ist sie nur noch Hausfrau. Auch heute geht sie noch darin auf, wenn sie sich um alle kümmern darf.

Ich lasse mich auf den Stuhl sinken, der meiner Freundin gegenüber steht. »Ich weiß, dass es dir schwerfällt, aber genieß einfach ein wenig die Ruhe und tank Kraft für die nächsten Vorlesungen. Oder für die nächste Unterhaltung mit deinen Eltern. Je nachdem, was zuerst kommt.« Aufmunternd lächelt sie mich an. Mir kommt es so vor, als wüsste sie genau, was in meinem Kopf vor sich geht. Sie kennt mich schon seit ein paar Jahren. Und in manchen Dingen kennt sie mich sogar besser, als ich mich selber.

»Dann wohl eher das Gespräch mit meiner Mom.«

Kaum habe ich ausgesprochen, höre ich, wie die Garagentür, die in den Garten führt, geöffnet wird. Neugierig drehe ich mich um und beobachte Henry und Lukas dabei, wie sie sich uns langsam nähern. Sie unterhalten sich über irgendetwas. Doch da sie sich noch zu weit entfernt befinden, verstehe ich kein einziges Wort.

Trotzdem muss ich ihn einfach ansehen. Henrys Bewegungen sind leicht, aber sie strotzen nur so vor Kraft.

»Du magst ihn«, dringt Jennys Stimme an meine Ohren.

»Wen?«, frage ich, obwohl ich mir bereits denken kann, wen sie meint.

»Henry«, antwortet sie, als würde sie mich für bescheuert erklären wollen, weil ich überhaupt gefragt habe.

»Darf ich dich daran erinnern, dass ich ihn überhaupt nicht kenne? Man kann also nicht unbedingt sagen, dass ich ihn mag. Er wirkt nett, ja. Aber ich würde nicht so weit gehen und das behaupten.«

»Okay, vielleicht ist es das falsche Wort. Aber mir ist vorhin schon aufgefallen, dass da etwas zwischen euch ist.« Ihr Ton klingt verschwörerisch und sie zwinkert mir sogar einmal zu.

»Nein, ich glaube nicht.«

Da die beiden Männer sich schon in Hörweite befinden, sagt Jenny nichts weiter dazu. Das hindert sie aber nicht daran, mir noch stumm zu verstehen zu geben, dass sie mir kein Wort glaubt.

»Na, habt ihr schön gelernt?«, fragt Lukas, nachdem er sich neben seine Schwester an den Tisch gesetzt hat.

»Nur weil du zu faul dafür bist, heißt das nicht, dass ich es auch sein muss«, zieht Jenny ihren Bruder auf und streckt ihm kurz die Zunge raus.

»Ich würde es nicht als zu faul bezeichnen.«

»Sondern?«

»Ich bin der Meinung, dass es wichtigere Dinge gibt, als stundenlang irgendwelche Fachbegriffe zu lernen.« Lukas grinst von einem Ohr zum anderen, während er nach einem Stück Brot greift und abbeißt.

Ich will ihn gerade fragen, ob er während seiner Ausbildung nicht auch lernen musste, als ich merke, dass Henry sich direkt neben mich setzt.

Meine Nackenhaare stellen sich auf und mein Atem geht schneller. Alles um mich herum verschwimmt. Ich nehme nur noch ihn wahr, obwohl die Stimmen unserer Freunde weiterhin laut und deutlich zu hören sind.

Während wir darauf warten, dass Jennys Dad das fertige Fleisch auf den Tisch stellt, unterhalten die drei sich über irgendetwas. Ich bin viel zu sehr damit beschäftigt, meine Reaktion auf diesen Mann zu beherrschen, als dass ich etwas zur Unterhaltung beitragen könnte. Stattdessen spiele ich mit dem Wasserglas in meiner Hand. Aber diese Technik scheint nicht zu funktionieren. Ich bin nervös. Und daran ist nur Henry schuld. Wenigstens das kann ich mir eingestehen.

»Und was ist mit dir?«, fragt Lukas mich.

»Was soll mit mir sein?«, erwidere ich, da ich keine Ahnung habe, wovon sie gesprochen haben.

»Du hast noch nie erzählt, was du nach deinem Studium am liebsten machen würdest. Und ich meine damit deinen Wunsch und nicht den deiner Eltern.« Abwartend sieht er mich an. Auch Jenny und Henry betrachten mich.

Ich kann nicht verhindern, dass mir bei seiner Frage ein wenig schwindelig wird. Die Tatsache, dass Lukas mich gut genug kennt, um den Unterschied zwischen den Wünschen meiner Eltern und meinen zu wissen, wirft mich ein wenig aus der Bahn. Ich habe nie mit ihm darüber gesprochen.

»Ärztin werden, was sonst?«, antwortet Jenny an meiner Stelle.

Mit den Lippen forme ich ein lautloses *Danke*, was sie mit einem Lächeln quittiert.

»So Kinder, das Essen ist fertig«, unterbricht uns Bill, Jennys und Lukas' Dad, als er mit zwei riesigen Schüsseln in der Hand zu uns kommt.

»Ich glaube nicht, dass wir noch in dem Alter sind, in dem man uns als Kinder bezeichnen kann«, erklärt Lukas, während er sich den Teller vollschaufelt.

»Für Eltern werden ihre Kinder immer Kinder bleiben«, erwidert Ann. »Egal wie alt sie sind.« Wir alle schauen zu ihr, doch niemand sagt etwas.

Bill gibt keine direkte Antwort, sondern lacht nur.

So verläuft das ganze Essen. Lukas und Henry ziehen sich gegenseitig auf, während ich die meiste Zeit ruhig bin. Jenny versucht mich zwar in ein Gespräch zu verwickeln, aber so wirklich funktioniert das nicht. Ich bin in meiner eigenen Welt, in der ich irgendwie ignoriere, dass Henry neben mir sitzt.

Das scheint auch Jenny zu merken. Sie verpasst mir einen kräftigen Tritt unter dem Tisch und nickt dabei mit dem Kopf in Richtung Henry.

Kurz schaue ich ihn an und merke dabei, dass er sich nur wenige Zentimeter von mir entfernt befindet. Das sorgt dafür, dass meine Nervosität schlagartig zurückkommt. Falls sie überhaupt verschwunden war. So sicher bin ich mir da nicht.

Fast schon krampfhaft versuche ich, mir das Gesicht von Jonathan in Erinnerung zu rufen, aber es klappt nicht. Beinahe kommt es mir so vor, als würde ich überhaupt nicht wissen, wie er aussieht. Ich kann mich nicht einmal an den Klang seiner Stimme erinnern.

»Darf ich?«, fragt Henry mich im nächsten Moment und zeigt dabei auf die Salatschüssel, die neben mir steht.

»Sicher«, gebe ich zurück. Dabei versuche ich so gut es geht auszublenden, dass mein Mund trocken wird.

Als er mich dann auch noch anlächelt, bin ich mir sicher, dass ich irgendeinen Blödsinn machen werde, wenn ich nicht schnell etwas Abstand zu ihm bekomme. Aus diesem Grund reiche ich die Schüssel an ihn weiter und wende mich dann von ihm ab.

Als ich mich um neun Uhr abends von Jenny verabschiede, bin ich völlig fertig mit den Nerven. Und das habe ich nur der Tatsache zu verdanken, dass Henry in den letzten Stunden keine Gelegenheit ausgelassen hat, um mir näher zu kommen. Auf jeden Fall kommt es mir so vor, denn wirklich sicher bin ich mir nicht.

»Bis morgen«, verabschiedet sich Jenny von mir und schließt mich kurz in ihre Arme. »Lass dich einfach drauf ein. Henry gehört zu den Guten.«

Mir liegen ein paar Antworten auf der Zunge, doch da Henry sich mit Ann in unserer Nähe befindet, ziehe ich es vor zu schweigen.

»Ich werde auch verschwinden. Morgen ist wieder ein langer Tag für mich«, verkündet Henry. Er verabschiedet sich von allen und verlässt nach mir das Haus.

»Lauren, warte mal«, ruft er hinter mir, als ich meinen Wagen erreiche. Zögerlich drehe ich mich zu ihm herum. Dabei stütze ich mich an der Motorhaube ab, da ich die Befürchtung habe, dass ich sonst das Gleichgewicht verliere. »Kann ich dir helfen?«, frage ich ihn.

Mit seinem Motorradhelm in der Hand steht er nur ein paar Schritte von mir entfernt und betrachtet mich ausführlich. Mir ist klar, dass ihm keine meiner Regungen entgeht. Wie schon in der Küche hat er auch jetzt eine Anziehungskraft auf mich, der ich mich nicht entziehen kann. Ich würde sogar sagen, dass sie dieses Mal noch stärker ist. Schließlich sind wir alleine. Weder Jenny noch Lukas können mich jetzt noch retten.

Mit einem frechen Grinsen auf dem Gesicht kommt er näher. Am liebsten würde ich einen Schritt zurückweichen. Doch ich tue es nicht. Ich lasse nicht zu, dass er mich einschüchtert.

»Ich habe mich nur gefragt, ob du morgen Abend vielleicht schon etwas vorhast.«

Ich ziehe scharf die Luft ein. Ich suche in seinem Gesicht nach Anzeichen dafür, dass er seine Frage nicht ernst meint, doch ich finde nichts.

Nichts!

Abwartend steht er vor mir und sieht mich an. Dabei hat er die freie Hand in der Tasche seiner Lederjacke vergraben, was ihn noch ein wenig geheimnisvoller aussehen lässt.

In meinem Kopf schwirren so viele Gedanken herum, dass ich gar nicht mehr weiß, wo oben und unten ist. Normalerweise fragen Männer wie er Mädchen wie mich so etwas nicht. Nach meinen Erfahrungen machen solche Typen, die Gefährlichkeit ausstrahlen, einen großen Bogen um mich.

»Nein«, antworte ich schließlich, nachdem ich meine Sprache wiedergefunden habe.

Auch wenn es nur ein einziges Wort ist, scheint es ihm zu reichen. Ich sehe, wie sich ein kleines Lächeln auf seine Gesichtszüge schleicht, bei dem mir warm ums Herz wird.

»Hast du vielleicht Lust, mit mir spazieren zu gehen? Wir könnten uns unterhalten, oder etwas anderes machen. Mir egal.«

Ich kann nur schwer verheimlichen, dass ich nicht mehr hinterherkomme. Langsam nimmt mein Gehirn wieder die Arbeit auf und verarbeitet die Worte, die gerade noch aus seinem Mund gekommen sind.

»Spazieren?«, erkundige ich mich. Im nächsten Moment merke ich, dass es wohl doch besser gewesen wäre, wenn ich meinen Mund gehalten hätte, so dünn klingt meine Stimme.

»Ja.«

Denk an Jonathan. Der Typ, der einmal dein Mann werden soll.

Doch der Gedanke hilft nicht. Ich verspüre trotzdem eine gewisse Vorfreude, als ich daran denke, mich mit Henry alleine zu treffen. An einem Ort, wo wir nicht von seinem besten Freund und meiner besten Freundin umgeben sind, die uns mehr als nur etwas beobachten.

»Gerne«, murmle ich also ein wenig verlegen und schaue dabei an Henry vorbei. Ich habe mich mit diesem Mann kaum vernünftig unterhalten, und trotzdem lasse ich mich auf eine Verabredung mit ihm ein. Dass das wahrscheinlich nicht meine beste Idee ist, ist mir klar. Aber es ist, als würde mein Körper einen eigenen Willen haben, wenn Henry so vor mir steht, wie er es gerade tut. »Gibst du mir deine Nummer? Dann melde ich mich morgen bei dir. Ich weiß leider noch nicht, wann ich von der Arbeit wegkomme.«

Die Unsicherheit, die ich in seiner Stimme höre, überrascht mich ein wenig. Er ist nicht der Typ Mann, von dem ich das erwarten würde. Kurz schaue ich ihn irritiert an, bevor ich meine Hand ausstrecke und ihm so signalisiere, dass er mir sein Telefon geben soll.

Ohne sich von mir abzuwenden greift er in die Hosentasche und zieht es heraus.

Während ich meine Nummer einspeichere, denke ich immer wieder daran, dass es ein Fehler ist. Und dafür gibt es mehr als einen Grund. Aber keiner erscheint mir in diesem Moment wirklich sinnvoll zu sein.

Als ich ihm das Handy zurückgebe, streifen seine Finger über meine. Ein elektrischer Schlag durchfährt mich, der mir den Atem raubt. Wenn ich vorhin schon dachte, dass ich ein Problem habe, dann habe ich mich geirrt. Denn das war noch nichts im Vergleich zu jetzt.

So unauffällig wie möglich schüttle ich meinen Kopf, um mich wieder zu sammeln, ehe ich mich räuspere. Aber auch damit kann ich den Kloß, der sich in meinem Hals gebildet hat, nicht loswerden.

Henry beugt sich ein Stück vor und gibt mir einen kurzen Kuss auf die Wange.

Beim Gefühl seiner warmen Lippen auf meiner Haut schließen sich wie von alleine meine Lider, so sehr genieße ich diese freundschaftliche Berührung.

Ich weiß nicht, ob ich will, dass er sich schnell wieder von mir entfernt oder nicht. Einerseits lässt diese harmlose Berührung mich nervös werden. Andererseits sehne ich mich nach mehr. Doch als er sich ein

Stück zurückzieht, kommt es mir vor, als wäre diese Berührung viel zu schnell vorbei gewesen.

Um mich zu sammeln betrachte ich das Haus hinter ihm, wodurch ich Jenny entdecke. Sie steht am Wohnzimmerfenster und beobachtet mich zufrieden. Als sie bemerkt, dass ich sie gesehen habe, streckt sie beide Daumen nach oben.

Ich kneife ein wenig meine Augen zusammen, um ihr klarzumachen, dass sie verschwinden soll. Doch sie gehorcht mir nicht. Stattdessen bleibt sie stehen und macht kein Geheimnis daraus, dass sie nicht vorhat, sich abzuwenden.

»Man sieht sich«, erklärt Henry und sorgt so dafür, dass ich ihn wieder ansehe.

Ein letztes Mal zwinkert er mir noch zu, ehe er sich den Helm aufsetzt und sein Bein über die schwere Maschine schwingt. Mit einem lauten Dröhnen erwacht sie in der nächsten Sekunde zum Leben, sodass ich kurz erschrocken zusammenzucke. Da ich aber weiß, dass Jenny mich noch immer beobachtet, zwinge ich mich dazu, ruhiger zu werden. Dann schaue ich ihm dabei zu, wie er den Ständer nach oben schiebt und vom Hof fährt.

Ich bleibe so lange neben meinem Auto stehen, bis er aus meinem Sichtfeld verschwunden ist. Dann drehe ich mich zum Haus um. Ein breites Grinsen hat sich auf Jennys Gesicht geschlichen. Sie strahlt von einem Ohr bis zum anderen.

Beinahe kommt es mir so vor, als hätte ihr Schwarm sie gerade um ein Date gebeten.

Aber wenigstens hat Lukas es nicht bemerkt, überlege ich. Ich schaue mich suchend um, um mich zu vergewissern, dass er auch wirklich nicht in der Nähe ist. Doch dass ich ihn nicht entdecke, ist nur ein schwacher Trost. Ich bin mir sicher, dass Jenny ihm davon erzählen wird.

Ich strecke ihr die Zunge heraus und steige in meinen Wagen. Nachdem ich mich hinters Steuer gesetzt habe, schnalle ich mich an und verschwinde ebenfalls.

3

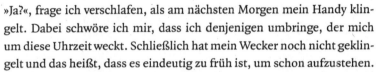

»Ja?«, frage ich verschlafen, als am nächsten Morgen mein Handy klingelt. Dabei schwöre ich mir, dass ich denjenigen umbringe, der mich um diese Uhrzeit weckt. Schließlich hat mein Wecker noch nicht geklingelt und das heißt, dass es eindeutig zu früh ist, um schon aufzustehen.

»Lauren?«, dringt die Stimme von Jonathan durch den Hörer an mein Ohr.

Mist, denke ich, während ich mich gleichzeitig aufrecht hinsetze. Obwohl er mir nie einen Anlass dafür gegeben hat so zu reagieren, kann ich es mir doch nicht verkneifen.

»Ist alles in Ordnung?«, fragt er weiter, ohne mir Gelegenheit zu geben, auf seine erste Frage zu antworten, falls das überhaupt eine war.

»Ja, mir geht's bestens. Du hast mich nur geweckt«, erwidere ich schnell. Dabei fahre ich mir mit der Hand über das Gesicht, um wenigstens einen kleinen Teil meiner Müdigkeit zu vertreiben.

»Oh«, höre ich ihn nun leise sagen. »Ich habe gedacht, dass du schon wach bist.«

Noch während er spricht, kontrolliere ich die Uhrzeit. Halb fünf.

»Nein, aber in einer halben Stunde wäre ich es gewesen.« Noch bevor ich den Satz zu Ende gesprochen habe, beiße ich mir auf die Zunge. Er kam schärfer raus, als ich es beabsichtigt hatte. Zumal ich an seiner Stimme höre, dass etwas nicht stimmt. Normalerweise klingt er nämlich nicht so kleinlaut, sondern platzt mit der Tür direkt ins Haus.

»Sorry«, murmle ich.

»Kein Problem, ist ja meine Schuld. Eigentlich wollte ich dich nur fragen, ob wir uns nach deiner letzten Vorlesung treffen wollen. Ich muss etwas mit dir besprechen.«

Bei seiner Bitte verschlucke ich mich. Hustend versuche ich mich wieder in den Griff zu bekommen, was allerdings gar nicht so einfach ist.

»Ist wirklich alles in Ordnung?«, fragt Jonathan mich schließlich.

»Ja, ich habe mich nur verschluckt.« Da ich noch nie gut im Lügen war, ziehe ich es vor, nichts weiter dazu zu sagen.

»Würde es denn klappen?«, fragt er nun, ohne auf meine Worte einzugehen. Einerseits bin ich froh darüber, andererseits muss ich zugeben, dass ich es doch schön gefunden hätte, wenn er es kurz gemacht hätte.

»Ich kann heute leider nicht«, erkläre ich ihm dennoch.

»Oh, was hast du denn vor?«

Ich hasse es, dass er so neugierig ist. Vor allem deswegen, weil ich keine Ahnung habe, was ich ihm erzählen soll. Ich kann ihm ja schließlich nicht die Wahrheit sagen. Obwohl wir eine Abmachung haben und eine offene Beziehung führen, fühlt es sich gerade doch falsch an, es ihm zu sagen. »Ich bin mit Freunden verabredet«, antworte ich ihm also. Das ist wenigstens nicht ganz gelogen. Auch wenn es nicht mehrere Freunde sind, sondern nur einer. Und ich ihn nicht unbedingt als Freund bezeichnen würde.

»Mit Freunden?« Die Skepsis in seiner Stimme ist nicht zu überhören. Das ist mal wieder ein Beweis dafür, dass ich nicht lügen kann. Nicht einmal am Telefon. Aber auch, wenn das nicht der Fall wäre, wüsste ich, dass er nicht begeistert ist. Das hat nichts mit der Verabredung zu tun, sondern nur damit, dass ich ihn versetze.

»Wir wollen ein wenig lernen«, sage ich noch und hoffe, dass er es darauf beruhen lässt. Ich will mich nicht mit ihm darüber unterhalten und möglicherweise noch einen Streit vom Zaun brechen. Es würde mir nur die gute Laune versauen, die ich habe, wenn ich daran denke, dass ich mich später mit Henry treffe. Die Schmetterlinge werden in meinem

Bauch wach. Ein warmes Gefühl macht sich in mir breit, als ich an sein Lächeln denke.

Scheiße, denke ich und verfluche mich im selben Moment dafür. Ich telefoniere gerade mit dem Mann, der irgendwann einmal mein Ehemann sein wird, und denke an einen anderen.

Ich weiß nicht genau, wann ich zu so einer Frau geworden bin, aber gerade wünsche ich mir, dass es nicht so wäre.

»Soll ich dich später abholen? Wir haben uns die ganze Woche noch nicht gesehen.«

Um ehrlich zu sein, bin ich ihm in den letzten Tagen mit Absicht aus dem Weg gegangen. Ich wollte ihn einfach nicht sehen. Jonathan ist kein schlechter Mensch. Aber in seiner Gegenwart habe ich immer das Gefühl, als müsste ich mich verstellen. Und das ist etwas, was ich nicht mag. Obwohl man eigentlich davon ausgehen müsste, dass gerade er mich besser kennt als alle anderen. Schließlich kennen wir uns schon, seitdem wir klein waren.

Auch wenn ich es nur ungern zugebe, aber meine Verabredung mit Henry kommt mir gerade recht. »Das brauchst du nicht. Ich fahre mit meinem Wagen. Außerdem weiß ich nicht, wie lange es dauern wird.«

Eine Weile ist es ruhig in der Leitung. Nur das Geräusch seines Atems dringt zu mir durch.

Um mich von der Stille abzulenken, stehe ich auf und ziehe die Rollos nach oben, sodass die Sonne hereinscheinen kann.

»Okay«, murmelt Jonathan schließlich, als es mir schon vorkommt, als hätte er aufgelegt.

Eigentlich sollte ich ihm jetzt sagen, wie leid es mir tut und dass ich ihn gerne treffen würde. Aber irgendetwas an seiner Stimme sorgt dafür, dass ich hellhörig werde. Mir ist klar, dass es mir wahrscheinlich nur so vorkommt, aber ich finde, dass er sich beinahe erleichtert anhört. Allerdings kann ich mir das nicht vorstellen. Wieso sollte er darüber erleichtert sein? Schließlich hatte er mich doch angerufen und nicht umgekehrt.

Trotzdem werde ich das Gefühl nicht los, dass irgendetwas nicht stimmt. Kurz überlege ich, ob ich ihn danach fragen soll. Doch ich schiebe meine Neugier zur Seite und konzentriere mich wieder auf unsere Unterhaltung. »Demnächst wird es bestimmt ruhiger werden«, sage ich.

»Wenn du Zeit hast, kannst du dich ja bei mir melden. Ich werde mich nun auch mal wieder an die Arbeit machen. Ich wünsche dir einen schönen Tag, Lauren.«

»Ich dir auch«, erwidere ich und lege auf.

Mit einem Stirnrunzeln schaue ich das Telefon in meiner Hand an. »Was war das?«, frage ich mich leise. Seine Verschlossenheit bereitet mir Kopfzerbrechen.

Ich drehe mich um und gehe in mein Badezimmer, um mich fertig zu machen.

Um meine Wohnung zu finanzieren, arbeite ich halbtags im städtischen Krankenhaus in der Anmeldung. Meine Eltern hatten kein Geheimnis daraus gemacht, dass sie mir zwar das Studium finanzieren, allerdings der Meinung sind, dass ich bei ihnen wohnen sollte. Dagegen habe ich mich jedoch von Anfang an gesperrt. Ich wollte endlich mein eigenes Leben führen und dabei nicht immerzu Rücksicht auf die beiden nehmen müssen. Schließlich bin ich eine erwachsene Frau, und so will ich mich auch fühlen.

Es stört mich nicht, dass ich im Krankenhaus arbeite. Ich mache den Job gerne, und es ist ein schöner Ausgleich zum ständigen Lernen. Außerdem habe ich dort einige Ärzte kennengelernt, die mich zwischendurch mit auf Visite nehmen, wenn gerade nichts zu tun ist. Und dafür bin ich ihnen sehr dankbar. Dadurch hatte ich die Gelegenheit, vieles zu lernen, was man in der Uni nicht beigebracht bekommt. Und dafür bin ich ihnen sehr dankbar.

Als ich um ein Uhr mittags endlich vor der Uni stehe, kommt es mir vor, als wäre es noch heißer als gestern. Der Himmel ist strahlend blau und die Sonne scheint auf mich herunter. Wobei brennen es eher trifft, denn ich habe das Gefühl, als würde ich schmelzen.

»Hi«, dringt die laute Stimme von Jenny zu mir durch. Suchend drehe ich mich um und entdecke sie schließlich ein paar Schritte von mir entfernt. Sie kommt auf mich zu und grinst mich dabei von einem Ohr bis zum anderen an.

»Na«, begrüße ich Jenny und umarme sie kurz.

Meine Freundin betrachtet mich aufmerksam. Sie sieht mich an, als würde ich heute irgendwie anders aussehen als sonst. Ich warte darauf, dass sie etwas sagt, es passiert aber nichts. Stattdessen bleiben ihre Lippen verschlossen. »Was ist?«, frage ich sie schließlich.

»Hm«, macht sie nur. Schlagartig wird mir klar, dass sie auf meine Unterhaltung gestern mit Henry anspielt.

Ich spüre, wie mir das Blut ins Gesicht schießt, während Jenny nach meiner Hand greift und mich hinter sich herzieht. Trotzdem versuche ich ein neutrales Gesicht aufzusetzen. »Du weißt genau, was ich hören möchte«, erklärt sie mir. »Es bringt dir also nichts, wenn du die Unwissende spielst.«

»Okay, ich weiß es. Ich habe aber wirklich keine Ahnung, was du von mir hören willst.«

Ruckartig bleibt sie stehen und dreht sich zu mir um. Sie sieht mich an, als würde sie mich fragen wollen, ob ich wirklich so blöd bin, wie ich gerade tue. Und in diesem Moment wünsche ich mir, dass ich es bin.

»Er hat dir sein Handy in die Hand gedrückt. Und ich würde wetten, dass du ihm deine Nummer gegeben hast.« Sie wackelt mit den Augenbrauen. »Und?«, fährt sie fort, nachdem ich keine Anstalten mache, etwas zu sagen.

»Was?«

»Wann seht ihr euch wieder?« Ihre Stimme klingt ungeduldig. Ich sehe ihr an, dass sie genervt davon ist, mir jedes Wort einzeln aus der Nase ziehen zu müssen.

»Woher willst du wissen, dass wir uns verabredet haben?«, stelle ich die Gegenfrage, während ich mir einen Weg durch die vielen anderen Studenten im Treppenhaus suche. Dabei versuche ich auszublenden, dass Jenny mich noch immer ansieht, als hätte ich sie nicht mehr alle.

»Weil ich dich kenne. Du kannst es von mir aus auch freundschaftliche Verbundenheit nennen.«

Ich muss mir auf die Lippen beißen, damit ich nicht anfange zu lachen. »Dann müsstest du auch wissen, dass ich Jonathan habe.«

Ich habe noch nicht einmal ausgesprochen, da höre ich schon einen lauten Gähner neben mir. »Willst du wirklich die Frau an der Seite dieses Langweilers werden? Außerdem hat Henry dich geküsst.«

Ruckartig bleibe ich mitten im Gang stehen, sodass sich die anderen nun einen Weg um uns herum suchen müssen. »Okay«, gebe ich schließlich nach. »Henry will sich bei mir melden, sobald er von der Arbeit wegkann. Aber erwähne bitte nie wieder diesen harmlosen Kuss. Du weißt, dass hier überall Leute sind, die meinen Dad kennen«, ermahne ich sie.

»Versprochen«, gibt sie zurück und legt dabei die Hand auf ihr Herz. »Nun aber wieder zu Henry. Zugegeben, er verdient eine Menge Geld mit dem, was er macht, aber ich würde es nicht unbedingt als Arbeit bezeichnen. Eher als Hobby, mit dem er sich seinen Lebensunterhalt verdient.«

Stumm gebe ich ihr zu verstehen, dass ich mir darüber bewusst bin, womit er sein Geld verdient. Und ja, Arbeit kann man es wahrscheinlich wirklich nicht nennen.

»Er ist wirklich einer der Guten, sonst hätte ich dir das gestern nicht gesagt. Glaub mir: Henry gehört nicht zu den Fahrern, die eine Frau nach der anderen haben. Darum brauchst du dir keine Gedanken zu machen. Wenn er ein Arsch wäre, dann hätte ich dafür gesorgt, dass du einen großen Bogen um ihn machst.«

»Das ist gut zu wissen.« Ich weiß, dass Jenny es ernst meint. Sie ist meine beste Freundin, obwohl wir in so vielen Dingen verschieden sind.

»Okay, ich spüre, dass du etwas hast und ich kann mir vorstellen, was es ist. Deswegen nimm meinen Rat an. Vergiss Jonathan, wenigstens ein einziges Mal. Nur für ein paar Stunden. Vergiss auch das Studium und deine Eltern. Schalte deinen Kopf aus. Hab einfach Spaß. Glaub mir, du wirst es nicht bereuen.«

Während wir weitergehen denke ich über ihre Worte nach. Ich überlege, ob ich mich wirklich so merkwürdig verhalte, weil ich Angst habe. Ja, ich muss zugeben, dass es passen würde. Schließlich war immer sicher, dass ich Jonathan heiraten werde. Aus diesem Grund hatte ich auch nie eine ernsthafte Beziehung mit jemand anderem angestrebt.

Dass es da plötzlich einen zweiten Mann gibt, der nur mit seiner Anwesenheit dafür sorgt, dass die Schmetterlinge in meinem Bauch wach werden, war nie geplant. *Oh Mann*, schießt es mir durch den Kopf, als mir klar wird, dass Jenny recht hat.

»Du denkst schon wieder. Ich will ja nichts sagen, aber das machst du eindeutig zu oft. Henry mag dich, sonst hätte er dich nicht um eine Verabredung gebeten. Und ich werde jetzt mit Absicht nicht Date sagen, damit du nicht schon wieder denkst.«

»Ich denke, damit ich die richtigen Entscheidungen treffen kann.«

»Ach komm. Die einzige Entscheidung, die du bisher allein getroffen hast, war auszuziehen, und die war super.«

Obwohl ich weiß, dass Jenny es nicht böse meint, zucke ich doch zusammen. Natürlich hat sie recht. Meistens überlege ich zu viel und bin einfach nicht in der Lage meinen Kopf auszuschalten.

»Hör einfach mal auf dein Herz. Dann wirst du auch das Richtige tun. Alte Gewohnheiten gegen neue austauschen und so.«

»Hast du den Spruch aus einem Glückskeks?«, frage ich sie, um die Stimmung ein wenig zu heben. Allerdings gelingt mir das nicht richtig. Es fällt mir schwer über ihre Bemerkungen hinwegzusehen, weil sie genau ins Schwarze getroffen hat. Und das weiß sie auch.

»Nein, das sagt meine Mom immer, und es stimmt. Die meisten meiner Entscheidungen fälle ich mit dem Herzen. Manche mögen mich deswegen für bescheuert erklären, aber für mich war dieser Weg immer der beste.« Mit einem zufriedenen Grinsen im Gesicht betrachtet sie mich.

Schweigend betreten wir den Raum, in dem die Vorlesung stattfindet. Kurz frage ich mich, ob ich mich wieder an meinen angestammten Platz in der ersten Reihe setzen soll. Doch dann kommt mir Jennys

Ansprache in den Kopf und ich entscheide mich dagegen. Als eine der Besten meines Jahrgangs werde ich es bestimmt verkraften, wenn ich mich mal weiter nach hinten setze. Aber ich bin mir eh sicher, dass ich heute nicht so viel mitbekommen werde, was ich dem Professor nicht auch noch unter die Nase halten will. Deswegen drehe ich mich nach rechts und setze mich in eine andere Reihe.

»Okay«, höre ich die verwirrte Stimme von Jenny, als sie mir folgt.

Da ich genau weiß, was gerade in ihrem Kopf vor sich geht, bin ich froh darüber, dass sie nicht weiter darauf eingeht. Ehrlich gesagt wüsste ich auch nicht, was ich sagen sollte.

Ich weiß ja selber nicht, was mit mir los ist.

Gestern auf dem Weg zu Jenny war noch alles in Ordnung. Doch in der Sekunde, in der ich Henry über den Weg gelaufen bin, hat sich alles geändert. Und ich weiß nicht, ob das gut oder schlecht ist. Und ehrlich gesagt bin ich noch nicht soweit, mich damit zu beschäftigen.

Während der Vorlesung schweige ich die meiste Zeit. Mit meinen Gedanken bin ich bei Henry und seinem verführerischen Lächeln.

Allein die Erinnerung an seine Stimme und das Gefühl was ich gespürt habe, als er mir nahe war, lassen meine Nervosität noch steigen.

Aber ich stelle mir auch vor, was er wohl mit mir vorhat. Wahrscheinlich ist es total unfair Jonathan gegenüber, aber Jenny hat recht. Dieses eine Mal werde ich auf mein Herz hören.

Erschrocken zucke ich zusammen, als ich spüre, wie mein Handy vibriert. Prüfend drehe ich mich zu Jenny, doch sie scheint nichts mitbekommen zu haben. Konzentriert betrachtet sie das Schaubild, was der Professor auf den Projektor gelegt hat und notiert sich etwas dazu.

Als ich erneut spüre, wie mein Handy sich meldet, senke ich meinen Blick und entferne die Displaysperre.

Bleibt es bei unserem Date?

Mehr steht da nicht. Kein *Hallo* oder *Wie geht es dir?* Nur fünf kleine

Worte, die doch so eine große Wirkung auf mich haben. Ich spüre, wie mein Herz schneller schlägt und sich wieder die Vorfreude in mir ausbreitet.

Ich nehme mir ein paar Sekunden Zeit, um meine zitternden Hände zu beruhigen, da ich sonst nicht die richtigen Tasten treffen würde.

»Schreib nicht zu viel«, flüstert Jenny mir zu, die sich ein Stück nach hinten lehnt.

Mit gerunzelter Stirn schaue ich sie an.

»Zum einen sieht es dann nicht gleich so aus, als würdest du ihn in Grund und Boden quatschen wollen, und zum anderen hält er sich doch auch kurz. Wieso solltest du dann einen Roman schreiben?« Um ihre Worte zu unterstreichen verzieht sie ein wenig das Gesicht.

»Kannst du dir wirklich vorstellen, wie ich jemanden in Grund und Boden quatsche?«, frage ich sie.

»Nö, aber das weiß er doch nicht.«

Ich unterdrücke ein Lachen. Ich bin niemand, der einem anderen einen Knopf ans Ohr labert. Ich bin aber auch bekannt dafür, irgendeinen Quatsch von mir zu geben, wenn ich das Gefühl habe, mit einer Situation überfordert zu sein. Das alles weiß Henry nicht. Und ich kann mir vorstellen, dass es genug Frauen gibt, die ihn in Grund und Boden reden, wenn er ihnen gegenübersteht. Um genauso wortkarg zu wirken wie er, entscheide ich mich dafür, ihm nur ein Wort zu schicken.

Sicher.

Es dauert nur wenige Sekunden, bis ich eine neue Nachricht bekomme.

Wie wäre es, wenn wir uns gegen fünf am Pier treffen?
Wir könnten ein wenig Riesenrad fahren, oder
Zuckerwatte essen.

Mir entfährt ein leiser Seufzer. Vor meinem inneren Auge bildet sich ein Bild, wie wir Hand in Hand an den Ständen entlanglaufen und lachen.

Doch schnell verbanne ich diesen Wunsch wieder in die hinterste Ecke meines Bewusstseins. Obwohl ich zugeben muss, dass es eine schöne Vorstellung ist, scheint er mir nicht der Typ Mann zu sein, der so etwas macht. Egal wie sehr Jenny meint, dass er zu den Guten gehört. So unauffällig wie möglich schüttle ich meinen Kopf.

Da war ich schon lange nicht mehr.

Ich weiß nicht, wieso ich das zugegeben habe, aber im nächsten Moment bereue ich es. Doch ich komme nicht mehr dazu, darüber nachzudenken, da mein Telefon eine neue Nachricht anzeigt.

Dann sehen wir uns dort!

Mein Finger schwebt über den Buchstaben. Da ich aber nicht weiß, was ich zurückschreiben soll, lasse ich es lieber sein.

»Hat Henry wieder geschrieben?«, fragt mich Jenny.

Ich war so auf mein Display konzentriert, dass ich gar nicht gemerkt habe, wie sie sich zu mir gedreht hat.

Erschrocken zucke ich zusammen und schaue sie an. Ein geheimnisvolles Grinsen erscheint auf ihren Lippen, was ich nur zu genau kenne. Sie schmiedet schon wieder irgendwelche Pläne. Normalerweise würde ich sie jetzt danach fragen, aber in diesem Fall will ich es gar nicht so genau wissen.

»Ja, das war er«, antworte ich also vorsichtig.

»Und?«, erkundigt sie sich, während sie weiterschreibt.

»Wir treffen uns später am Pier.«

Schlagartig hebt sie ihren Kopf und sieht mich überrascht an. Für einen winzigen Moment kommt es mir so vor, als hätte ich ihr gesagt, dass ich schwanger bin. Die Reaktion würde auf jeden Fall passen.

Dann klatscht sie plötzlich begeistert in die Hände. Dabei gibt sie einen Ton von sich, von dem ich mir sicher bin, dass ich ihn vorher noch nie gehört habe. In der gleichen Sekunde drehen sich alle zu uns um und schauen uns fragend an.

»Entschuldigung«, murmle ich und verpasse meiner Freundin unter dem Tisch einen Tritt. Aber auch das bringt sie nicht zum Verstummen. Jenny kichert wie ein kleines Schulkind, und es gelingt mir kaum, sie zu beruhigen.

Den Rest der Stunde bin ich noch unkonzentrierter. Auch die beiden nächsten Vorlesungen scheinen nicht vergehen zu wollen. So lange kam mir ein Nachmittag noch nie vor. Und die Tatsache, dass Jenny mir alle paar Minuten wegen der Verabredung auf die Nerven geht, macht es nicht unbedingt besser.

Als ich endlich in meinem Wagen sitze, atme ich erleichtert durch und lasse meinen Kopf nach hinten fallen. In einer halben Stunde werde ich ihm wieder gegenüberstehen, und dann werden nicht Jenny und Lukas für die Unterhaltung sorgen. Nein, diesmal werde ich mit ihm alleine sein. Na ja, nicht direkt alleine, schließlich werden sich noch andere Leute um uns herum befinden, aber niemand, den ich kenne.

Ich starte meinen Wagen und mache mich auf den Weg zum Pier.

4

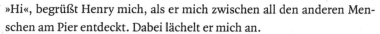

»Hi«, begrüßt Henry mich, als er mich zwischen all den anderen Menschen am Pier entdeckt. Dabei lächelt er mich an.

»Sorry, dass ich etwas zu spät bin«, entschuldige ich mich, nachdem ich noch ein paar Schritte näher gekommen bin. »Die Fahrt hat doch länger gedauert, als ich gedacht habe.«

Er bedenkt mich mit einem sanften Lächeln, sodass mein schlechtes Gewissen direkt wieder verschwindet. »Kein Problem«, sagt er und winkt ab.

Ich beobachte ihn dabei, wie er etwas näher kommt und spüre, wie er nach meiner Hand greift. Meine Muskeln lockern sich und die Anspannung verschwindet. Obwohl ich noch immer nervös bin, geht es mir doch besser.

So etwas habe ich noch nie gespürt, ich habe nicht einmal daran geglaubt, dass es solche Gefühle beim ersten Treffen geben kann. Und dass ausgerechnet er mir diese Reaktion entlockt, verwirrt mich noch mehr.

Kurz schaue ich auf die Stelle, an der sich unsere Hände berühren, bevor ich langsam meinen Kopf wieder hebe. Seine Augen sind auf mich gerichtet und scheinen zu strahlen. Auch das habe ich noch nie erlebt. Ich weiß nicht, was das genau zwischen uns ist, aber es macht mir Angst.

Er könnte wahrscheinlich jede haben. Wieso sollte er sich dann ausgerechnet mich aussuchen? Ein Mädchen, dessen Leben nicht gerade aufregend verläuft. Ich bin nicht einmal sonderlich hübsch. Vor allem nicht im Vergleich zu den Frauen, von denen ich mir sicher bin, dass sie sich ihm an den Hals werfen.

Doch da diese Frage nicht gerade förderlich ist, konzentriere ich mich wieder auf ihn. Ich nehme mir vor, dass ich Jennys Ratschlag beherzigen werde. Ich werde meinen Kopf ausschalten und einfach Spaß haben. Meinem Herzen die Führung überlassen.

Mit seiner freien Hand streicht er mir über die Wange. »Na komm.« Zusammen gehen wir von einem Stand zum nächsten. Henry schießt für mich sogar einen kleinen Teddybären, wofür ich ihm einen Kuss auf die Wange gebe.

Auf eine merkwürdige Art und Weise fühlt es sich richtig an, mit ihm hier zu sein. Und dieses Gefühl wird von Sekunde zu Sekunde stärker.

Je später es wird, umso voller wird es. Die Familien sind verschwunden, dafür sind nun viele Jugendliche mit ihren Freunden unterwegs, die an den verschiedenen Buden ihr Können zeigen wollen.

Henry macht keine Anstalten dort stehen zu bleiben. Stattdessen legt er seinen Arm um mich und zieht mich näher an sich heran, während er mit großen Schritten auf das Riesenrad zugeht.

Eine lange Schlange hat sich davor gebildet, die allerdings schnell kürzer wird, sodass wir bald einsteigen können. Henry lässt sich so dicht neben mir auf die Bank sinken, dass kein Blatt mehr zwischen uns passt. Ein wohliger Schauer überläuft mich, und mir wird warm. Doch erst als er nach meiner Hand greift merke ich, dass ich gezittert habe. Zärtlich drückt er sie und legt seinen Arm um meine Schulter, um mich noch näher an sich heranzuziehen.

Langsam setzt sich die Gondel in Bewegung und befördert uns immer weiter nach oben. Da es bereits dunkel geworden ist, können wir nicht allzu weit aufs Meer hinaus schauen. Aber das stört mich nicht.

Die Dunkelheit, die uns hier oben umgibt, verleiht mir das Gefühl, ich wäre mit Henry alleine auf der Welt. Wir lauschen dem Wind, der die kühle Luft vom Meer heranweht.

Die Lichter der Stadt scheinen weit entfernt, obwohl es nur ein paar

Meter sind. Doch hier oben befinden wir uns in unserer eigenen Welt. Einer Welt, in der es keinen Stress gibt und in der ich mir keine Sorgen um meine Prüfungsergebnisse machen muss. Fast erscheint es mir so, als wäre Henry in der Lage, mir all die Last zu nehmen.

Ohne darüber nachzudenken lasse ich meinen Kopf an seine Schulter sinken und schließe meine Augen.

Keiner von uns sagt etwas. Wir sitzen einfach da und drehen eine Runde nach der nächsten. Doch viel zu schnell ist unsere Fahrt vorbei und er hilft mir beim Aufstehen, sodass wir die Gondel verlassen können.

Wir haben uns gerade ein paar Schritte entfernt, als ich höre, wie mein Handy in der Jackentasche klingelt. »Sorry«, murmle ich und ziehe es heraus. Ich schaue Henry noch entschuldigend an, bevor ich meinen Kopf senke.

Jonathan.

Einen besseren Zeitpunkt hätte er nicht erwischen können.

Kurz frage ich mich, was er von mir will, allerdings kann ich es mir denken. Die Chancen, dass er sich erkundigen will, ob er mich nicht doch von meiner Lerngruppe abholen soll, stehen sehr gut. Eigentlich gibt es keinen anderen Grund für seinen Anruf.

»Alles in Ordnung?«, fragt Henry mich.

»Ja«, antworte ich, während mein Klingelton von vorne beginnt.

»Wieso glaube ich dir das nicht?«

Bei seiner Frage schaue ich ihn an. Ich ignoriere das Handy in meiner Hand und konzentriere mich nur auf Henry. Er steht dicht vor mir, sodass sein Geruch in meine Nase steigt und mich ablenkt.

Noch bevor ich mir eine Antwort überlegen kann, nimmt er mir das Telefon aus den Fingern und wirft einen Blick darauf. Dann betrachtet er mich wieder.

Ich schlucke schwer, in meinem Kopf überschlagen sich die Gedanken.

Sein Gesichtsausdruck ist emotionslos, sodass sich ein ungutes Gefühl in mir breitmacht.

»Das ist ...«, beginne ich, doch Henrys Blick bringt mich zum Schweigen. Die Worte, die ich gerade noch sagen wollte, bleiben mir im Hals stecken. Dabei würde ich ihm gerne erklären, in welcher Beziehung Jonathan und ich zueinander stehen.

Doch noch bevor ich erneut ansetzen kann, um etwas zu sagen, zieht er mich hinter sich her in einen Bereich, in dem es etwas ruhiger ist. Überrascht schaue ich ihn an, als ich vor ihm zum Stehen komme.

»Ich weiß, wer Jonathan ist.« Mein Kopf ist wie leergefegt. Ich spüre, wie mir schlecht wird. Es kommt mir so vor, als würde ich beide Männer betrügen, obwohl ich mit dem einen überhaupt nicht zusammen bin und an dem anderen kein Interesse habe.

»Woher?«, bringe ich schließlich hervor.

»Sagen wir mal, Lukas ist eine Tratschtante. Wenn er einmal anfängt, kann er nicht mehr den Mund halten. Aber in diesem Fall bin ich wirklich froh darüber. Sonst wüsste ich nicht, dass Jonathan der spießige Langweiler ist, den du irgendwann einmal heiraten sollst. Zumindest, wenn es nach deinen Eltern geht.«

Mein Mund öffnet sich, schließt sich aber im nächsten Moment wieder, als Henry den Kopf schüttelt.

»Dank Lukas weiß ich aber auch, dass du nicht sehr angetan davon bist.«

»Sie haben mich nicht dazu gezwungen. Es mir nahegelegt, vielleicht«, erwidere ich, wobei sogar ich höre, dass meine Stimme nicht so überzeugend klingt.

Henry betrachtet mich skeptisch.

»Okay, sie haben mir vielleicht gesagt, dass sie sich darüber freuen würden.«

Henry wirkt nicht überzeugt.

»Wirklich«, setze ich noch hinzu und nicke, um meine Worte zu unterstreichen. »Aber wieso hast du mich gefragt, ob ich mich mit dir treffe, wenn du davon weißt?«

»Aus dem gleichen Grund, aus dem du dich darauf eingelassen hast.

Du spürst die Anziehung zwischen uns, die von Anfang an da war. Und du kannst ihr nicht ausweichen.«

Kaum hat er ausgesprochen, umgreift er mein Kinn und hebt mein Gesicht. Ich beobachte wie in Zeitlupe, wie er immer näher kommt, bis sich schließlich unsere Lippen berühren.

Sein warmer Mund legt sich auf meinen. Ich hebe meine Hände und lege sie auf seine Schultern, während die Schmetterlinge in meinem Bauch erwachen. Die Luft knistert. Weit entfernt höre ich die Stimmen der anderen Besucher, doch darauf kann ich mich nicht konzentrieren.

Henry nimmt mich in Besitz. Er setzt so viele Gefühle in mir frei, dass ich sie kaum in den Griff bekomme. Auch wenn ich mir sicher bin, dass dieser Kuss nur wenige Sekunden dauert, kommt es mir doch wie eine Ewigkeit vor. Als er sich von mir löst, ringe ich nach Luft.

Sprachlos schaue ich ihn an. Mit nur einem einzigen Kuss hat er es geschafft, mich an sich zu binden.

»Wieso bin ich mir sicher, dass Jonathan dich nie so geküsst hat?«

»Vielleicht weil es stimmt.« Meine Stimme ist so leise, dass ich sie selber kaum verstehen kann. Henry lächelt. »Wenn ich genau darüber nachdenke, muss ich Lukas recht geben.«

»Wobei?«

»Ich kenne Jonathan zwar nicht, aber er ist ein spießiger Langweiler.«

Nun muss ich ebenfalls lachen. Seine Hand liegt noch immer an meiner Wange und der Körperkontakt zwischen uns bricht nicht ab.

»Ich würde ihn nicht als spießigen Langweiler bezeichnen. Er kommt halt aus einer anderen Welt. Es kann ja nicht jeder Motorradrennen fahren.«

»Ah, Jenny hat es dir also erzählt. Dabei hatte ich gehofft, dass es eine Überraschung für dich wird, wenn ich dich zu meinem nächsten Rennen einlade.«

»Was?«, frage ich.

Seine Hände gleiten von meinem Gesicht, um im nächsten Moment nach meinen Händen zu greifen. Wie von alleine verschränken sich unsere Finger miteinander.

»Ich würde mich freuen, wenn du am Wochenende kommst. Wenn ich mich nicht irre, wird Lukas auch dabei sein. Frag doch einfach Jenny, ob sie auch kommen will. Dann wärst du nicht alleine, beziehungsweise du bräuchtest dir nicht das Gequatsche von Lukas anhören.«

»Du willst wirklich, dass ich bei einem Rennen dabei bin? Sieht das nicht etwas merkwürdig aus?«

»Nein, wieso?« Fragend betrachtet er mich.

Da ich das selber nicht so genau weiß, zucke ich mit den Schultern.

»Ich kann dir auf die Stirn schreiben, dass du zu mir gehörst, damit jeder Bescheid weiß«, witzelt er, wird dann aber sofort wieder ernst. »Ich werde dir und Jenny Backstage-Ausweise besorgen. So könnt ihr in den Bereich, in den nur die Teams dürfen.«

Ich war noch nie bei einem Rennen. Und bis jetzt hatte ich auch immer gedacht, dass ich niemals einen Fuß auf eine Rennstrecke setzen würde. Doch ich muss zugeben, dass ich es gerne mal erleben würde.

Also nicke ich. »Aber nur, wenn ich auch wirklich nicht störe.«

»Wieso solltest du stören? Ich freue mich, wenn du dabei bist.«

Mir wird warm ums Herz. »Gut, dann werde ich kommen«, sage ich und lächle ihn glücklich an. Denn genau das bin ich gerade und es gibt in diesem Moment keinen Grund, wieso ich es verheimlichen sollte.

Henry beugt sich erneut nach vorne und küsst mich zärtlich. Aber bevor ich auch nur daran denken kann, den Kuss zu erwidern, hat er sich bereits wieder von mir getrennt.

»Lass uns etwas essen.«

»Ja.«

Den restlichen Abend unterhalten wir uns über alles Mögliche. Henry erzählt mir, dass seine Eltern ebenfalls in Los Angeles wohnen, er sie aber nicht sehr oft sieht, da er die meiste Zeit des Tages auf der Rennstrecke verbringt.

Die Zeit mit ihm geht so schnell vorbei, dass ich gar nicht merke, dass es bereits weit nach Mitternacht ist, als wir zurück zu den Autos gehen.

»Danke für den Abend«, sage ich, als wir vor meinem Wagen stehen bleiben. Ich finde es schade, dass die Verabredung so schnell vorbeigegangen ist. Ich könnte mich ewig mit ihm unterhalten, aber morgen habe ich wieder ein paar Vorlesungen, sodass ich jetzt dringend ins Bett muss. Obendrein bin ich mir sicher, dass auch Henry morgen zum Training muss.

»Ich freue mich schon.«

Mir wird klar, dass es noch ein paar Tage dauert, bis das Rennen stattfindet und ich ihn wiedersehe. Ich kann nur schwer einen Seufzer unterdrücken. Doch dieses Gefühl schiebe ich zur Seite. Es hilft mir gerade nicht, klar denken zu können. Außerdem führe ich mir vor Augen, dass meine Gefühle für ihn nur eine erste Verliebtheit sein können, eine rosarote Brille. Schließlich kenne ich ihn kaum.

Und trotzdem kommt es mir vor, als würde uns ein unsichtbares Band verbinden.

»Schlaf gut«, flüstert er dicht an meinem Ohr, sodass sein heißer Atem mir einen Schauer über den Körper jagt. Mit den Fingerspitzen streicht er mir eine Strähne aus dem Gesicht, und gibt mir noch einen Kuss. Kaum hat Henry sich von mir gelöst, tritt er einen Schritt zurück und hält mir die Autotür auf.

»Du auch.« Mehr sage ich nicht, bevor ich einsteige, die Tür hinter mir schließe und den Wagen starte.

In dieser Nacht bekomme ich weitaus weniger Schlaf, als ich gehofft hatte. Immer wieder spüre ich seine Lippen auf meinen und seine Hände auf meiner Haut.

Als ich am nächsten Tag zur Arbeit aufbreche, schlafe ich noch halb.

5

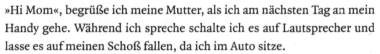

»Hi Mom«, begrüße ich meine Mutter, als ich am nächsten Tag an mein Handy gehe. Während ich spreche schalte ich es auf Lautsprecher und lasse es auf meinen Schoß fallen, da ich im Auto sitze.

»Wo bist du?«, fragt sie mich, ohne auf meine Begrüßung einzugehen.

Andere wären wahrscheinlich irritiert darüber. Aber so kenne ich sie. Meine Eltern gehören zu den Menschen, die direkt zur Sache kommen und sich nicht lange mit irgendwelchen Floskeln aufhalten. Nicht einmal bei ihrer eigenen Tochter.

Obwohl es schön wäre, wenn sie mich fragen würde, wie es mir geht und so wenigstens etwas Interesse an mir zeigen würden.

»Ich fahre gerade auf den Parkplatz der Uni.« Mir ist klar, dass ich mich beinahe wie ein Roboter anhöre, doch ich kann es nicht verhindern. Das liegt daran, dass ich diese Frage schon viel zu oft beantwortet habe. Vor allem seit ich nicht mehr zu Hause wohne sind meine Eltern neugieriger, als es normalerweise der Fall sein sollte.

»Und wo warst du?«

Da ich gerade hinter einem anderen Fahrzeug warten muss, atme ich tief durch. Auch wenn es meine Mutter wahrscheinlich gar nicht darauf angelegt hat, sie macht mich aggressiv mit ihrer Fragerei. Doch da ich mir sicher bin, dass es nur Streit geben würde, wenn ich ihr das zeige, lasse ich es lieber sein. Ich rufe mir ins Gedächtnis, dass meine Eltern Menschen sind, die immer alles im Griff haben. Bis jetzt hat mich das auch nie gestört. Doch irgendetwas hat sich verändert. Heute würde ich ihr gern sagen, dass ich kein kleines Kind mehr bin, sondern eine erwachsene Frau. Und dass sie mich auch so behandeln soll.

»Auf der Arbeit«, antworte ich stattdessen und bin im selben Moment stolz auf mich, weil meine Stimme sich so wie immer anhört.

»Jonathan hat gestern angerufen und sich erkundigt, ob du vielleicht noch bei uns bist, da du nicht an dein Telefon gehst. Aber ich konnte ihm auch nur sagen, dass wir dich schon seit einer Ewigkeit nicht mehr zu Gesicht bekommen haben.«

Natürlich hat er das, denke ich, sage es aber nicht.

»Er hat sich Sorgen um dich gemacht«, fügt sie noch hinzu, als hätte sie meine Gedanken gelesen.

Ich warte darauf, dass das schlechte Gewissen einsetzt. Doch da ist nichts. Nicht einmal ein kleines.

»Ich weiß, dass du zurzeit viel um die Ohren hast, wegen deinen Prüfungen und allem. Aber du solltest eure Beziehung nicht vernachlässigen.«

»Sorry«, murmle ich und versuche dabei, etwas Reue zu zeigen. Doch ich bin mir sicher, dass sie mir anhört, dass es eher gezwungen ist als ehrlich.

Ich habe keine Lust, mich mit ihr über Beziehungen oder Jonathan zu unterhalten.

»Und wann werden wir dich das nächste Mal sehen?«, fragt sie die Frage, von der ich weiß, dass sie ihr schon seit ein paar Minuten auf der Zunge liegt.

Doch ich antworte nicht sofort, sondern biege erst auf einen freien Parkplatz ein. »Sobald ich es schaffe«, antworte ich. Ich weiche ihr aus und hoffe, dass sie es dabei belässt.

Einige Sekunden ist es ruhig am Telefon. In der Vergangenheit hat genau diese Ruhe gezeigt, dass sie nicht zufrieden ist. Deswegen stelle ich mich auch jetzt darauf ein, dass sie sauer sein wird.

»Okay«, sagt sie jedoch nur.

Für einen kurzen Moment bin ich zu geschockt, um etwas zu erwidern. *Okay?*, frage ich mich mehrmals. Ich weiß gar nicht, wann meine Mom dieses Wort das letzte Mal benutzt hat.

»Ich muss jetzt wirklich los«, erwidere ich schließlich. »Man sieht sich.«

Eine Weile bleibe ich noch in meinem Wagen sitzen und versuche mich wieder in den Griff zu bekommen. Ich bin mir sicher, wenn Jenny mich so sieht, würde sie sofort etwas merken, und das ist das Letzte, was ich jetzt gebrauchen kann.

»Wie war deine Verabredung mit Henry?«, fragt Jenny mich, als wir uns nach einer Vorlesung an den Bänken treffen. Da wir unterschiedliche Nebenfächer haben, gibt es ein paar wenige Kurse, in denen wir uns nicht sehen.

»Danke, mir geht's gut. Und dir?« Ich kann nicht verhindern, dass meine Stimme sich ein wenig genervt anhört. Obwohl ich mir gedacht habe, dass sie direkt mit der Tür ins Haus fallen wird hatte ich doch die Hoffnung, dass sie mich ein paar Sekunden in Ruhe lässt.

»Mir auch. Und jetzt erzähl. Du hast ja nicht auf meine Nachrichten reagiert.«

»Sorry, ich hatte gestern mein Handy ausgemacht und sie erst heute Morgen gelesen. Und ich dachte mir, dass du auch noch so lange warten kannst.«

»Wirklich sehr freundlich, wo ich dich doch dem Mann deiner Träume vorgestellt habe.« Jenny versucht einen beleidigten Gesichtsausdruck aufzusetzen, was ihr aber nicht gelingt.

Allerdings kann ich genauso wenig vor ihr verheimlichen, dass ich bei ihren Worten unbewusst zusammenzucke.

»Jetzt sag schon. So durch den Wind habe ich dich noch nie erlebt.«

»Es lief gut. Wir hatten viel Spaß und sind uns näher gekommen. Außerdem hat er mich gefragt, ob ich bei seinem Rennen am nächsten Wochenende dabei sein will.«

»Ehrlich?«

»Nenn mir einen Grund, wieso ich mir das ausdenken sollte?«, fahre ich sie in einem strengeren Ton als beabsichtigt an. »Sorry«, murmle ich im nächsten Moment.

»Okay, du hast recht. Das geht nur so schnell. Ich muss zugeben, dass ich damit nicht gerechnet habe.«

»Ich auch nicht. Und deswegen brauche ich deine Hilfe.«

Jenny zieht ihre Stirn kraus.

»Kommst du mit?« Verzweifelt und flehend schaue ich sie an.

»Moment«, erwidert sie und hängt sich dabei ihre Tasche über die Schulter. »Du willst, dass ich dich auf ein Date begleite? Als eine Art Anstandswauwau? Ich will ja nichts sagen, aber ich glaube nicht, dass du noch so klein bist, dass du einen Babysitter brauchst.«

Ich erkenne den belustigten Unterton in ihrer Stimme, gehe aber nicht darauf ein.

»Na ja, ich dachte eher, dass wir etwas gemeinsam machen, denn schließlich wird Henry die meiste Zeit beschäftigt sein, und ich will nicht wie eine Blöde danebenstehen.«

»Jaja, nenn es ruhig so, wie du willst. Aber ich weiß genau, worauf du hinauswillst.«

Ich weiß, dass sie mir kein Wort glaubt, und an ihrer Stelle würde ich das auch nicht. Also atme ich tief durch und lasse den Kopf ein wenig hängen. »Ich war noch nie bei so etwas. Ich habe nicht einmal daran gedacht, da jemals hinzufahren. Deswegen habe ich keine Ahnung, wie ich mich dort verhalten muss. Soll ich mich im Hintergrund halten oder nicht? Wir sind kein Paar, und ich weiß nicht, welche Rolle ich überhaupt einnehme. Ich weiß ja nicht einmal, was man dort anzieht. Es würde mir wirklich helfen, wenn du dabei bist.«

»Okay, ich komme mit. Ich kann dich doch nicht hängen lassen. Aber ich muss sagen, dass es schon etwas komisch ist.«

»Was meinst du?«

»Du hast dich nur einmal mit ihm getroffen, und schon machst du dir Sorgen um dein Outfit? Dabei warst du doch nie eine der Frauen, die sich ernsthaft Gedanken um so etwas machen. Aber wenn ich ehrlich bin, habe ich nur darauf gewartet, dass du einen Mann triffst, der dich mal so aus der Ruhe bringt.«

Ich atme tief durch. Ich weiß nicht, wieso es mir plötzlich so geht. Aber die gemeinsame Zeit mit Henry hat irgendetwas in mir geweckt. Ich kann es nicht in Worte fassen, aber es ist da, das spüre ich genau.

»Ich finde das super und freue mich für dich. Ihr gebt ein süßes Paar ab. Das habe ich schon bei eurem Kennenlernen gemerkt.«

»Jenny, wir sind nicht zusammen«, rufe ich ihr ins Gedächtnis.

»Noch nicht.«

Ich öffne den Mund und will widersprechen, doch sie ist nicht zu bremsen.

»Den ersten Schritt habt ihr schon mal gemacht.«

»Und welcher war das?«, erkundige ich mich ein wenig verwirrt.

»Ihr habt euch getroffen, Zeit miteinander verbracht. Und dabei habt ihr festgestellt, dass euch etwas verbindet.«

Ich sage nichts, sondern denke über ihre Worte nach. So etwas Ähnliches hatte Henry gestern auch gesagt. Aber es aus Jennys Mund zu hören, ist noch merkwürdiger.

»Obwohl ich nicht einmal weiß, was diese Gemeinsamkeit ist«, flüstere ich.

»Ich bin mir sicher, dass ihr das gemeinsam herausfinden werdet. Der nächste Schritt ist, dass du zu seinem Rennen gehst, als sein Glücksbringer.«

»Ich bin nicht sein Glücksbringer!«, rufe ich und schüttle dabei den Kopf.

»Sicher?«, fragt sie mich herausfordernd.

»Ich glaube nicht, dass ein Mensch ein Glücksbringer für einen anderen sein kann.«

»Aber du musst zugeben, dass der Gedanke süß ist«, schwärmt sie weiter.

Mahnend betrachte ich sie, aber das scheint sie überhaupt nicht zu interessieren. Ihr Blick ist verträumt, fast so, als wäre sie ganz weit weg.

»Und nach der letzten Vorlesung können wir einkaufen gehen.«

»Ich hatte mir vorhin eigentlich vorgenommen, heute Abend mal bei meinen Eltern vorbeizuschauen. Ich glaube, dass meine Mutter mir sonst noch ewig in den Ohren liegt.«

»Schreib ihr eine Nachricht, dass du es heute nicht schaffst und stattdessen morgen kommst.«

Aus dem Mund von Jenny hört sich das so einfach an. Zum Glück habe ich meiner Mutter nur gesagt, dass ich vorbeikomme, wenn ich es schaffe. Trotzdem weiß ich, dass sie nicht begeistert sein wird. Auch nicht, wenn ich das Studium vorschiebe.

»Ach komm schon, Lauren. Du bist erwachsen, hast deine eigene Wohnung, arbeitest neben dem Studium. Willst du mir wirklich sagen, dass du Angst vor deinen Eltern hast?«

»Ich habe bestimmt keine Angst vor ihnen. Meine Mom hat nur vorhin angerufen und mich gefragt, warum ich Jonathan aus dem Weg gehe.«

»Wieso? Macht sie sich Gedanken, dass er eine andere haben könnte, wenn ihr euch nicht jeden Tag seht? Selbst wenn es so wäre, was Besseres könnte dir überhaupt nicht passieren. Und das hat nichts mit Henry zu tun. Es wäre besser für dich, Single zu sein, als diesen Langweiler zu heiraten.«

»Okay, du findest ihn langweilig. Und ich gebe zu, dass er wirklich kein Mann ist, der Action liebt, sondern lieber auf der sicheren Seite steht. Aber deswegen ist er noch lange kein schlechter Mensch, wirklich.«

»Na gut, er kann vielleicht gut zuhören und all so etwas. Aber er ist kein Mann, mit dem eine Frau wie du alt werden könnte.«

Anstatt etwas zu sagen nicke ich nur, das scheint ihr zu reichen. Ein zufriedener Ausdruck zeigt sich auf ihrem Gesicht.

»Dann ist das beschlossene Sache. Wir werden dir nachher ein umwerfendes Outfit suchen, sodass Henry gar nicht weiß, wo er zuerst hinschauen soll. Auf seine Maschine oder auf dich.«

»Ich will ihn aber nicht von seinem Rennen ablenken«, werfe ich ein.

»Das hätte er sich überlegen sollen, bevor er dich eingeladen hat.«

Ihre feste Stimme duldet keinen Widerspruch, sodass ich es gar nicht erst versuche. Wenn Jenny sich etwas in den Kopf gesetzt hat, kann man sie eh nicht davon abbringen. Das war schon immer so. Außerdem ist das Rennen schon übermorgen, sodass die Zeit knapp wird.

Der Tag scheint nicht vorbei zu gehen. Die Vorlesungen ziehen sich ewig hin. Fast schon erleichtert atme ich durch, als ich endlich zu meinem Wagen gehe.

Seitdem ich meiner Mutter geschrieben habe, dass ich es heute nicht schaffen werde, hat sie ein paar Mal versucht mich zu erreichen. Aber ich habe nicht darauf reagiert. Ich habe nicht einmal ihre Nachrichten beantwortet. Stattdessen habe ich das Handy zum Schluss sogar ausgeschaltet, was aber leider auch zur Folge hat, dass ich nicht weiß, ob Henry mir geschrieben hat.

Also schalte ich es doch wieder ein. Doch kaum habe ich meinen Pin eingegeben, bereue ich es. Mir werden unzählige Nachrichten angezeigt. Und alle sind von meiner Mom.

Oh Mann, fährt es mir durch den Kopf, während ich überlege, ob ich die Nachrichten öffnen soll oder nicht. Doch welche Wahl habe ich schon?

Ich bin mir sicher, wenn ich sie nicht lese, wird meine Mutter noch ungehaltener werden. Also öffne ich sie und scrolle zur letzten.

Wenn du dich nicht endlich bei mir meldest, dann werde ich deinen Vater benachrichtigen! Ich erkenne dich ja überhaupt nicht mehr wieder! Was ist denn bloß los mit dir?

Es gab mal eine Zeit, da hätte mich die Drohung meiner Mutter eingeschüchtert. Allerdings muss ich sagen, dass diese schon lange vorbei ist. Um genau zu sein seitdem ich nicht mehr zu Hause wohne.

Also schließe ich die Nachrichten, ohne darauf zu antworten.

In der Sekunde, in der ich mein Telefon wieder in meiner Hosentasche verschwinden lassen will, beginnt es zu klingeln.

»Ja?«, frage ich, nachdem ich auf das grüne Symbol gedrückt habe, ohne vorher auf das Display zu schauen.

»Hi, ich mache gerade eine kleine Pause und dachte, dass ich mal anrufe. Was machst du?« Die Stimme von Henry zaubert mir ein kleines Lächeln ins Gesicht.

»Ich bin gerade auf dem Weg zu meinem Wagen«, erwidere ich und versuche dabei nicht ganz so dämlich zu grinsen, wie ich es am liebsten würde. Einige der anderen Studenten schauen mich nämlich schon an, als hätte ich sie nicht mehr alle. Und das ruft mir in Erinnerung, dass sich hier auch mehr als genug von denen befinden, die im selben Kurs sind wie ich oder deren Eltern meine kennen.

»Wollen wir uns morgen treffen? Ich werde mittags schon fertig sein, sodass wir am Nachmittag etwas machen könnten«, schlägt Henry vor.

»Musst du dich nicht auf dein Rennen vorbereiten?«, frage ich nach.

»Nein, dafür bin ich fit. Unser Trainer schickt uns am Tag vorher immer früher nach Hause, damit wir auf andere Gedanken kommen und so.«

Ich kann nichts gegen das leise Lachen machen, was über meine Lippen dringt.

»Dieses Geräusch solltest du eindeutig öfter von dir geben.«

»Dann solltest du öfter dafür sorgen, dass ich einen Grund dafür habe.« Ich bin in Flirtlaune, und das lasse ich ihn auch spüren.

»Das werde ich mit dem größten Vergnügen machen.« Seine Stimme ist ernst und verschlägt mir die Sprache.

»Aber jetzt verrate mir doch, was so lustig ist.«

»Nichts«, erwidere ich.

»Sag es mir, bitte.«

»Ich habe gerade nur daran gedacht, dass das wahrscheinlich alle Fahrer von sich behaupten. Und trotzdem wird es nur einen Sieger geben.«

»Ja, das stimmt. Wir können ja schlecht alle gleichzeitig über die Ziellinie fahren.«

»Was hast du dir denn für morgen vorgestellt?«, frage ich ihn.

»Keine Ahnung. Ich muss kurz bei meinen Eltern vorbei, danach können wir machen, was du willst.«

Bei seinen Worten bleibt mein Herz stehen. Für einen kurzen Moment habe ich das Gefühl, als hätte er sich versprochen. Doch als er sich nicht verbessert, merke ich, dass ich mich nicht verhört habe. Er meint das wirklich so, wie es bei mir angekommen ist.

»Lauren? Bist du noch dran?«, dringt die Stimme von Henry zu mir durch. Aber ich kann ihm nicht antworten.

Eltern.

Eltern!

Er will mir seine Eltern vorstellen. Und das, obwohl wir uns bis jetzt nur ein einziges Mal getroffen haben. Jonathans Eltern kenne ich schon seit meiner Geburt. Mit denen bin ich mehr oder weniger groß geworden.

»Wollen wir uns danach treffen?«, frage ich ihn und hoffe, dass er die Unsicherheit in meiner Stimme nicht hört.

»Wieso?«

Ich hatte die Befürchtung, dass er genau diese Frage stellt und trotzdem kenne ich die Antwort darauf nicht. »Keine Ahnung«, flüstere ich schließlich, nachdem ich ein paar Sekunden über eine Antwort nachgedacht habe.

»Du brauchst dir keine Sorgen zu machen«, versucht er mich zu beruhigen, als könnte er meine Gedanken lesen.

»Ich mache mir auch keine«, erwidere ich sofort. Dabei lasse ich meine Stimme so fest wie möglich klingen, damit er erst gar nicht auf die Idee kommt, dass ich diese Worte nicht ernst meine.

»Die beiden werden sich freuen dich kennenzulernen. Da bin ich mir sicher.«

Mein Herz beginnt schneller zu schlagen, und das liegt zur Abwechslung mal nicht an Henry. Ich spüre sogar, wie sich mein Magen ein wenig umdreht und mir schlecht wird.

»Soll ich dich abholen? Du musst mir nur sagen, wie spät du Schluss hast, dann treffen wir uns auf dem Parkplatz.«

»Meine letzte Vorlesung geht bis drei«, höre ich mich sagen, bevor ich näher über die Worte nachdenken kann.

»Super, ich werde da sein.« Er hört sich so begeistert an, dass ich es mir nicht verkneifen kann, leise zu lachen. Aber vor allem bringe ich es nicht übers Herz, noch irgendwelche Einwände anzubringen.

»Bis Morgen«, verabschiede ich mich also von ihm. Noch in der gleichen Sekunde entdecke ich Jenny, die nur ein paar Schritte von mir entfernt steht.

Sie hat sich an die Motorhaube ihres Wagens gelehnt und strahlt mich förmlich an. Dabei hält sie beide Daumen nach oben, als würde sie genau wissen, mit wem ich gerade spreche.

Um ihr zu signalisieren, dass sie nichts sagen soll, schüttle ich nur den Kopf und bete dabei, dass sie mich versteht.

»Bis dann«, sagt Henry und legt auf.

»War das dein zukünftiger Ehemann oder der Mann, der laut deinen Eltern dein Ehemann werden soll?«

Ich kann nicht verhindern, dass ich sie ungläubig ansehe. Mein Mund öffnet sich ein Stück, doch ich bin viel zu baff über ihre Frage, als dass ich einen Ton herausbekomme. Stattdessen stehe ich stumm vor ihr und versuche irgendwie meine Gedanken zu ordnen. Es dauert eine Ewigkeit.

»Zukünftiger Ehemann?«, frage ich sie vorsichtig. Ich bin nicht sicher, ob ich ihre Antwort darauf wirklich wissen will.

»Ja.« Mehr sagt sie nicht.

Und das braucht sie auch nicht. Ich weiß genau, wen sie damit meint. Henry.

»Oh Mann«, stöhne ich. Ich massiere meine Schläfen, um zu verhindern, dass ich Kopfschmerzen bekommen werde.

»Du siehst etwas gestresst aus«, stellt Jenny fest, nachdem ich mich ihr wieder zugewandt habe.

»Zwei Tage«, seufze ich. »Wie konnte es passieren, dass mein Leben in dieser kurzen Zeit komplett auf den Kopf gestellt wird?«

Nicht zum ersten Mal ist mir diese Frage heute durch den Kopf gegangen. Doch jetzt, wo ich sie ausgesprochen habe, kommt es mir vor, als würde ich mir selber eingestehen, dass ich keine Kontrolle darüber habe.

»Weil du den Mann getroffen hast, der dich dazu gebracht hat, dass du manche Dinge infrage stellst. Und die Beziehung zu Jonathan gehört dazu. Falls man sie überhaupt so nennen kann. Aber er sorgt auch dafür, dass du dich wie du selbst fühlst. Und jetzt lass uns losgehen. Das wird ein Spaß werden«, erklärt Jenny und klatscht dabei begeistert in die Hände.

»Was hast du denn alles vor?«, erkundige ich mich, froh über den Themawechsel.

»Unser Shoppingausflug wird erst dann enden, wenn wir das perfekte Outfit für dich gefunden haben.«

»Ich brauche nur eine Hose und ein Oberteil«, erinnere ich sie.

»Fahr mir einfach nach. Ich weiß schon, was ich mache.«

Mit diesen Worten steigt Jenny in ihren Wagen. Kurz bleibe ich stehen, ehe ich mich dazu überwinden kann, mich ebenfalls in mein Auto zu setzen. Es kommt mir vor, als würde ich etwas besiegeln, wenn ich wirklich zu diesem Rennen gehe. Allerdings kann ich nicht genau sagen, was es ist.

Während der nächsten zwei Stunden schleppt Jenny mich von einem Laden zum nächsten. Zum Schluss weiß ich gar nicht mehr, wie viele verschiedene Outfits ich anprobiert habe. Bei den meisten bin ich froh, dass Jenny sie nicht für angemessen befunden hat. Ich würde ungern etwas tragen, worin ich mich nicht wohl fühle. Ich bin einfach nicht der Typ für Oberteile, durch die man meinen BH erkennen kann. Oder Hosen, die so tief sitzen, dass ich mich nicht einmal zu bücken brauch, damit man Teile meines Körpers sehen kann, die niemanden etwas angehen.

Ich habe schon die Befürchtung, dass wir überhaupt nichts mehr finden, als Jenny endlich zustimmend nickt. Glücklich entspanne ich mich ein wenig und lasse meine Schultern sinken.

»Das ist perfekt. Damit wirst du am Samstag nicht nur Henry den Kopf verdrehen, sondern auch den anderen Fahrern. Aber vielleicht ist das von Vorteil. So steigen schließlich die Chancen deines Freundes, zu gewinnen.«

»Er ist nicht mein Freund«, erinnere ich sie, obwohl ich weiß, dass es nichts bringt.

»Was nicht ist, kann ja noch werden. Ich bleibe auf jeden Fall der Meinung, dass ihr perfekt zusammenpasst. Genauso wie diese Klamotten perfekt zu dir passen«, sagt sie mit fester Stimme und zeigt dabei auf die Sachen.

Ich mache ein paar Schritte zur Seite. Dort hängt ein großer Spiegel an der Wand, in dem ich mich von allen Seiten betrachten kann.

Mein Aussehen verschlägt sogar mir die Sprache. Obwohl man mir ansieht, dass ich total fertig bin und nur noch in mein Bett will, finde ich doch, dass die Sachen genau richtig sind. Jenny hat für mich eine enge schwarze Jeans ausgesucht. Sie sitzt zwar tief auf meiner Hüfte, aber nicht so extrem, dass es unanständig wäre. Dazu hat sie ein schwarzes Top gefunden, auf dem sich eine glitzernde Rennmaschine befindet.

»Und? Was sagst du?« Ungeduldig sieht sie mich an, während ich mich noch einmal um meine eigene Achse drehe.

»Wieso sind wir nicht von Anfang an in diesen Laden gegangen?«, frage ich sie und verziehe dabei ein wenig das Gesicht. »Das hätte mir eine Menge Stress erspart.«

Noch während ich spreche erkenne ich die Erleichterung in ihrem Gesicht. Sie kommt nicht mal annähernd an meine heran. Ich bin mir sicher, hätte ich auch nur noch in einen weiteren Laden gehen müssen, wäre ich schreiend zu meinem Wagen gerannt.

6

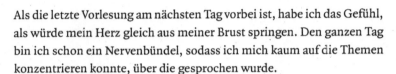

Als die letzte Vorlesung am nächsten Tag vorbei ist, habe ich das Gefühl, als würde mein Herz gleich aus meiner Brust springen. Den ganzen Tag bin ich schon ein Nervenbündel, sodass ich mich kaum auf die Themen konzentrieren konnte, über die gesprochen wurde.

Das hat auch Jenny zu spüren bekommen. Allerdings glaube ich, dass sie damit kein Problem hatte. Sie hat mir dauernd Links zu irgendwelchen Webseiten auf mein Handy geschickt. Auf den Seiten stand ganz genau beschrieben, was man beim ersten Treffen mit den Schwiegereltern vermeiden sollte.

Allerdings hatte ich nach den ersten beiden Abschnitten für mich entschieden, dass die Tipps keine große Hilfe sind, um ruhiger zu werden. Bei mir bewirkten sie eher das Gegenteil.

Auch jetzt bin ich noch so sehr in Gedanken vertieft, dass ich beinahe ein paar Leute umrenne, die mir über den Weg laufen. Nuschelnd entschuldige ich mich bei ihnen, während ich einfach weiter gehe.

Meine Nervosität wird schlagartig noch schlimmer, als ich Henry entdecke. Er hat seinen Wagen direkt neben dem von Jenny geparkt und sich lässig an die Motorhaube gelehnt.

Ich lasse seinen Anblick auf mich wirken. Ich muss zugeben, dass er wirklich unwiderstehlich aussieht. Und anscheinend bin ich nicht die einzige Frau, der das auffällt.

Alle, und ich meine wirklich jedes einzelne weibliche Wesen, das an ihm vorbeiläuft, betrachten ihn anerkennend. Ich spüre einen Stich der

Eifersucht. Allerdings beachtet Henry die anderen Frauen überhaupt nicht.

Langsam setze ich mich in Bewegung und gehe auf Henry zu.

Als er mich bemerkt, erscheint ein sexy Lächeln auf seinem Gesicht, was dafür sorgt, dass meine Knie ganz weich werden. Allerdings rufe ich mir schnell wieder in Erinnerung, wo wir uns befinden und das es mit Sicherheit jemanden gibt, der uns beobachtet. Das ist nämlich immer der Fall. Aber so ist das, wenn man meinen Dad zum Dad hat. Die meisten Menschen hier kennen mich.

»Hi«, begrüßt Henry mich, nachdem ich vor ihm stehen geblieben bin. Schnell stößt er sich ab und überbrückt die wenigen Zentimeter, die uns noch voneinander trennen. Als er mir so nahe ist, dass ich seinen Atem auf meiner Haut spüren kann, legt er die Hände auf meine Hüften und beugt sich vor.

In der nächsten Sekunde spüre ich seine Lippen auf meinen. Sein Kuss ist nur oberflächlich und nicht das, was man als leidenschaftlich bezeichnen kann, aber trotzdem fühlt es sich genauso an. In mir erwacht etwas, was ich in diesem Ausmaß vorher noch nie gespürt habe. Ich kann es nicht genau beschreiben, aber es verlangt nach mehr.

Nach mehr von seinen Berührungen.

Nach mehr von seinen Küssen.

»Du siehst wundervoll aus«, raunt er mit leiser Stimme, nachdem er sich von meinen Lippen gelöst hat.

Heute Morgen stand ich lange vor dem Kleiderschrank und habe nach den richtigen Klamotten gesucht. Schließlich habe ich mich für einen knielangen Rock entschieden und ein schlichtes rosa Top. Dazu trage ich ebenfalls rosa Ballerinas. Meine Haare habe ich mir zu einem Pferdeschwanz zurückgebunden, sodass sie mir nicht im Nacken hängen und ich noch mehr schwitze, als es eh schon der Fall ist.

Bei seinen Worten hebe ich meinen Kopf ein Stück und lächle ihn schüchtern an.

»Wenn Lukas doch nur wüsste, wie sehr er recht hat.«

»Was meinst du?«, hake ich ein wenig verwirrt nach.

»Jonathan ist ein spießiger Langweiler.« Seine Gesichtsmuskeln zucken bei diesen Worten.

»Und wieso bist du der Meinung?«

»Weil es mir vorkommt, als würde er dir nicht sehr oft sagen, wie wunderschön du bist. Du wirkst viel zu überrascht, wenn ich dir ein Kompliment mache. Eine Frau wie du hat es verdient, das immer und immer wieder zu hören«, flüstert er so leise, dass nur ich ihn verstehen kann.

Mit großen Augen schaue ich ihn an. Ich verfluche mich selber für meine Reaktion, kann sie aber nicht vor ihm verheimlichen.

Ein leises Lachen dringt über seine Lippen, während er mir einen Kuss auf die Stirn drückt.

»Henry! Was für eine Überraschung! Ich dachte, dass ich dich erst morgen sehen werde«, ertönt die Stimme von Jenny hinter uns. Mir ist klar, dass es gemein ist, aber gerade würde ich ihr gerne in den Hintern treten.

In den letzten Sekunden fühlte es sich so an, als würde irgendetwas zwischen Henry und mir passieren. Das gleiche Gefühl hatte ich im Riesenrad und anschließend bei unserem ersten Kuss gespürt. Und ich hatte die Hoffnung, dem Geheimnis jetzt ein wenig näher zu kommen. Aber mit ihrem schlechten Timing hat Jenny die Zweisamkeit zwischen uns zerstört. Obwohl es sicher keine Absicht war.

»Tja, ich wollte mein Mädchen abholen«, antwortet Henry.

Die Art und Weise, wie er das sagt, fordert meine Aufmerksamkeit. Die Selbstverständlichkeit in seiner Stimme sorgt dafür, dass ich mich beinahe an meiner eigenen Spucke verschlucke. Verzweifelt versuche ich mich wieder in den Griff zu bekommen, um nicht die Aufmerksamkeit der beiden auf mich zu ziehen.

Aber seine Worte lassen mich auch hellhörig werden. Ich kann mich nämlich nicht daran erinnern, dass mich jemals jemand so genannt hat. Schon gar nicht Jonathan. Für ihn bin ich einfach nur Lauren.

»Hach, ist das süß«, schwärmt Jenny und setzt dabei ein verträumtes Gesicht auf.

Sie lässt ihren Blick zwischen uns hin und her wandern. Erst jetzt merke ich, dass Henry die ganze Zeit meine Hand fest umklammert hält. Es kommt mir beinahe so vor, als würde er verhindern wollen, dass ich mehr Abstand zwischen uns bringe. Und wenn ich ehrlich zu mir selber bin, muss ich mir eingestehen, dass ich genau das machen würde, wenn er mich nicht festhalten würde.

Doch so gibt er mir erst gar nicht die Chance dazu. Und irgendwie bin ich froh darüber.

»Und was habt ihr heute so Schönes vor?«, fragt Jenny, als keiner von uns beiden Anstalten macht, noch etwas zu sagen.

»Wir fahren zu meinen Eltern. Und dann mal schauen, was noch so ansteht.« Henry zuckt mit den Schultern und erweckt wieder den Eindruck bei mir, als wäre das für ihn keine große Sache.

Ganz im Gegenteil zu mir. Ich bin nervös, und das wird von Sekunde zu Sekunde schlimmer.

Im nächsten Moment zieht Jenny scharf die Luft ein. Ich habe schon die Befürchtung, dass sie noch etwas sagt, als ich bemerke, dass sie hinter mich blickt. »Was macht der denn hier?«

Suchend drehe ich mich um. »Scheiße«, entfährt es mir, bevor ich es verhindern kann. Mit offenem Mund betrachte ich die Person, die sich uns gerade mit riesigen Schritten nähert. Dabei versuche ich mir einzureden, dass ich träume, was aber nicht sein kann, schließlich hat Jenny ihn als Erste entdeckt.

Jonathan.

Zu allen Seiten sieht er sich um, sodass ich mir sicher bin, dass er uns noch nicht bemerkt hat. Mir ist allerdings klar, dass sich das schnell ändern kann. Er braucht nur noch ein paar Meter näher zu kommen. Ich bin so geschockt, dass ich für einen kurzen Moment vergesse, dass Henry sich direkt neben mir befindet und meine Hand in seiner hält.

»Ist das Jonathan?«, fragt er mich nun leise.

Mist, denke ich. Schlagartig bekomme ich wieder ein schlechtes Gewissen, und zwar beiden Männern gegenüber. Dabei haben Jonathan und ich eine Abmachung und Henry weiß über ihn Bescheid. Trotzdem will ich es vermeiden, dass die beiden sich über den Weg laufen.

»Ja«, antworte ich seufzend. Zu mehr bin ich nicht in der Lage. Noch nie habe ich mich in so einer Situation befunden. Ich hatte auch nie gedacht, dass es irgendwann einmal so sein würde.

Mein Verstand sagt mir, dass ich mich von Henry trennen sollte, dass ich Platz zwischen uns bringen sollte. Aber ich kann es nicht. Egal wie oft ich es mir auch befehle, es bringt nichts.

Ich kann mich aber auch nicht von Jonathan abwenden. Es erscheint mir fast so, als würde er sich uns in Zeitlupe nähern.

»Spießer.« Henrys Stimme ist so leise, dass ich mir nicht sicher bin, ob er das wirklich gesagt hat.

»Verschwindet«, drängt Jenny uns in der nächsten Sekunde. »Na los.« Eindringlich sieht sie uns an.

»Und dann?«

»Mit dem werde ich schon fertig.« Leider weiß ich nur zu gut, dass Jenny es ernst meint. Sie hat schon mehr als einmal gezeigt, was sie von Jonathan hält. Vor allem hat sie schon ein paar Mal bewiesen, dass sie sich nicht von ihm einschüchtern lässt.

Gerne würde ich noch etwas sagen, doch da zieht Henry mich schon zu seinem Wagen und verfrachtet mich auf den Beifahrersitz. »Bis morgen«, höre ich ihn noch Jenny zurufen, ehe er selber einsteigt und den Motor startet. Schnell parkt er aus und lenkt den Wagen auf die Straße.

Ich brauche eine Weile, bis ich verarbeitet habe, dass ich wirklich vor Jonathan abgehauen bin. Niemals hätte ich das für möglich gehalten, allerdings hätte ich auch nie gedacht, dass er zur Uni kommt. Das hat er schließlich noch nie getan.

Nicht zum ersten Mal bekomme ich das Gefühl, dass irgendetwas passiert sein muss. Doch darum kann und will ich mich jetzt nicht kümmern.

»Alles klar?«, fragt Henry mich, nachdem wir eine Weile schweigend gefahren sind.

»Ja, ich habe das nur noch nie gemacht.«

Bei meinen Worten lacht er laut. Allerdings verkneift er es sich sofort wieder. »Aber du musst zugeben, dass es Spaß gemacht hat.«

Nun bin ich es, die lacht.

»Wir sind da«, verkündet Henry eine halbe Stunde später. Es dauert einen Moment, doch dann wird mir klar, dass die Selbstsicherheit, die er in den letzten Minuten ausgestrahlt hat, verschwunden ist.

Langsam hebe ich meinen Kopf. Ich sehe ihm an, dass er nervös ist. Zu wissen, dass es ihm anscheinend genauso geht wie mir, lässt mich ruhiger werden.

»Es ist wunderschön hier«, sage ich. Dabei betrachte ich den Vorgarten und das Haus. Blumen, die in allen Farben blühen, und Büsche befinden sich vor der Veranda. Das Haus ist weiß gestrichen. Auf den Fensterbänken in jeder Etage kann ich ebenfalls Blumen erkennen.

»Alles klar?«, fragt er mich und sieht mich dabei aufmerksam an.

Ich nicke nur, bemerke aber sofort, dass er es mir nicht abkauft.

»Sag es mir, ich spüre doch, dass du etwas hast.«

Ich kann es nicht fassen, dass ich tatsächlich darüber nachdenke, ob ich es ihm sagen soll oder nicht. Eigentlich hatte ich mir vorgenommen, niemals darüber zu sprechen. Nicht einmal Jonathan habe ich das erzählt. Weil ich weiß, dass er mich wahrscheinlich für bescheuert erklären würde.

Bei Henry ist das allerdings anders.

»Ich habe immer davon geträumt, in so einem Haus zu leben«, flüstere ich schließlich. Dabei ist meine Stimme so leise, dass ich sie selber kaum hören kann.

Die nächsten Sekunden kommen mir wie eine Ewigkeit vor.

Obwohl ich nicht weiß, womit ich gerechnet habe, bin ich doch enttäuscht, dass Henry nichts erwidert. Das lasse ich mir aber nicht anmerken, als er mit seiner Hand mein Kinn umgreift und mein Gesicht ein Stück hebt. Er sieht mir lange in die Augen, bevor er mich küsst.

Wie von alleine schließen sich meine Augen. Meine freie Hand legt sich an die Stelle, an der sein Herz schlägt. Stark und schnell spüre ich den Rhythmus, der mich selber wieder zu meinem Gleichgewicht bringt.

Ich weiß nicht, wieso dieser Mann so eine Macht über mich hat. Sie wird von Mal zu Mal stärker. Eigentlich müsste es mir Angst machen. Aber dem ist nicht so.

Es kommt mir merkwürdig vor, ihm so nahe zu sein und dabei zu wissen, dass seine Eltern uns vielleicht schon entdeckt haben. Aber es ist einfach zu schön von ihm geküsst zu werden. Ich möchte nicht, dass er aufhört.

Schließlich entfernt er sich ein Stück von mir. Dann dreht er sich zu seinem Elternhaus und geht den Weg entlang, der zur Tür führt.

Bei jedem Schritt, denn wir uns nähern, zittert mein Körper mehr. Ich versuche es irgendwie zu unterdrücken und sage mir immer wieder in Gedanken, dass wir nicht lange hier bleiben werden. Doch wirklich funktionieren tut es nicht.

»Mom? Dad?«, ruft er mit lauter Stimme, nachdem wir den Flur betreten haben. Er ist lang und breit. Direkt vor uns befindet sich eine Treppe, die in die obere Etage führt. Nach rechts und links geht es ins Wohnzimmer und in ein großes Esszimmer.

Eine Weile ist es ruhig im Haus, doch dann höre ich, wie etwas kracht.

»Was war das?«, frage ich Henry, nachdem er einen leisen Seufzer von sich gegeben hat. Dabei sieht er nicht begeistert aus. Sein Kiefer ist angespannt. Und auch der Griff um meine Hand hat sich verstärkt.

»Meine Mutter«, murmelt er und setzt sich dabei in Bewegung.

Allerdings erweckt er nicht den Anschein, als würde er es wirklich wollen.

Aus diesem Grund bleibe ich einen Moment unschlüssig stehen, ehe ich ihm folge. Ich kann nicht gerade behaupten, dass ich mich super fühle. Dafür bin ich viel zu aufgeregt. Aber das werde ich mir vor Henry bestimmt nicht anmerken lassen.

Henry sagt nichts, während wir an Türen vorbeigehen, die alle in unterschiedliche Zimmer führen. Nachdem wir das Ende des Flures erreicht haben, öffnet Henry eine Tür und tritt in den Raum.

Noch bevor ich mich einmal umgesehen habe, weiß ich, dass wir in der Küche stehen. Der Duft von frisch gebackenem Kuchen steigt mir in die Nase und sorgt dafür, dass mir das Wasser im Mund zusammenläuft.

»Ach Logan, du bist so stur. Das hast du definitiv von deinem Vater. Der kann genauso sein«, höre ich eine Frau sagen.

Suchend betrachte ich die helle Einrichtung und bleibe schließlich bei einer älteren Frau hängen, die am Herd steht, während ein Mann, der in Henrys Alter ist, am Küchentisch sitzt.

Ich spüre, wie Henry sich neben mir anspannt und ruckartig stehen bleibt. Da er meine Hand noch immer festhält, verharre ich ebenfalls und schaue ihn verwirrt an. Doch bevor er irgendetwas sagen kann, hat die Frau uns bereits entdeckt. Ein glückliches Lächeln erscheint auf ihrem Gesicht. Meine Angst schrumpft ein wenig.

»Henry, wie schön, dass du doch gekommen bist. Ich war mir nicht sicher, ob du es schaffst. Und du bist sicher Lauren. Henry hat schon so viel von dir erzählt.« Mit diesen Worten kommt sie auf mich zu und schließt mich in ihre Arme.

Fest drückt sie mich an sich, sodass ich gar nicht mehr weiß, wieso ich mir solche Sorgen gemacht habe. Sie scheint sich über meine Anwesenheit zu freuen.

»Es freut mich Sie kennenzulernen«, sage ich schließlich, als sie mich wieder freigegeben hat.

Kurz betrachtet sie mich noch, bevor sie sich ihrem Sohn zuwendet, der immer noch dicht neben mir steht.

»Henry! Hast du ihr denn nicht von der wichtigsten Regel in diesem Haus erzählt?«, fragt seine Mutter.

»Sorry, ich habe nicht daran gedacht.«

Ich bin mir sicher, dass in meinem Gesicht tausend Fragezeichen stehen, als ich zwischen den beiden hin und her schaue. Sie beachten mich überhaupt nicht.

Sie sieht ihren Sohn an, als wäre er schon seit einer Weile nicht mehr hier gewesen. Die Wärme, die in ihrem Blick liegt, kenne ich sonst nur von Jennys Eltern. Auf jeden Fall nicht von meinen. Für die beiden wäre ein solcher Blick wahrscheinlich nur ein Zeichen von Schwäche. Doch ich schiebe den Gedanken schnell zur Seite. Ich will jetzt nicht an meine Eltern denken. Stattdessen konzentriere ich mich wieder auf Henry und seine Mutter.

»Nenn mich Maria«, erklärt mir seine Mutter, bevor Henry etwas sagen kann. Mit dem gleichen Ausdruck, mit dem sie vorhin noch Henry betrachtet hat, schaut sie nun mich an.

»Okay.« Mir ist klar, dass sich das wahrscheinlich total bescheuert anhört, aber etwas Besseres fällt mir gerade nicht ein.

Mir kommen die Eltern von Jonathan in den Sinn. Die beiden kenne ich schon mein ganzes Leben und trotzdem nenne ich sie noch immer Mr. und Mrs. Stone.

»Wollt ihr mitessen?«, fragt sie im nächsten Moment.

»Eigentlich wollte ich dir nur die Sachen vorbeibringen.« Während Henry ihr antwortet, zeigt er auf die Tüte, die er noch immer in der Hand hält.

Er wirft einen kurzen Blick auf den Mann, der am Tisch sitzt. Für einen Moment habe ich den Eindruck, er würde ihn vorsichtig betrachten. Fast so, als könnte er ihn nicht einschätzen.

Und als ich den Mann ebenfalls betrachte merke ich, dass er uns nicht aus den Augen lässt. Ich weiß nicht wieso, aber der Typ ist mir nicht geheuer. Er hat etwas an sich, was dafür sorgt, dass jede Faser meines Körpers schreit, ihm aus dem Weg zu gehen. Dabei kenne ich ihn gar nicht.

Eine merkwürdige Stille macht sich in der Küche breit. Nicht einmal Maria sagt etwas, obwohl sie eben noch so redselig war.

Henry und der Typ scheinen sich gegenseitig abzuschätzen. In meinem Bauch macht sich ein ungutes Gefühl breit. Ich versuche es zur Seite zu schieben, kann aber nichts dagegen unternehmen.

»Ach, komm schon Henry. Dein Bruder freut sich bestimmt auch, wenn ihr noch ein wenig bleibt. Und dein Vater kommt gleich von der Arbeit. Ich bin mir sicher, dass er Lauren gerne kennenlernen würde. Wir haben dich in den letzten Wochen so selten zu Gesicht bekommen.«

In meinem Kopf bilden sich Abschiedsworte, doch ich kann sie nicht aussprechen. Mein Gehirn versucht noch immer zu verarbeiten, was sie gerade gesagt hat.

Bruder?

Ich weiß nicht, wie oft mir dieses Wort durch den Kopf geht. Langsam schaue ich wieder zu dem Mann, der mich angrinst. Erst jetzt fällt mir die Ähnlichkeit zwischen Henry und ihm auf. Sie haben die gleiche Haarfarbe und auch ihre Gesichtszüge sind ähnlich.

»Okay«, murmelt Henry. Allerdings hört er sich nicht ganz überzeugt an. Er verzieht ein wenig das Gesicht und zeigt mir so, dass er nicht damit gerechnet hat, diesem Mann hier über den Weg zu laufen.

»Na los, setzt euch«, weist Maria uns an.

Als Henry zu mir sieht erkenne ich, dass er immer noch unsicher ist. Ich frage mich, was zwischen ihm und seinem Bruder vorgefallen ist, dass er mir nicht von ihm erzählt hat. Aber ich bin mir sicher, dass es nichts Gutes gewesen sein kann. Sonst hätte Henry mir doch gesagt, dass er einen Bruder hat.

»Na kommt. Warum steht ihr da wie bestellt und nicht abgeholt?«, fragt sein Bruder nun und zeigt dabei auf zwei leere Stühle, die ihm gegenüber am Tisch stehen.

Henry öffnet den Mund, um etwas zu sagen, als ich hinter uns ein Geräusch höre. Erschrocken drehe ich mich um und stehe einem Mann gegenüber, bei dem ich genau sagen kann, dass es sich um den Vater der Brüder handelt.

Für sein Alter ist er noch immer attraktiv. Er ist durchtrainiert, genauso wie seine Jungs, und etwa so groß wie Henry. Durch seine Haare ziehen sich allerdings ein paar graue Strähnen. Das ist das Einzige, woran man erkennt, dass er schon etwas älter ist.

Seine Augen gleiten durch den Raum, bis er Henry und mich entdeckt. »Ahh, der verlorene Sohn«, sagt er mit lauter Stimme, grinst dabei aber.

Auch wenn er sich ein wenig streng anhört, so bin ich mir doch sicher, dass er sich ebenfalls freut.

»Hi Dad«, erwidert Henry.

»Und wer ist diese hübsche Dame?«, fragt er und zeigt dabei auf mich.

»Das ist Lauren, Henrys Freundin. Ich habe dir doch von ihr erzählt«, dringt Marias Stimme an meine Ohren. Sie antwortet ihrem Mann so schnell, dass weder Henry noch ich überhaupt Luft holen können, um etwas zu sagen.

Als er mich vorhin in Gegenwart von Jenny so genannt hat, war mir das nicht so peinlich wie jetzt. Schließlich ist Jenny meine beste Freundin. Die Worte aus dem Mund seiner Mutter zu hören, ist allerdings etwas ganz anderes. Vor allem weil wir nicht zusammen sind.

Auf jeden Fall nicht so, wie sie es anscheinend denkt.

»Stimmt«, ruft sein Dad in der nächsten Sekunde und zieht so meine Aufmerksamkeit wieder auf sich. »Ich habe zurzeit so viel um die Ohren, dass ich es vergessen hatte.«

Kaum hat er ausgesprochen zieht er mich ebenfalls für eine feste Umarmung an sich.

Hilflos schaue ich zu Henry, der nur mit den Schultern zuckt. Er scheint selber nicht zu wissen, was er machen oder sagen soll. Trotzdem mag ich die herzliche Art seiner Eltern. Sie nehmen mich auf und geben mir das Gefühl, als würden wir uns schon ewig kennen.

Allerdings scheint ihre freundliche Art nicht auf seinen Bruder abgefärbt zu haben. Der beobachtet uns nämlich noch immer auf eine Weise, die ich nicht einordnen kann. Doch Henry wirkt etwas lockerer, nun, wo sein Vater neben uns steht.

Wenn man mal davon absieht, dass Logan gruselig ist, verläuft das Essen in angenehmer Atmosphäre. Maria und James sind einfach super. Ich kann gar nicht nachvollziehen, wieso Henry so wenig Zeit hier verbringt. Wären sie meine Eltern, würde ich wahrscheinlich noch immer zu Hause wohnen.

Wir haben so viel Spaß, dass wir gar nicht merken, wie schnell die Zeit vergeht. Als Henry und ich uns von seinen Eltern verabschieden, ist es bereits zehn Uhr abends.

»Es würde mich freuen, wenn ihr bald mal wieder vorbeischaut«, sagt seine Mutter und lehnt sich dabei an ihren Mann.

»Bestimmt«, erwidert Henry, bevor ich die Gelegenheit dazu habe. Dabei greift er nach mir und schlingt seinen Arm um meine Hüften.

»Ich verspreche dir, dass ich nicht vorhatte, so lange hier zu bleiben«, erklärt Henry, nachdem wir uns wieder in den Wagen gesetzt haben.

»Kein Problem. Ich habe es genossen, wirklich. Du hast eine fantastische Familie.«

»Meinst du das ernst?«, fragt er mich und sieht mich dabei skeptisch an.

»Okay, dein Bruder ist vielleicht etwas merkwürdig«, sage ich leise und verziehe dabei ein wenig das Gesicht.

»Ja, so kann man ihn auch nennen.«

»Aber deine Eltern sind super«, fahre ich fort.

Sein leises Lachen erfüllt das Innere des Autos.

»Warum hast du mir nicht von ihm erzählt?«, frage ich ihn. Ich weiß nicht, ob ich mich damit zu weit aus dem Fenster lehne, doch meine Neugier siegt. Ich kann auf Henrys Gesicht seinen inneren Kampf erkennen.

»Logan und ich kommen nicht sonderlich gut miteinander aus. Das war schon immer so, und ich glaube auch nicht, dass sich das jemals ändern wird«, gibt Henry zurück und steckt dabei den Schlüssel in das Schloss.

Das habe ich gemerkt.

Konzentriert schaut Henry auf die Straße, während er den großen Geländewagen durch den Verkehr lenkt.

»Was ist zwischen euch passiert?«, frage ich, bevor ich darüber nachgedacht habe. Kaum habe ich die Frage gestellt, halte ich unbewusst die Luft an. Innerlich mache ich mich sogar darauf gefasst, dass er mir sagt, dass es mich nichts angeht. Und recht hätte er. Da ich mich in seine Richtung gedreht habe, erkenne ich, wie sein Körper sich kurz anspannt. Allerdings hat er sich schnell wieder im Griff, sodass man den Eindruck haben könnte, es wäre nichts passiert.

»Woran es liegt, keine Ahnung. Er ist die letzten Jahre nicht sonderlich oft bei unseren Eltern aufgetaucht. Ich vielleicht auch nicht, aber im Gegensatz zu ihm habe ich einen zeitaufwendigen Job.«

An seiner Stimme erkenne ich, dass er über irgendetwas nachdenkt. Obwohl ich gerne mehr erfahren würde, behalte ich die Worte für mich. Ich will mich nicht mit ihm streiten, vor allem, weil ich den Abend mit ihm und seiner Familie sehr genossen habe.

»Ich freue mich schon auf morgen«, erklärt Henry, als er den Wagen vor meinem Haus stoppt.

»Ich mich auch.« Verlegen spiele ich mit meinen Schlüsseln herum, die ich in meiner Hand halte.

Eine Weile sagt keiner von uns ein Wort. Doch dann höre ich, wie er sich zu mir dreht und spüre in der nächsten Sekunde seine Hand an meiner Wange.

Ein warmes Gefühl macht sich in mir breit. Ich genieße diese Berührung so sehr, dass ich für einen Moment nicht klar denken kann. Es dauert einen Augenblick, bis ich den Mut aufbringe, meine Lider zu öffnen und ihn zu betrachten.

Doch dann würde ich mich am liebsten an ihn lehnen. Er strahlt so viel Wärme aus, dass ich mich geborgen und sicher fühle. Etwas, was bei Jonathan bis jetzt nie passiert ist.

»Hier«, sagt er, und hält mir seine Hand hin. »Das sind die Ausweise, mit denen ihr auf das Gelände und zu den Fahrern kommt. Ich weiß noch nicht genau, wo unser Zelt sein wird, aber Lukas wird am Eingang auf euch warten.«

»Danke«, murmle ich.

Meine Güte, fährt es mir durch den Kopf. Ich komme mir vor, als wäre ich eine Teenagerin. Dabei bin ich eine erwachsene Frau. Ich werde bald Ärztin sein und bin nicht einmal in der Lage, mit einem attraktiven Mann zu sprechen.

Als würde Henry meine Unsicherheit spüren steigt er aus dem Wagen und kommt auf meine Seite. Er öffnet meine Tür und streckt seine Hand nach mir aus. Ohne zu zögern ergreife ich sie und lasse mich von ihm aus dem Auto ziehen.

»Du wirst mein Glücksbringer sein.« Auf seinen Lippen hat sich ein leichtes Lächeln gelegt.

»Glücksbringer?«, quietsche ich ein wenig zu laut. Genau das Gleiche hatte Jenny schließlich auch gesagt. Doch als er mich fragend ansieht, schüttle ich den Kopf und versuche mich selber abzulenken. »Ich kenne mich im Motorsport zwar nicht so aus, aber ich glaube, dass es mehr mit *Können* zu tun hat.«

»Zu wissen, was man macht, ist auf jeden Fall von Vorteil. Aber es geht nicht nur darum.«

»Und worum dann?«, frage ich.

»Die Geschwindigkeit, den Rausch, den Wunsch, immer der Beste und Schnellste zu sein.«

Er steht so dicht vor mir, dass sein heißer Atem meine Haut streift. Atemlos lässt er mich zurück. Vor meinem inneren Auge spielt sich eine Szene ab, in er meinen Hals und noch andere Körperstellen küsst.

Ich hebe meine Hand und lege sie an seine Brust, da ich ihm noch näher sein will. Ich spüre seinen durchtrainierten Oberkörper unter meinen Fingern, der den Wunsch in mir weckt, ihm die Jacke und das Shirt vom Körper zu reißen.

»Jonathan hat dich nicht verdient.«

Seine Worte überraschen mich. Fragend ziehe ich meine Augenbrauen ein Stück nach oben, da ich keine Ahnung habe, wieso er jetzt davon anfängt. Eigentlich hatte ich es seit unserer Ankunft bei seinen Eltern vermieden, überhaupt an Jonathan zu denken.

»Und was ist mit dir?« Ich weiß nicht, woher ich den Mut nehme, ihn das zu fragen. Aber nun sind die Worte heraus, und ich kann sie nicht mehr zurücknehmen.

»Ich weiß es nicht.«

Henry drückt seine Lippen auf meine. Dieser Kuss ist nicht so zurückhaltend oder oberflächlich wie die anderen. Nein, er ist heiß und verlangend. Auf diese Weise gibt er mir zu verstehen, dass er mich will. Seine Hände umgreifen meine Hüften, während seine Zunge über meine Lippen fährt. Wie von alleine öffnen sie sich und gewähren ihm Einlass.

Ich vergesse, dass wir noch immer vor meiner Tür stehen und uns jeder beobachten kann. Aber in diesem Moment will ich ihn spüren und von ihm berührt werden. Deswegen ziehe ich ihn näher an mich heran. Ich habe die stille Hoffnung, dass er einen Schritt weiter geht. Doch das tut er nicht.

Stattdessen entfernt er sich wenige Zentimeter von mir und lässt seine Stirn gegen meine sinken. Dabei kommt er mir so vor, als wäre er gerade in seiner eigenen Welt.

»Ich weiß es nicht«, wiederholt er seine Worte. Dann gibt er mir noch einen flüchtigen Kuss auf die Stirn, ehe er einen Schritt zurück tritt. »Leg dich hin. Morgen wird ein langer Tag.«

»Sollte ich das nicht eher zu dir sagen?«, frage ich ihn, nachdem ich mich wieder gefasst habe.

Henry sagt nichts, sondern grinst mich nur an.

»Würde ich dir das nicht sagen, würden wir zwei noch ganz andere Dinge machen.« Kurz zwinkert er mir zu, ehe er wieder um das Auto herum geht, einsteigt und verschwindet.

Sehnsüchtig schaue ich ihm nach. In meinem Kopf überschlagen sich die Gedanken. *Was war das?*, frage ich mich immer wieder. Das sind die einzigen drei Worte, die ich gerade mit Sicherheit formen kann. Doch egal wie oft ich mir die Frage stelle, ich kenne die Antwort nicht. Habe aber vor, es herauszufinden.

7

—•◆•—

»Kannst du mir mal verraten, was du in den letzten Tagen gemacht hast?« Die laute und energische Stimme meiner Mutter dringt mir entgegen, als sie mich am nächsten Tag anruft.

Als ich ihren Namen auf dem Display gelesen habe, habe ich kurz überlegt, ob ich mein Handy nicht einfach klingeln lassen soll. Aber ich habe mich dagegen entschieden. Jenny holt mich gleich ab, damit wir zum Rennen fahren können. Ich setze mich lieber jetzt mit ihr auseinander, damit ich nachher meine Ruhe habe. Vor allem in Anbetracht der Tatsache, dass sie so lange keine Ruhe geben wird, bis sie mich gesprochen hat. Und sollte sie irgendwann aufhören anzurufen, dann wird mein Dad das mit Sicherheit übernehmen.

»Tut mir leid, Mom. Ich weiß, ich wollte vorbeikommen, aber es war so viel zu tun, dass ich es nicht geschafft habe. Sobald ich ein paar Minuten frei habe, werde ich mich auf den Weg zu euch machen«, erkläre ich sofort und steige dabei in die Sandalen, die ich zusammen mit Jenny gekauft habe. Dabei klemme ich das Telefon zwischen Schulter und Kopf ein, damit es mir nicht herunterfällt, während ich mich am Türrahmen festhalte.

»Und was war so wichtig, dass du nicht einmal anrufen konntest?«, fragt sie mich nun. Dabei klingt ihre Stimme energisch.

Ich sehe sie vor mir, den Kiefer angespannt, kurz davor, laut zu werden, was nicht gut enden kann. Aber ausnahmsweise ist mir das egal. Die Tatsache, dass ich gleich Henry wiedersehen werde, hebt meine Laune. Das kann mir gerade nicht einmal meine Mutter versauen.

»Lauren? Bist du noch da?«

»Ja, Mom«, erwidere ich sofort.

Obwohl ich weiß, dass sie auf eine Antwort wartet, nehme ich mir einen Moment, um tief durchzuatmen.

»Ich hatte ein paar wichtige Termine, um die ich mich kümmern musste.«

»Was kann denn bitte wichtiger sein, als zu studieren und sich bei seinen Eltern zu melden?« Ihre Stimme klingt aufgebracht und macht mir klar, dass sie meine Ausrede nicht gelten lässt.

»Na ja, falls du dich daran erinnerst, muss ich auch noch arbeiten, damit ich mir meine Wohnung leisten kann.«

Noch bevor ich den Satz ausgesprochen habe bereue ich schon, dass ich das Thema angesprochen habe. Vor allem deswegen, weil ich sonst nie in diesem Ton mit ihr spreche. Ich weiß selber nicht, woher ich auf einmal den Mut nehme, aber ihre ständige Bevormundung geht mir auf die Nerven. Allerdings habe ich es noch nie geschafft, ihr das direkt zu sagen.

»Lauren Cooper. Was ist denn nur los mit dir? Ich habe es ja geahnt, wir hätten dich hierbehalten sollen.«

Bei ihren Worten kann ich nicht anders, als die Augen zu verdrehen. *Ich hätte wissen müssen, dass sie früher oder später wieder damit anfängt*, denke ich.

Meine Eltern, und vor allem meine Mutter, waren strikt dagegen, dass ich ausziehe, solange ich noch nicht mit der Uni fertig bin. Sie meinten, dass ich mich nur aufs Lernen konzentrieren soll. Da ich von dieser Idee aber so gar nichts hielt, hatte ich mich auf eigene Faust auf die Suche nach einer kleinen Wohnung gemacht. Ich habe einfach meinen Willen durchgesetzt. Ich musste mir ein wenig Freiraum schaffen, den sie nicht kontrollieren können. Und das ist mir gelungen, obwohl ich zugeben muss, dass sie sich wirklich Mühe geben, mich zurück zu holen.

»Ich wusste es«, ruft sie nun so laut, dass ihre schrille Stimme in meinen Ohren klingelt. Erschrocken zucke ich zusammen und lasse dabei beinahe mein Telefon fallen.

»Was?«, erkundige ich mich vorsichtig, bin mir dabei aber nicht sicher, ob ich die Antwort überhaupt hören will.

»Dass du alles schleifen lässt, nur um dir diese Wohnung in dieser komischen Gegend leisten zu können.«

Eigentlich wollte ich gerade nach meiner Tasche greifen, doch nun halte ich mitten in der Bewegung inne. Ihre Worte sind wie ein Schlag ins Gesicht für mich. Ich bin mir nicht sicher, ob sie es darauf angelegt hat oder nicht, aber das ist auch egal.

In den letzten Jahren hatte ich eigentlich das Gefühl gehabt, dass sie merkt, dass ich sehr wohl in der Lage bin, mich um Uni und Arbeit zu kümmern. Meine Noten sprachen schließlich immer für sich. Aber anscheinend habe ich mich geirrt.

Da ich nicht weiß, was ich sagen soll, um sie vom Gegenteil zu überzeugen, halte ich meinen Mund. Außerdem ist mir klar, dass es eh nichts gibt, was ihre Meinung ändern könnte. Das haben mir ihre letzten Worte gezeigt.

»Du kannst doch wieder zu Hause einziehen, bis du fertig bist und dich im Krankenhaus eingelebt hast.«

»Nein«, erwidere ich mit fester Stimme.

»Nein?«

»Genau, nein.« Es gibt Dinge, über die werde ich nicht diskutieren, und das ist eines davon.

»Aber Lauren ...«, setzt sie an, doch ich unterbreche sie, bevor die Diskussion in die nächste Runde gehen kann. Mir ist klar, dass es beim nächsten Gespräch weiter geht, aber das ist nebensächlich.

»Mom, bitte. Wir haben uns schon so oft darüber unterhalten, und ich bin noch immer der gleichen Meinung. Das hier ist keine komische Wohngegend. Nur weil es nicht Beverly Hills ist, heißt das nicht, dass es hier nur Kriminelle gibt.«

Ich halte gespannt die Luft an. Da ich den Gesichtsausdruck meiner

Mom nicht sehen kann, bleibt mir nichts anderes übrig als die Ohren zu spitzen und auf jeden Ton zu achten, der aus dem Telefon kommt.

Doch sie schweigt. Sie sagt kein Wort. Nicht einmal ihr Atem ist durch die Leitung zu hören, sodass ich mich frage, ob sie überhaupt noch dran ist.

»Dann lass uns wenigstens die Miete zahlen«, sagt sie, als ich schon erleichtert aufatmen will.

Und mich damit zwingen, wieder von euch abhängig zu sein?, denke ich, sage es jedoch nicht.

»Mom, ich weiß, dass du es nur gut meinst. Aber ich habe es in den letzten Jahren geschafft, meine Wohnung alleine zu bezahlen, und daran wird sich jetzt nichts ändern. Warum sollte es auch?«, frage ich sie. »Es sind ja nur noch ein paar Monate.«

Kaum habe ich ausgesprochen höre ich ein leises Seufzen, das durch die Leitung dringt. »Ich mache mir nur Sorgen um dich. Und wenn ich dann höre, dass du so viel zu tun hast, kommt der Verdacht auf, dass es dir zu viel wird.«

Schlagartig bekomme ich ein schlechtes Gewissen, weil ich sie angelogen habe. Allerdings war es leichter, als ihr die Wahrheit zu sagen.

»Außerdem hat Jonathan angerufen.«

»Natürlich hat er das«, flüstere ich leise. Eigentlich hätte ich mir denken können, dass sie irgendeinen Hintergedanken hat. Und genauso hätte ich wissen müssen, dass es sich dabei um Jonathan dreht.

»Er hat mir gesagt, dass er in der letzten Zeit ein paar Mal versucht hat, dich zu erreichen. Er will irgendetwas mit dir besprechen.«

»Irgendetwas?« Ich kann nicht verhindern, dass meine Stimme sich ein wenig verwundert anhört.

»Meld dich einfach mal bei ihm. Ich weiß doch auch nicht, worum es geht.«

Ich kann die Worte meiner Mutter nicht glauben. Wahrscheinlich liegt es daran, dass Jonathan nicht zu den Männern gehört, die irgendetwas besprechen wollen. Sie wissen genau, was sie sagen wollen und reden nicht um den heißen Brei herum. Doch in diesem Moment hört es sich für mich so an, als hätte Jonathan genau das getan. Dabei hat er keine Geheimnisse, schon gar nicht, wenn es dabei um mich geht. Mindestens mein Vater weiß immer Bescheid und wenn er mal etwas nicht weiß, dann erfährt er es sofort.

»Ich werde ihn morgen anrufen«, erwidere ich also und hoffe, dass es in Ordnung für meine Mutter ist. Dabei bin ich mit meinen Gedanken immer noch bei Jonathan. Im Stillen gehe ich schon sämtliche Dinge durch, die er mit mir besprechen könnte. Auch ein möglicher Heiratsantrag kommt mir dabei in den Sinn. Doch diese Möglichkeit kann ich wieder zur Seite schieben. Sollte es so sein, dann würde meine Mom sich anders anhören. Um sicher zu gehen, dass ich auch nichts übersehen habe, denke ich noch mal an unsere letzte Begegnung. Aber wir haben uns nicht gestritten oder so. Es ist zwar schon eine Weile her, aber in der Vergangenheit ist es immer wieder vorgekommen, dass wir uns eine Woche, oder noch länger, nicht gesprochen haben.

Erleichtert lasse ich mich gegen den Türrahmen sinken. »Ich muss jetzt auflegen, damit ich hier weiter machen kann«, erkläre ich ihr in der nächsten Sekunde.

»Melde dich bei uns.«

»Werde ich machen. Bye Mom.«

»Tschüss.«

Mir ist klar, dass sie nicht begeistert davon ist, wie das Gespräch lief. Aus diesem Grund nehme ich es ihr nicht krumm, dass sie so abweisend klingt. Doch ich muss zugeben, dass da noch etwas anderes in ihrer Stimme war, was ich nicht so ganz einordnen kann. Allerdings habe ich jetzt auch keine Zeit, mich damit zu befassen.

Ein letztes Mal atme ich tief durch, ehe ich in den Flur gehe, nach meiner Tasche greife und den Schlüssel in die Hand nehme.

»Bist du sehr nervös?«, fragt mich Jenny, nachdem ich mich in ihren Wagen gesetzt habe.

»Nein«, erwidere ich nur, während ich mich anschnalle.

»Okay«, murmelt sie nach einer Ewigkeit. »Also ich war nervös vor meinem ersten Rennen.«

»Ich glaube, dass du auch ein paar Jahre jünger warst.«

»Ja, aber du brauchst gar nicht abzulenken.«

»Ich lenke nicht ab.«

»Ha«, ruft sie laut aus.

»Was?«

»Tust du doch und das weißt du auch.«

Langsam, fast schon in Zeitlupe setze ich mich so hin, dass ich sie betrachten kann. Aber auch Jenny schaut mich aufmerksam an.

»Nervös ist das falsche Wort«, murmle ich.

In diesem Moment frage ich mich das erste Mal, ob es wirklich richtig war, dass ich zugesagt habe. Es ist wohl mehr als offensichtlich, dass ich nicht zu den Frauen gehöre, die regelmäßig zu Rennen gehen. Und das wird man mir wahrscheinlich auch deutlich ansehen. Schließlich war ich noch nie gut darin, etwas für mich zu behalten.

»Jetzt mach dir keine Gedanken. Es wird ein riesiger Spaß«, erklärt Jenny mit aufbauender Stimme.

»Wie oft warst du da schon?«

»Da mein Dad früher oft als Mechaniker bei solchen Rennen gearbeitet hat, war ich das eine oder andere Mal mit. In den letzten Jahren ist es aber eindeutig weniger geworden, da ich kaum Zeit dafür hatte, obwohl ich die Umgebung immer mochte. Damals war ich aber zu jung, um wirklich Spaß zu haben. Ich würde nämlich wetten, dass es etwas ganz anderes ist, wenn man als Erwachsener hingeht und nicht als Kind. In gewisser Hinsicht kann man also sagen, dass wir heute beide unser erstes Mal haben.« Jenny zwinkert mir zu, ehe sie den Gang einlegt und losfährt.

Obwohl ich erst darauf bestanden hatte, selber zu fahren, bin ich nun doch darüber froh, dass Jenny ihren Kopf durchgesetzt hat. Ich bin nämlich so aufgeregt, dass ich früher oder später wahrscheinlich einen Unfall gebaut hätte.

Als die Rennstrecke endlich in Sichtweite kommt, kommt es mir vor, als würde ich gleich meine restlichen Nerven verlieren. Mein ganzer Körper zittert. Ich bin mir sicher, dass ich noch nie so aufgeregt war. Nicht einmal an meinem ersten Tag in der Uni. Aber gleichzeitig kann ich es auch kaum erwarten endlich wieder bei Henry zu sein. Und das, obwohl wir uns erst gestern Abend voneinander verabschiedet haben. Trotzdem schlägt mein Herz bei dem Gedanken schneller, dass es nur noch ein paar Minuten dauert. Ich rufe mir aber auch in Erinnerung, dass ich versuchen sollte, nicht wie eine komplette Idiotin zu wirken. Vor allem dann nicht, wenn ich mich nicht vor allen zum Gespött machen will.

Schon von Weitem kann ich erkennen, dass auf dem Parkplatz Hunderte von Autos stehen, sodass ich die Vermutung habe, dass wir ewig unsere Runden drehen werden, bis wir einen freien Parkplatz gefunden haben. Doch Jenny macht keine Anstalten sich einen Platz zu suchen. Auf einer kleinen Nebenstraße fährt sie vorbei und hält auf ein Tor zu, was sich am Rand befindet. Davor kann ich einige Reporter erkennen, die anscheinend nur darauf warten, dass einer oder mehrere der Fahrer auftauchen. Als sie uns bemerken halten sie die Kameras auf den Wagen und machen ein paar Bilder.

»Die werden gleich blöd schauen, wenn sie bemerken, dass hier nur zwei Mädels drin sitzen, die keine Rennen fahren.«

Als ich mich zu Jenny drehe, kann ich erkennen, dass es ihr Spaß macht die Meute an der Nase herumzuführen. Und sie setzt sogar noch einen drauf und drückt auf die Bremse, damit die Paparazzi gute Bilder machen können.

Jenny sieht mich an und grinst dabei belustigt. Langsam fährt sie näher an das Tor heran. Als wir in Hörweite der Reporter kommen rufen sie uns irgendwelche Fragen zu. Doch dann bemerken sie, dass sie uns nicht mit den Fahrern oder wenigstens den Teams in Verbindung bringen können.

»Vielleicht sollte ich ihnen sagen, dass die Freundin von Henry Cooper im Wagen sitzt«, witzelt Jenny. Doch dieses Mal kann ich nicht lachen. Ich verziehe nicht einmal das Gesicht.

»Süße, das war ein Scherz. Ich würde dich denen niemals zum Fraß vorwerfen«, erklärt meine Freundin sofort, als sie bemerkt, dass ich ihre gute Laune nicht teile. Allerdings gehe ich nicht weiter darauf ein.

Ohne die Reporter weiter zu beachten fährt Jenny an ihnen vorbei, auf das Tor zu. Wir sind noch nicht einmal zum Stehen gekommen, als zwei Schränke das kleine Wachhäuschen verlassen, was sich auf der rechten Seite befindet.

In diesem Fall ist »Schränke« genau der richtige Ausdruck. Die beiden Männer sind extrem breit gebaut. Es wundert mich, dass sie sich überhaupt bewegen können.

Einer von ihnen bleibt in einiger Entfernung stehen, während sich der zweite uns langsam nähert. Schnell gebe ich Jenny die Ausweise, die sie durch das geöffnete Fenster hinausreicht.

Der Typ überprüft sie, ehe er seinem Kumpel zu verstehen gibt, dass wir durchfahren dürfen. Dies macht er, ohne auch nur ein einziges Wort zu sagen, dafür hat er aber einen ziemlich grimmigen Gesichtsausdruck aufgesetzt.

»Ich wünsche euch noch einen schönen Tag«, verkündet Jenny mit guter Laune und lächelt ihn an. Erst dann fährt sie langsam weiter und sucht einen Parkplatz.

»Da seid ihr ja. Henry vermisst schon seinen Glücksbringer. So aufgeregt habe ich den armen Kerl noch nie erlebt«, begrüßt uns Lukas, als wir den Wagen verlassen haben. »Ich bin nicht sein Glücksbringer«, erkläre ich ihm mit fester Stimme. »Und auch nicht seine Freundin«, füge ich an Jenny gewandt hinzu.

»Wenn du meinst«, erwidert sie nur und zuckt dabei mit den Schultern. Dann schließt sie den Wagen ab und hakt sich bei mir unter. »Na kommt«, erklärt Lukas und geht voraus.

Gemeinsam folgen wir ihm. Er führt uns zwischen den einzelnen Zelten entlang, die überall verteilt stehen. Neugierig schaue ich mir beim Vorbeigehen alles genau an.

Überall befinden sich Rennmaschinen, an denen noch zum letzten Mal Hand angelegt wird. Dazwischen laufen ein paar Männer mit Rennanzügen herum und ein paar, die Unterlagen unter dem Arm tragen. Aber auch genauso viele Frauen, in knappen Oberteilen und viel zu kurzen Röcken. Man braucht nicht groß darüber nachzudenken, worauf sie aus sind. Die Art und Weise, wie sie sich den Typen präsentieren ist mehr als nur eindeutig.

»Da hinten«, sagt Lukas nun.

Als ich seinem ausgestreckten Arm folge, erkenne ich Henry sofort. Er steht neben einer schwarzen Rennmaschine und unterhält sich mit einem älteren Mann. Dieser fuchtelt wild mit den Armen umher, sodass ich davon ausgehe, dass er Henry noch ein paar Tipps gibt.

Kurz bleibe ich stehen und betrachte ihn. Ich muss sagen, dass er in den Sachen noch heißer aussieht als sonst. Ich bin mir nicht sicher, ob ich mich einfach neben ihn stellen kann. Deswegen bleibe ich unentschlossen an Ort und Stelle und beobachte die beiden.

Als Henry mich entdeckt, betrachtet er mich von oben bis unten. Er scheint vergessen zu haben, dass der Mann, der ihm gegenüber steht, noch immer redet. Es fühlt sich so an, als wären wir alleine. Obwohl wir uns noch mehrere Meter voneinander entfernt befinden und viele Menschen um uns herum sind.

Erst, als er sich abwendet, bin ich wieder in der Lage klar zu denken. Ich sehe zu Jenny und Lukas und bemerke, dass sie die Szene beobachtet haben. So gut es geht versuche ich die beiden auszublenden, als ich mich in Bewegung setze und die restlichen Meter bis zu Henry überbrücke. Allerdings komme ich nicht weit. Ich bin so darauf konzentriert, mit niemandem zusammenzukrachen, dass ich gar nicht gemerkt habe, wie Henry plötzlich vor mir steht. Erst als sein Geruch mir in die Nase steigt werde ich auf ihn aufmerksam.

Seine Hände umgreifen meine Hüften und sein Gesicht kommt mir so nah, dass sein heißer Atem mein Ohr streift.

»Ich bin mir sicher, dass es hier keine Frau gibt, die so heiß aussieht wie du«, raunt er mit gefährlicher Stimme.

Noch bevor ich irgendetwas erwidern kann, küsst er mich. Ich bin so überrascht darüber, dass ich gar nicht weiß was ich machen soll.

Auch die Tatsache, dass sich meine Brustwarzen aufrichten hilft mir nicht gerade, klar zu denken.

Doch als ich die lauten Pfiffe höre, die um uns herum ertönen, wird mir schnell wieder klar, wo wir uns befinden.

Aus einem Reflex heraus weiche ich ein Stück zurück, was aber nichts daran ändert, dass mein Kopf die Farbe einer überreifen Tomate annimmt.

»Beachte die Idioten überhaupt nicht. Jeder Einzelne von denen ist nur eifersüchtig.«

Bei seinen Worten hebe ich wieder meinen Kopf und erkenne das leichte Lächeln auf seinem Gesicht. Es sorgt dafür, dass ich mich ein wenig entspanne, aber nur ein wenig.

»Wieso sollten sie denn eifersüchtig sein?«, erkundige ich mich und sehe dabei kurz zu den Männern.

»Die würden jetzt gerne selber mit dir hier stehen. Allerdings bin ich derjenige, der das Glück hat.«

Für einen Moment sieht es so aus, als würde er noch etwas sagen wollen, doch das tut er nicht. Stattdessen greift er nach meiner Hand, als Jenny und Lukas ebenfalls neben uns auftauchen.

»Du hättest ruhig früher mit so einem Ausweis rausrücken können. Wenn man alt genug ist, um wirklich mit den Fahrern flirten zu können und von ihnen ernst genommen wird, ist es doch um einiges cooler. Damals war ich nur wie eine kleine Schwester für alle. Und das kann ganz schön nervig werden, vor allem wenn man schon einen großen Bruder hat«, sagt Jenny und grinst dabei von einem Ohr bis zum anderen.

»Du hättest nur etwas sagen müssen«, kontert Henry und zieht mich dabei an sich heran.

Ich genieße die Nähe zu ihm. Auch wenn ich mir darüber bewusst bin, dass alle, die sich gerade in unserer Nähe befinden, uns beobachten. Doch das blende ich so gut es geht aus und konzentriere mich nur auf ihn und unsere Freunde.

Jenny verzieht ein wenig das Gesicht, was nur dafür sorgt, dass

Lukas laut lacht. »Glaubst du wirklich, dass meine Schwester freiwillig zugibt, dass sie gerne hier ist? Dafür hat sie einen viel zu großen Dickkopf. Das hat sie früher schon nicht gemacht.« Lukas kneift seiner Schwester in die Seite, sodass sie nur genervt die Augen verdreht. »Man muss sie zu ihrem Glück zwingen.«

»Henry«, höre ich einen Ruf, als Jenny etwas erwidern will.

Gleichzeitig drehen wir uns zu der Stimme um. Ich sehe einen Mann auf uns zukommen, der das gleiche Alter haben muss wie wir. Er trägt ebenfalls einen Rennanzug, was mich zu der Annahme bringt, dass die beiden Kollegen sind.

»Das ist also deine Freundin«, stellt er mit freundlicher Stimme fest, nachdem er stehen geblieben ist. Dabei grinst er mich frech an. »Ich muss zugeben, dass ich neugierig war.«

»Darf ich dir Travis vorstellen? Er ist ein kleiner Komiker«, klärt Henry mich auf.

»Einer muss ja hier für den Spaß sorgen. Wobei ich mich nicht direkt als Komiker bezeichnen würde.«

»Und wie dann?«, erkundigt sich Henry.

»Als netten Jungen, dem man einfach nicht die Laune verderben kann«, erwidert sein Kollege und schlägt Henry dabei auf die Schulter. »Aber um ernst zu werden, wir sollen uns fertig machen. In einer halben Stunde geht es zum Start. Es hat mich gefreut«, verabschiedet sich Travis von mir.

»Ja«, gebe ich zurück. Dabei hoffe ich, dass ich mich nicht ganz so dämlich anhöre, wie ich mir gerade vorkomme.

Nachdem er Henry noch einmal eindringlich betrachtet hat, verschwindet Travis genauso schnell, wie er gekommen ist.

»Komm.« Ohne abzuwarten zieht Henry mich nun hinter sich her zu der Maschine, neben der er vorhin noch stand. Dabei schließt er den Verschluss seines Rennanzuges.

Ich will ein paar Schritte entfernt stehen bleiben, doch das lässt er nicht zu. Ruckartig zieht er mich so dicht an sich heran, dass ich mich an ihm festhalten muss, damit ich nicht mein Gleichgewicht verliere.

»Irgendwann wirst du mal auf dem Teil sitzen«, flüstert er und deutet dabei auf seine Maschine.

Ich folge seinem Blick, ehe ich ihn wieder ansehe und den Kopf schüttle. »Das glaube ich nicht«, erwidere ich und versuche dabei so ernst wie möglich zu klingen, aber so ganz gelingt mir das nicht. Alleine die Vorstellung, auf so einem Ding zu sitzen, reißt mich mehr aus meiner Komfortzone heraus, als ich es will.

Da seine Gesichtsmuskeln verräterisch zucken, vermute ich, dass er genau weiß, was mir gerade noch durch den Kopf gegangen ist. »Mal schauen«, flüstert er dicht an meinem Ohr und küsst mich dann. »Da hinten sind Bildschirme«, erklärt er mir. »Dort kannst du alles genau mitverfolgen. Ihr könnt aber auch zu den Tribünen gehen. Lukas wird dir alles zeigen. Ich bin mir sicher, dass er auf dich und Jenny aufpassen wird.«

Während er spricht schaue ich ihn an. Dabei achte ich jedoch kaum auf seine Worte.

»Was ist?«, fragt er mich.

»Ich wünsche dir viel Glück«, entgegne ich.

»Das brauche ich nicht.« Mehr sagt er nicht.

Verwirrt schaue ich ihm dabei zu, wie er sich den Helm über den Kopf streift und auf seine Maschine steigt. Mit einem lauten Ton erwacht das Motorrad zum Leben.

Langsam entfernt er sich, während ich ihm nachsehe. Ich habe das Gefühl, dass er irgendetwas hat. Da ich mir aber nicht vorstellen kann, um was es geht, schiebe ich es darauf, dass er nervös ist.

8

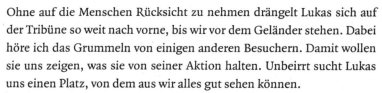

Ohne auf die Menschen Rücksicht zu nehmen drängelt Lukas sich auf der Tribüne so weit nach vorne, bis wir vor dem Geländer stehen. Dabei höre ich das Grummeln von einigen anderen Besuchern. Damit wollen sie uns zeigen, was sie von seiner Aktion halten. Unbeirrt sucht Lukas uns einen Platz, von dem aus wir alles gut sehen können.

»Die Bildschirme hätten mir gereicht«, erkläre ich ihm, nachdem ich neben ihm stehen geblieben bin.

»Hah«, macht er nur. »Ein Rennen muss man live erleben. Nur so kann man später wirklich davon sprechen. Bei einer Übertragung bekommt man doch die Atmosphäre gar nicht richtig mit. So etwas muss man erlebt haben. Außerdem bin ich mir sicher, dass Henry sich darüber freut.« Während er spricht hält er seine Nase nach oben und dreht sich einmal im Kreis. »Du bist verrückt. Aber das weißt du ja«, antworte ich lachend.

»Ja, das weiß er. Das ist ja schon Dauerzustand bei ihm«, ergänzt Jenny.

»Macht ihr euch ruhig lustig. Aber ich kann euch sagen, dass es jedes Mal aufs Neue eine Erfahrung ist, die man einfach gemacht haben muss.«

So ganz kann ich mir das nicht vorstellen, aber das ist seine Meinung. Und wahrscheinlich spielt dabei auch die Tatsache, dass er ein Mann ist, eine große Rolle.

»Aber das wirst du auch noch merken, Lauren. Schließlich wirst du ab jetzt ja öfter dabei sein.«

»Mal schauen«, flüstere ich so leise, dass ich mir sicher bin, dass er nichts hört. Die Worte gehen in dem Lärm, der um uns herum herrscht, unter, worüber ich froh bin.

Während der nächsten sechzig Minuten bin ich angespannt. Diese Anspannung verschwindet immer dann für wenige Sekunden, wenn Henrys Maschine in Sichtweite kommt.

Als die Zielflagge endlich gezogen wird, atme ich erleichtert auf. Obwohl ich es genossen habe, ihn zu beobachten, bin ich doch froh, dass er es überstanden hat und als fünfter ins Ziel gefahren ist.

Es dauert eine Weile, bis wir uns auf den Rückweg machen können. Dieses Mal halte ich Lukas davon ab, sich wieder mit den Armen den Weg freizukämpfen. Überall stehen Leute herum, die den Fahrern zu ihren Plätzen gratulieren wollen.

Allerdings kann ich auch ein paar vereinzelte beobachten, die ihre Helme auf den Boden schmeißen. Wahrscheinlich ärgern sie sich darüber, dass sie es nicht weiter nach oben geschafft haben.

Mit großen Schritten geht Lukas voran, sodass ich Mühe habe, mit ihm Schritt zu halten. Jenny hält sich an mir fest, damit sie uns nicht in dem Gedränge verliert.

»Wo willst du überhaupt hin?«, frage ich ihn. Ich habe die Befürchtung, dass er selber nicht so genau weiß, wo sich sein Ziel überhaupt befindet.

»Keine Sorge. Henry hat mir gesagt, wo wir ihn finden werden«, antwortet er, nachdem er sich zu mir gedreht hat.

»Hm«, höre ich Jenny neben mir murmeln. Sie weicht dabei einer Frau aus, die einem der Fahrer um den Hals fallen will.

»Ist das immer so?«, frage ich sie, nachdem ich beinahe mit einem Typ zusammengestoßen wäre, der ein paar Autogramme gibt.

»So habe ich das nicht in Erinnerung. Ich muss zugeben, dass sich in den letzten Jahren ein wenig verändert hat. Sonst hätte ich dich gewarnt.« Jenny zuckt entschuldigend mit den Schultern.

»So war das schon immer, Schwesterherz. Dad hat dich von diesem Ansturm nach einem Rennen nur immer ferngehalten.«

Bei Lukas' Worten habe ich schlagartig ein Bild vor Augen, wie sich ein paar Frauen an Henry ranmachen. Obwohl ich es nicht will, werde ich eifersüchtig. Ich habe nicht einmal ein Recht dazu. Schließlich sind wir nicht richtig zusammen. Auf jeden Fall haben wir nie darüber gesprochen, und jetzt wäre es wahrscheinlich auch noch viel zu früh dafür.

Ein paar Schritte folgen wir Lukas noch, bis wir endlich an einer Stelle angekommen sind, an der nicht mehr ganz so viel los ist. Auch hier herrscht noch mächtig Trubel und überall stehen Reporter herum, aber man kann wenigstens wieder atmen. Auch das Gefühl, dass ich gleich über den Haufen gerannt werde, verschwindet langsam.

Als Lukas stehen bleibt, schaue ich mich zu allen Seiten um, bis ich Henry entdecke. Er steht in einiger Entfernung und unterhält sich mit seinem Teamkollegen und ein paar anderen Männern. Da ich nicht weiß, wie ich mich verhalten soll, warte ich ab. Allerdings macht das meine Unsicherheit auch nicht besser, da ich auf diese Weise immer wieder beobachten muss, wie auch er Frauen Autogramme gibt. Und zwar nicht nur auf Shirts oder Eintrittskarten. Nein, die meisten entblößen sogar ihre Brüste. Ihre Brüste!

»Oh Mann«, entfährt es mir, ehe ich es verhindern kann.

»Was ist?«

Als ich nicht antworte dreht Jenny sich ebenfalls zu mir.

»Ja, das ist sicher nicht leicht für dich. Aber glaub mir, für ihn ist es das bestimmt auch nicht. Für Lukas wäre das perfekt. Aber ich kann dir nur immer und immer wieder sagen, dass Henry das nicht macht, um an die Nummern der Mädels zu kommen. Obwohl sie ihm die wahrscheinlich mit dem größten Vergnügen geben würden.«

Seufzend befördert sie mich mit einem schwungvollen Stups zu Henry.

»Hi, Alter. Ich habe hier deinen größten Fan«, ruft Lukas und sorgt dafür, dass sich alle zu uns drehen. Auch ein paar Frauen, die in der Nähe stehen, mustern mich von oben bis unten.

»Ich dachte schon, dass ihr mich nicht findet«, antwortet Henry.

»Ach Quatsch, ich kenne das Gelände mittlerweile wie meine Westentasche.«

»Dann kennst du dich hier also besser aus als in der Werkstatt, wenn ich Dads Worten glauben darf«, erwidert Jenny.

Ich weiß genau, worauf sie anspielt. Ihr Vater hat sich schon mehr als einmal darüber beschwert, dass Lukas sich nicht merken kann, wo welche Werkzeuge hingehören. Ich habe allerdings eher die Befürchtung, dass er gar keine Lust hat, sie wieder wegzuräumen und das lieber die anderen für sich machen lässt.

Während ich noch Lukas und Jenny beim Zanken beobachte, laufe ich gegen einen warmen Körper. Erschrocken sehe ich auf. Wie von alleine schlingen sich meine Arme um seinen Hals. »Herzlichen Glückwunsch«, flüstere ich so leise, dass ich mir sicher sein kann, dass mich sonst niemand hört. Ein wenig zurückhaltend lächle ich ihn an, ehe ich ihm einen Kuss auf die Wange gebe.

Von einer Sekunde auf die andere wird mir heiß. Mir ist klar, dass seine Freunde um uns herum stehen und uns aufmerksam beobachten. Aber ich bin nicht in der Lage mich von ihm zu entfernen, und das will ich auch gar nicht.

Nachdem ich all die Weiber beobachtet habe, die in den letzten Minuten versucht haben, seine Aufmerksamkeit zu gewinnen, suche ich seine Nähe. Und dieses Mal lasse ich es zu. Es gibt nicht einen einzigen Grund, wieso ich meine Zuneigung zu ihm verstecken sollte. Das ist mir klar geworden.

»Super gemacht«, dringt die Stimme von Lukas zu uns hindurch.

Leise räuspere ich mich und will mich ein Stück von ihm entfernen, damit er sich mit seinem Freund unterhalten kann. Henry löst seine Hand von meinem Rücken und umgreift meine.

»Danke, aber ich gebe zu, dass es diesmal nicht einfach war.«

Irgendetwas in seiner Stimme sorgt dafür, dass ich ihn verwirrt anschaue. Wobei das nicht das richtige Wort ist. Ich dachte, dass er gut abgeschnitten hat. Aber ich höre überhaupt keine Freude aus seiner Stimme. Er hört sich an, als wäre es ihm egal.

»Für Travis anscheinend schon. Der Junge hat ein Talent, das gibt es nicht oft«, kontert Lukas und schneidet dabei eine Grimasse.

Ganz am Rande hatte ich mitbekommen, dass sein Teamkollege und Freund den zweiten Platz belegt hat. Nun betrachte ich Henry ein wenig genauer. Ich hatte die Befürchtung, dass ich vielleicht ein wenig Eifersucht in seinem Gesicht erkennen würde, aber dem ist nicht so. Er zuckt nur mit den Schultern, als wäre das keine große Sache. »Er hat das Talent, ich mache das eher aus Spaß an der Sache. Das weißt du doch.« Kurz warte ich, ob er noch etwas dazu sagt, doch dem ist nicht so. Das ist seine einzige Antwort darauf.

»Henry! Ich unterbreche euch ja wirklich nur ungern, aber die Presse will mit euch sprechen«, erklärt ihm der Mann, mit dem er vorhin schon gesprochen hatte, als wir angekommen sind. Er trägt ein Headset am Ohr und macht den Eindruck, als hätte er hier das Sagen.

»Alles klar, Chef.« Henrys Ton ist zackig, als wäre er bei der Army.

»Wieso tue ich mir das nur an?«, fragt er leise in die Runde. Die meisten würden nun wahrscheinlich denken, dass er genervt ist, allerdings glaube ich das nicht. Ich kann erkennen, dass er sich nur schwer ein Grinsen verkneifen kann.

Kurz sieht sein Chef sich um, ehe er uns den Rücken zudreht und wieder verschwindet.

»Ich glaube er ist froh, wenn er das Team irgendwann in andere Hände abgeben kann. Dann braucht er sich wenigstens nicht mehr mit dir und den anderen Fahrern rumschlagen«, lacht Lukas.

Henry zeigt ihm den Mittelfinger, ehe er sich so hinstellt, dass seine Brust meine bei jedem Atemzug berührt. »Es wird nicht lange dauern. Und dann werden wir von hier verschwinden.« Seine Stimme klingt verheißungsvoll und sorgt dafür, dass ich ein sehnsuchtsvolles Ziehen in meinem Bauch verspüre. Ich muss mehrmals tief durchatmen, um zu verhindern, dass ich nicht wie Wachs in der Sonne schmelze. Mein Mund ist so trocken, dass ich nichts herausbekomme. Aber das muss ich auch gar nicht. In diesem Moment erscheint Travis hinter ihm, der mich kurz grüßt, bevor er wieder mit Henry verschwindet.

Zusammen mit Jenny stelle ich mich zwischen die Reporter und höre den Fahrern dabei zu, wie sie die Fragen beantworten. Mir erscheint es allerdings nicht so, als wäre Henry bei der Sache. Und das hat nichts damit zu tun, dass das hier nun schon fast eine Stunde so geht. Es ist etwas anderes, das spüre ich. Immer wieder muss man ihn mehrmals ansprechen, bevor er reagiert. Und selbst dann sind seine Sätze nur abgehackt.

»Wer ist das?«, fragt Jenny, als mein Handy anfängt zu klingeln.

Ich ziehe es aus meiner Tasche und betrachte den Namen, der auf dem Display angezeigt wird. »Jonathan«, stöhne ich. »Ich habe keine Ahnung, was ich machen soll.« Einerseits habe ich ein schlechtes Gewissen, weil ich ihm schon seit Tagen aus dem Weg gehe, obwohl er sogar versucht hat, mich bei meinen Eltern zu erreichen. Andererseits verbiete ich mir genau dieses schlechte Gewissen selber. Schließlich habe ich endlich mal Spaß.

»Wann hast du das letzte Mal mit ihm gesprochen? Und ich meine richtig, persönlich. Nicht am Telefon.«

»Das ist schon eine Weile her.«

Sie seufzt leise, während sie mich beinahe mitfühlend ansieht.

»Es ist offensichtlich, dass du nicht die geringsten Gefühle für ihn hast. Auf jeden Fall nichts, was über eine Freundschaft hinausgeht. Alleine deswegen solltet ihr endlich mal richtig miteinander sprechen. Und damit meine ich nicht, dass ihre eure verdammten Terminkalender vergleicht. Die Frage ist nämlich, ob er die gleichen Gefühle für dich hat, wie Henry sie hat.«

Eine Weile sehe ich sie nachdenklich an. »Aber das kann ich doch nicht am Handy machen«, gebe ich schließlich zu bedenken. Dabei weiche ich ihren letzten Worten mit Absicht aus.

»Da hast du recht. Das sollte man schon persönlich klären.«

Gerade als ich mich endlich dazu durchgerungen habe, das Telefonat anzunehmen, ist mein Handy wieder ruhig.

Allerdings nur, um bereits nach zwei Sekunden wieder anzufangen zu klingeln. Für einige Sekunden betrachte ich Henry. Auch er sieht zu mir. Aufmunternd lächelt er mich an, als würde er spüren, wie es mir gerade geht.

»Soll ich rangehen? Ich könnte ihm sagen, dass du dein Handy bei mir vergessen hast«, schlägt Jenny vor.

»Danke, aber ich glaube nicht, dass es etwas bringen würde. Er würde entweder bei meinen Eltern anrufen, oder sogar bei mir vorbeifahren. Und das kann ich gerade beides nicht gebrauchen.«

Fast schon mitleidig betrachtet Jenny mich.

»Ich könnte ihm auch sagen, dass du erst wieder mit ihm sprichst, wenn er nicht mehr so langweilig ist«, verkündet nun Lukas, der unser Gespräch anscheinend mitbekommen hat.

»Du hast nur ein- oder zweimal mit ihm gesprochen«, werfe ich ein.

»Das hat aber ausgereicht. Außerdem habe ich genug über ihn gehört«, erwidert er und tut dabei so, als würde er gähnen.

»Ich bin gleich wieder da«, erkläre ich den beiden. Es fällt mir schwer, einfach zu verschwinden, aber wenn ich nicht endlich ans Telefon gehe, dann wird Jonathan es noch öfter versuchen, da bin ich mir sicher. Und dann ist Henry vielleicht bei mir, sodass es nur noch unangenehmer wird. Schließlich ist das nichts, was ich in seiner Gegenwart besprechen möchte.

Schnell husche ich zwischen den anderen hindurch, bis ich eine Ecke gefunden habe, in der es etwas ruhiger ist. Ein letztes Mal atme ich tief durch, bevor ich meine Hand hebe und das Gespräch annehme. »Hi Jonathan«, begrüße ich ihn und versuche dabei so gut gelaunt zu klingen, wie es nur geht.

»Ich muss mit dir sprechen«, beginnt er sofort, ohne mich ebenfalls zu begrüßen oder sonst etwas zu sagen.

»Ist alles in Ordnung?«, erkundige ich mich vorsichtig. Ich kann nichts gegen das ungute Gefühl unternehmen, dass sich in meinem Inneren bildet. Es breitet sich von meinem Bauch aus immer weiter aus, sodass es mir schon bald so vorkommt, als hätte es meinen ganzen Körper fest im Griff.

»Ich würde das lieber persönlich mit dir besprechen. Am Telefon geht das schlecht.«

Bei seinen Worten verziehe ich ein wenig das Gesicht. »Gibst du mir wenigstens einen Tipp?«

»Hör zu, Lauren. Das ist kompliziert. So etwas kann man nicht einfach am Telefon besprechen.«

»Okay«, sage ich langsam. Ich bin mir gerade nicht sicher, was ich von mir geben soll, oder ob ich überhaupt etwas sagen soll.

»Hast du heute noch Zeit?«

»Tut mir leid, aber heute wird es nicht klappen«, erwidere ich. Dabei beiße ich mir auf die Innenseite meiner Wange.

Ich komme in die Hölle, denke ich. Doch wir führen nicht einmal eine Beziehung. Schließlich wollen ja nur meine Eltern, dass wir heiraten. Und das auch nur aus dem Grund, weil sie mit seinen Eltern befreundet sind. Jonathan und ich haben abgemacht, dass jeder von uns sich mit anderen treffen kann, ohne dass es Streit gibt.

»Morgen?« Ich höre die Hoffnung in seiner Stimme. Aber auch die Angst davor, dass ich ihn wieder abblitzen lasse.

Aus diesem Grund bringe ich es nicht übers Herz, auch wenn ich zugeben muss, dass mir ein wenig schlecht wird, wenn ich daran denke.

»Ich könnte vormittags bei dir vorbeikommen«, schlage ich vor.

»Nein«, sagt er schnell. Ich setze einen überraschten Gesichtsausdruck auf, auch wenn ich mir darüber im Klaren bin, dass er mich nicht sieht.

»Okay.«

»Ich werde zu dir kommen. Es wird auch nicht lange dauern, versprochen.«

»Okay.« Langsam komme ich mir wie ein Papagei vor, aber was soll man darauf auch schon großartig sagen?

»Bis morgen«, verabschiedet er sich von mir, ehe er auflegt.

Für einen Moment bleibe ich stehen und starre mein Handy an.

Kam es mir nur so vor oder hat er sich wirklich so angehört, als würde ihn irgendetwas bedrücken?, überlege ich, als ich über das Gespräch nachdenke. Je mehr ich genau das mache, umso mehr komme ich zu dem Schluss, dass irgendetwas nicht stimmt. Er hat sich nicht so verhalten, wie er es sonst macht.

»Wollen wir?«, reißt Henry mich aus meinen Überlegungen. Als ich seine Stimme erkenne, hebe ich ruckartig meinen Kopf und schaue ihn an. Erst jetzt merke ich, dass es ruhiger um uns herum geworden ist.

»Ja, klar ... sicher«, stottere ich.

»Schlechte Nachrichten?«, fragt er mich und zeigt dabei auf das Telefon.

»Nein«, erwidere ich nur. Ich will mich gerade nicht über Jonathan oder sonst irgendetwas unterhalten, was mit ihm zu tun hat.

»Ich kann mir vorstellen, mit wem du gesprochen hast.«

Wie von alleine öffnet sich mein Mund, um etwas zu erwidern. Doch so weit komme ich nicht mehr. Ohne zu zögern greift Henry nach meinen Händen und zieht mich an sich. Als nächstes spüre ich, wie seine Lippen sich auf meine legen.

In diesem Moment vergesse ich alles um mich herum. Es gibt nur noch ihn und mich. Der Kuss dauert an, und ich genieße jede einzelne Sekunde davon. Als Henry sich von mir löst, bin ich völlig außer Atem.

»Na komm«, raunt er. »Ich will von hier weg.«

»Musst du nicht noch beim Verladen helfen?«, erkundige ich mich.

»Meine Maschine steht schon im Anhänger. Das wurde gemacht, während ich hier Rede und Antwort gestanden habe. So ist das in unserem Beruf. Sie wollen keine Zeit verlieren, um die Motorräder direkt wieder fertig zu machen.«

»Aber ich muss mich noch von Jenny und Lukas verabschieden«, sage ich, nachdem wir das Zelt verlassen haben. Gleichzeitig halte ich nach den beiden Ausschau, kann sie allerdings nicht entdecken. Ich sehe, dass es auch hier draußen mittlerweile leerer geworden ist.

»Die beiden wissen Bescheid, dass wir verschwinden. Ich glaube sogar, dass sie schon gefahren sind.«

Überrascht schaue ich Henry an. Doch er beachtet mich überhaupt nicht und geht stattdessen weiter zwischen den LKWs entlang, die sich um uns herum befinden.

Seine Hand hält meine fest im Griff. Auch dann noch, als er von Frauen und Männern angesprochen wird, die ihm zu seinem Sieg gratulieren. Obwohl es mir am Anfang noch unangenehm ist, freue ich mich doch darüber. Auf diese Weise macht er klar, dass ich zu ihm gehöre und nicht nur irgendeine Freundin oder Bekannte bin.

Trotzdem muss ich zugeben, dass ich erleichtert bin, als endlich sein Wagen vor uns auftaucht. Ich habe in den letzten Stunden so viel erlebt, dass ich nur noch mit ihm alleine sein will.

»Danke«, flüstere ich, als Henry mir die Tür aufhält. Ich stelle mich auf die Zehenspitzen und gebe ihm einen Kuss auf die Wange. Erst dann steige ich ein.

Nachdem er mich ein letztes Mal betrachtet hat, schließt er die Tür, umrundet den Wagen und lässt sich auf den Fahrersitz sinken.

»Wo fahren wir hin?«, erkundige ich mich.

»Wir können zu mir fahren. Da ist es auf jeden Fall ruhig und ich werde nicht alle zwei Sekunden von anderen abgelenkt. Wenn du allerdings lieber etwas anderes machen möchtest, dann musst du es nur sagen.«

Die Vorstellung, dass wir gleich in seiner Wohnung allein sein werden, sorgt dafür, dass mein ganzer Körper anfängt zu zittern.

»Ich würde gerne deine Wohnung sehen«, erwidere ich.

Er bedenkt mich mit einem glücklichen Lächeln und greift gleichzeitig nach meiner Hand. Unsere Finger verschränken sich von alleine, während wir vom Rennplatz rollen.

»Wir sind da«, verkündet Henry, als er eine Stunde später vor einer großen Garage hält.

Neugierig schaue ich mich um und stelle fest, dass ein Einfamilienhaus dazu gehört. Die Außenfassade ist weiß gestrichen und strahlt regelrecht in der untergehenden Sonne. Ich finde, dass es eher so aussieht, als würde hier eine Familie wohnen und nicht ein Mann, der sein Geld damit verdient, Motorradrennen zu fahren.

Nachdem ich aus dem Auto gestiegen bin, führt er mich zur Haustür und öffnet sie. Doch kaum haben wir den Flur betreten, sehe ich Logan. Er sitzt auf der Treppe und dreht ein Handy zwischen seinen Fingern.

Unsicher halte ich mitten in der Bewegung inne, sodass Henry in mich hineinläuft. Er blickt mich fragend an, doch ich bin nicht in der Lage, mich von Logan abzuwenden. Alles in mir schreit mich an, dass dieser Mann gefährlich ist und man ihm am besten nicht den Rücken zudreht.

»Ich dachte schon, ihr kommt gar nicht mehr«, sagt Logan schließlich. Dabei klingt seine Stimme leise, zu leise. Mir läuft ein Schauer den Rücken hinunter

»Was willst du?«, fragt Henry, nachdem er seinen Bruder ebenfalls entdeckt hat. Dabei macht er einen Schritt nach vorne, sodass er mich teilweise verdeckt, worüber ich froh bin. Ich will nicht länger in der Nähe dieses Mannes sein, als unbedingt nötig.

»Bekomme ich auch eine Antwort?«, durchbricht Henrys Stimme die Ruhe, die sich ausgebreitet hat.

»Ich wollte ein paar wichtige Dinge mit dir besprechen.« Logan klingt ruhig. Beinahe kommt es mir so vor, als würde er sich überlegen fühlen.

Doch Henrys Statur macht ihm wortlos klar, dass er sich nicht einschüchtern lässt.

Gespannt halte ich die Luft an. Als ich Logan kennengelernt habe, waren die Eltern der beiden dabei. Und nun bin ich mir sicher, dass die Atmosphäre nur deswegen so ruhig gewesen ist. Man kann die Luft zwischen Henry und Logan beinahe mit dem Messer schneiden.

»Aber nicht jetzt. Wie du siehst ist Lauren hier.«

Mit einem Ausdruck in den Augen, den ich nicht zuordnen kann, betrachtet Logan mich ein weiteres Mal. Eine Gänsehaut breitet sich auf meinem Körper aus. Innerlich winde ich mich, doch das lasse ich mir nicht anmerken.

»Sie kann sich doch das Näschen pudern gehen.«

Bei seinen Worten ziehe ich scharf die Luft ein. *Hat er das gerade wirklich gesagt? Hält er mich für eines dieser anbiedernden Weibchen, die sich auf der Rennstrecke aufgehalten haben?*

»Ich könnte auch die Polizei rufen und dich wegen Einbruch festnehmen lassen. Irgendwie kann ich mich nämlich nicht daran erinnern, dass ich dir einen Schlüssel gegeben habe.«

Plötzlich erfüllt das laute Lachen von Logan das Haus. »Okay, ich werde verschwinden. Aber tu mir doch bitte den Gefallen und ruf mich an, sobald deine kleine Freundin verschwunden ist.«

Ich mache einen Schritt an ihm vorbei. Dabei kneife ich meine Augen wütend zusammen. »Ich bin nicht seine kleine Freundin«, entfährt es mir in scharfem Ton.

»Und taub bin ich übrigens auch nicht.«

Eine Weile ist es ruhig. Keiner sagt ein Wort oder bewegt sich. Logan schaut nur immer wieder zwischen mir und seinem Bruder hin und her.

»Ruf mich an.« Mit diesen Worten erhebt er sich von den Stufen und geht an uns vorbei aus dem Haus. Henry macht einen Schritt auf die Tür zu und schmeißt sie ohne ein weiteres Wort zu.

In dem Moment, in dem das Geräusch der sich schließenden Tür an meine Ohren dringt, atme ich erleichtert auf. Schlagartig ist die Anspannung verschwunden.

»Sorry. Ich hatte nicht erwartet, dass mein Bruder plötzlich hier auftaucht.«

»Kein Problem«, widerspreche ich. Ich will nicht, dass Henry deswegen ein schlechtes Gewissen hat, denn das braucht er nicht. Er kann ja nichts dafür.

»Schön hast du es hier«, sage ich, als ich ihm durch das Haus folge, bis ich in der Küche stehen bleibe. Dabei schaue ich mich zu allen Seite hin um. Das Haus ist zwar schlicht eingerichtet, aber trotzdem gemütlich. Aber eigentlich habe ich von Henry nichts anderes erwartet. Er wirkt nicht wie einer dieser Männer, die keine Ordnung halten und nicht putzen können.

»Meine Mom wollte noch mehr Möbel hier unterbringen, aber ich musste sie davon abbringen. Sonst würde es hier drin wahrscheinlich wie in einem Museum aussehen.«

Seine Worte entlocken mir ein Lachen. Henry dreht sich um und geht zum Kühlschrank, aus dem er zwei Bierflaschen holt. Er öffnet beide und reicht mir dann eine.

»Mein Bruder ist ein Idiot, wobei das noch harmlos ausgedrückt ist«, erklärt er. »Ich werde dafür sorgen, dass er dich in Ruhe lässt.«

»Hm«, mache ich nur.

Eine Weile sieht Henry mich nur an, als würde er überlegen, was er sagen soll. Doch dann drückt er sich von der Arbeitsplatte ab, an die er sich gelehnt hatte, und kommt näher. Dabei nimmt er einen Schluck aus seiner Flasche.

Wortlos reicht er mir seine Hand, als er vor mir stehen bleibt. Henry führt mich ins Wohnzimmer und bedeutet mir, dass ich mich setzen soll. Müde lasse ich mich in die dicken Kissen sinken, die auf dem Sofa liegen, während Henry nach der Fernbedienung auf dem Tisch greift.

»Nach so einem Tag gehen die meisten Fahrer saufen«, erklärt er mir.

»Und du?«, frage ich ihn herausfordernd.

»Ich setze mich aufs Sofa und schaue irgendeinen Mist im Fernsehen.« Noch während er spricht schaltet er den Fernseher ein, der an der gegenüberliegenden Wand hängt. »Oder möchtest du lieber etwas unternehmen? Wir können uns auch mit Jenny und Lukas treffen, deine Entscheidung.«

»Nein«, entgegne ich mit fester Stimme. Dabei lasse ich meinen Kopf auf seine Schulter sinken und rücke näher an ihn heran.

Es dauert nicht lange, bis ich mich entspanne.

Ohne Unterbrechung fahren seine Finger immer wieder über meine Haut und schieben das Top dabei weiter nach oben, bis er schließlich meinen Bauch entblößt hat. Sanft umkreist die Spitze seines Zeigefingers meinen Bauchnabel. Bei dem Blick, den er mir zuwirft, wird mir heiß. Ich bin so sehr in meiner eigenen Welt gefangen, dass ich gar nicht merke, wie er mich plötzlich mit dem Rücken auf das Sofa drängt und mich unter seinem Körper begräbt. Dann küsst er mich. Sein Kuss ist besitzergreifend und zeigt mir, dass er mich will. Mir geht es nicht anders. Meine Hände fahren unter sein Shirt. Dabei schiebe ich es immer weiter nach oben, bis ich es ihm über den Kopf ziehen kann.

Henry wartet nicht lange, sondern macht es mir nach. Nur wenige Sekunde später folgt mein BH, der irgendwo neben uns auf dem Boden landet. Sanft streicht er über meine Haut, bis er die Unterseite meiner Brust erreicht hat.

Ich sehne mich danach, dass er sie streichelt oder sonst etwas mit ihr anstellt. Doch das macht er nicht. Stattdessen fährt er zwischen meinen Brüsten nach oben, bis er meinen Hals erreicht hat.

Ein Wimmern dringt mir über die Lippen. Innerlich habe ich die Hoffnung, dass er merkt, wonach ich mich gerade sehne.

Seine Lippen wandern über mein Kinn, meinen Hals und meine Schultern und entfachen ein Feuer in mir. Das Ziehen in meinem Bauch wird immer stärker und ist bald so schmerzhaft, dass ich es kaum noch aushalte. Ich drücke meinen Rücken durch und bringe meine Brüste noch näher an ihn heran. Und dieses Mal nimmt er meine Einladung an. Seine Lippen schließen sich um eine Brustwarze und ziehen sie tief in seinen Mund. Ein Stöhnen entweicht mir, während sich meine Augen schließen. Die Emotionen, die in diesem Moment durch meinen Körper fahren, sind zu viel für mich. Meine Brüste schwellen an und werden schwer.

»Henry«, raune ich mit heiserer Stimme. Ich bin nicht mehr in der Lage, klar zu denken, sondern handle nur noch so, wie mein Körper es mir befiehlt.

Schnell öffnet er die Knöpfe meiner Hose und schiebt sie ein Stück nach unten. In diesem Moment werde ich von dem Gedanken beherrscht, dass ich ihn in mir spüren will. Ich strample mir meine Hose von den Beinen und greife dann nach dem Gürtel seiner Hose.

Doch noch bevor ich Anstalten machen kann, sie zu öffnen, bewegt er sich so, dass er mit seinem vollen Gewicht zwischen meinen Beinen liegt.

Ich werde noch feuchter zwischen den Beinen, als ich es eh schon bin. Obwohl er noch immer seine Hose trägt, spüre ich seinen steifen Schwanz, der gegen meinen Bauch drückt. Scharf ziehe ich die Luft ein. Als würde Henry genau wissen, was in meinem Kopf vor sich geht, spüre ich sein Grinsen an meinen Lippen. Ein letztes Mal küsst er mich, bevor er sich von mir trennt. Mit einer trägen Bewegung richtet er sich auf und blickt auf mich hinab. In seinem Gesicht bewegt sich kein Muskel. Für wenige Sekunden frage ich mich, was er vorhat. Doch dann bewegt er sich wieder. Henry entfernt sich noch ein Stück, bevor er seine Hose öffnet und sie sich zusammen mit seinen Boxershorts auszieht. Dabei nimmt er nicht ein einziges Mal den Blick von mir. Seine Augen halten meine gefangen, sodass ich kaum wahrnehme, wie er wieder zu mir kommt. Er greift etwas, was auf dem Tisch neben dem Sofa liegt. Ich erkenne, dass es ein Kondom ist. Mit den Zähnen reißt er es auf, bevor er es sich über seinen steifen Penis schiebt. Mein Mund öffnet sich ein Stück, damit ich besser atmen kann, doch wirklich etwas bringen tut es nicht.

Henry beugt sich nach unten und umrundet mit der Zunge meinen Bauchnabel. Dann wandert sie immer weiter meinen Körper hinauf, bis er meine Brüste erreicht hat. Ich bin so sehr darauf konzentriert, dass ich gar nicht merke, wie er plötzlich in mich eindringt. Gleichzeitig saugt er an meinem Hals, was das Verlangen noch größer macht.

Ich umschlinge seinen Hals, damit er nicht wieder verschwinden kann. Henry bewegt sich und stößt in mich, nimmt mich in Besitz. Er macht keine Anstalten sich von mir trennen, worüber ich froh bin. Denn sonst wäre ich gezwungen, selber Hand anzulegen. Bei jedem Stoß dringt er tiefer in mich ein und trifft die empfindliche Stelle in meinem Inneren. Immer weiter treibt er mich dem Orgasmus entgegen, der sich bereits anbahnt.

Es dauert nicht lange, bis er mich erfasst. »Henry«, stöhne ich an seinem Ohr.

»Lass dich fallen.«

Ich habe nicht die Chance, zu protestieren, sondern mache genau das, was er von mir verlangt. Ich übergebe ihm die Kontrolle. Henry drückt mich an sich und ich fühle mich beschützt, während dieser Orgasmus anscheinend überhaupt nicht enden will. Es dauert nicht lange, bis ich spüre, wie er sich ebenfalls anspannt.

Dann sinkt er schwer atmend auf mich. Er vergräbt mich unter seinem Gewicht, doch ich genieße ist, ihm so nah zu sein. Gerade will ich nirgends lieber sein als hier bei ihm.

Es dauert nicht lange, bis die Müdigkeit mich wieder beherrscht und mir langsam die Augen zufallen. Doch dieses Mal lasse ich es zu.

9

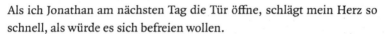

Als ich Jonathan am nächsten Tag die Tür öffne, schlägt mein Herz so schnell, als würde es sich befreien wollen. Seitdem ich gestern mit ihm gesprochen habe grüble ich darüber nach, was er von mir will. Und seitdem Henry mich vorhin zu Hause abgesetzt hat, bin ich kurz davor, wahnsinnig zu werden.

Nun stehe ich vor ihm und muss mir Mühe geben, dass ich ihn nicht anbettle, mir endlich zu sagen, was los ist.

»Hi«, begrüße ich ihn und versuche dabei so normal wie möglich zu klingen.

»Hi.« Jonathan lächelt mich zwar an, aber damit kann er nicht überspielen, dass ihn irgendetwas beschäftigt. Mit der rechten Hand fummelt er an seinem Schlüssel herum, während er die linke in seiner Hosentasche vergraben hat.

Normalerweise ist er nicht so. Dieser Mann hat ein riesiges Selbstbewusstsein. Er ist selbstsicher und vielleicht auch ein wenig arrogant. Aber gerade kommt er mir eher wie ein kleiner Schuljunge vor, der Mist gebaut hat. Verwirrt ziehe ich die Stirn kraus, trete aber einen Schritt zur Seite, damit er hereinkommen kann.

»Setzt dich. Möchtest du etwas trinken?«

Jonathan geht an mir vorbei ins Wohnzimmer und lässt sich dort auf das Sofa sinken. Dabei fährt er sich mit der Hand durch die Haare, noch etwas, was er sonst nie macht.

»Nein, es wird nicht lange dauern. Du hast sicher auch noch etwas zu tun.«

Seine Worte verwirren mich. Nein, es sind nicht nur seine Worte. Es ist sein ganzes Auftreten.

Eigentlich hatte ich in den letzten Tagen den Eindruck, dass er mich unbedingt sprechen wollte, weil er mich vermisst. Doch nun bin ich mir da nicht mehr so sicher. Würde er sich dann nicht anders verhalten?

»Bist du dir sicher?« Obwohl ich gerne wissen will, worum es geht, bin ich doch nicht in der Lage, mich ebenfalls zu setzen. Ich muss irgendetwas machen, um mich auf andere Gedanken zu bringen.

Hätte ich wenigstens einen Verdacht, wäre es einfacher für mich. Doch so gar nicht zu wissen, was vor sich geht, sorgt dafür, dass ich nicht weiß, wie ich mich verhalten soll. Das ist eine Situation, die ich noch nie mochte.

»Das ist nicht leicht für mich«, erklärt Jonathan und reißt mich so aus meinen Gedanken.

»Was?«

»Mit dir darüber zu sprechen.«

Seine Antwort sorgt nicht gerade dafür, dass es mir besser geht. Langsam setze ich mich in Bewegung und lasse mich doch auf den riesigen Sessel sinken, der sich ihm gegenüber befindet. Dabei schaue ich ihn abwartend an.

An seiner Haltung erkenne ich, dass er nach den richtigen Worten sucht. Auch das ist etwas, was ich bei ihm vorher noch nie erlebt habe.

»Was ist los?«, hake ich schließlich nach, als ich die Stille zwischen uns nicht mehr aushalte.

»Es sind in den letzten Monaten ein paar Dinge geschehen. Dinge, die auch uns beide betreffen.«

Dieses Mal sage ich nichts. Stattdessen schaue ich ihn nur an und versuche den Kloß los zu werden, der sich in meinem Hals bildet und immer größer wird.

»Ich habe keine Ahnung, wie ich es am besten sagen soll. Ehrlich gesagt bin ich mir nicht einmal sicher, ob es überhaupt einen einfachen Weg gibt. Das ist nämlich etwas, was man nicht so leicht erklären kann.

Deswegen sage ich es einfach gerade heraus, beziehungsweise ich versuche es.«

Aufmunternd, aber auch etwas verwirrt, schaue ich ihn an.

»Aber versprich mir, dass du nicht ausrastest.«

»Ich verspreche es.« In diesem Moment würde ich alles versprechen, nur damit er endlich mit der Sprache rausrückt.

»Ich habe jemanden kennengelernt«, flüstert er endlich.

Eine Weile ist es ruhig im Zimmer, während ich versuche, seine Worte zu verarbeiten. Es dauert ein wenig, bis die Bedeutung wirklich bei mir angekommen ist. Doch dann kann ich nicht verhindern, dass sich mein Mund ein Stück öffnet.

»Du hast jemanden kennengelernt?«, entfährt es mir mit leiser Stimme.

Obwohl ich mir sicher bin, dass er genau das gesagt hat, muss ich mich doch noch mal vergewissern.

»Es tut mir leid. Ich weiß, dass wir Pläne hatten. Aber ich kann das nicht. Es kommt mir einfach falsch vor.«

»Ja, Pläne«, erwidere ich leise.

Ich sehe, wie Jonathan aufstehen will, um zu mir zu kommen, doch ich schüttle nur den Kopf und gebe ihm zu verstehen, dass er sitzen bleiben soll. Einen Moment lang sieht er so aus, als würde er nicht wissen, was er machen soll. Doch dann rückt er wieder ein Stück nach hinten.

»Lauren, bitte«, höre ich seine flehende Stimme. In diesem Moment wird mir klar, dass er denkt, dass ich sauer auf ihn bin. Doch das bin ich nicht. Und ich will nicht, dass er es denkt.

»Okay«, sage ich schließlich, nachdem ich mich wieder gefangen habe. »Du hast eine Frau getroffen, und ich freue mich für dich, wirklich. Das ist eine wunderbare Nachricht.«

»Nun ja, nicht ganz«, erwidert er leise.

»Was meinst du damit? Sind es mehrere Frauen? Auch das ist in Ordnung. Es gibt viele, die in solchen Beziehungen leben und glücklich dabei sind.«

»Nein, nicht mehrere Frauen. Es ist ein Mann.« Seine Stimme ist kaum mehr als ein Säuseln.

»Was?«, rufe ich laut aus. »Ein Mann? Soll das heißen, dass ...?«, beginne ich meine Frage, weiß aber nicht, wie ich sie formulieren soll, ohne ihm dabei zu nahe zu treten.

Jonathan nickt nur.

»Wow, ich gebe zu, dass ich damit nicht gerechnet habe. Ich bin mir nicht sicher, was ich erwartet habe, aber sicher nicht das.« Ich kann nicht verstecken, wie sehr mich diese Nachricht überrascht.

»Ich auch nicht. Aber es ist einfach passiert. Am Anfang habe ich noch versucht, mich dagegen zu wehren, doch man kann sich nicht gegen seine Gefühle wehren. Es hat zwar ein wenig gedauert bis ich das begriffen habe, doch nun habe ich es.«

Seine Worte erinnern mich an Henry. Auch ich habe Gefühle, die weit über eine freundschaftliche Beziehung hinausgehen. Und vor allem welche, gegen die ich mich nicht wehren kann und es auch gar nicht will.

»Lange haben wir überlegt, ob wir diesen Schritt gehen sollen, auch für ihn ist das alles neu. Doch nun haben wir beschlossen, dass wir uns nicht länger verstecken wollen. Auch wenn ich mir sicher bin, dass meine Eltern nicht glücklich darüber sein werden.«

»Nein, das werden sie wahrscheinlich wirklich nicht«, stimme ich zu. Auch, wenn wir uns gerade über Jonathans Probleme unterhalten, bin ich in meinen Gedanken schon lange bei meinen eigenen. Mir ist klar, dass er vor einer noch größeren Herausforderung steht, aber seine Nachricht sorgt trotzdem dafür, dass mir ein riesiger Stein vom Herzen fällt. Denn das heißt, dass ich nicht länger ein schlechtes Gewissen wegen Henry haben muss.

»Aber das ist gerade nebensächlich. Mit denen werde ich schon fertig. Ich mache mir mehr Sorgen um dich«, sagt er.

»Um mich?«

»Ja.«

»Das ist süß von dir, aber das musst du nicht, wirklich. Es ist alles in

Ordnung. Mir geht es bestens«, sage ich entschieden und versuche ihn damit von seinem eigenen schlechten Gewissen zu befreien.

Doch er sieht mich nur verständnislos an. »Ich könnte es verstehen, wenn du sauer auf mich bist.«

»Ich bin nicht sauer auf dich. Es kann sein, dass ich auch jemanden getroffen habe.«

»Wirklich?«, fragt Jonathan mich.

Schlagartig ist mein schlechtes Gewissen wieder da, obwohl er nicht so aussieht, als würde er mir etwas vorhalten. Schließlich war diese Abmachung seine Idee gewesen.

»Ja, aber erst vor kurzer Zeit. Wir kennen uns noch nicht so lange«, erkläre ich ihm schnell. Doch er lacht nur.

»Jetzt weiß ich auch, wieso es in letzter Zeit so schwer war, dich mal anzutreffen.« Seine Stimme klingt ein wenig belustigt.

»Ja, man könnte sagen, dass auch bei mir viel passiert ist. Wie habt ihr euch kennengelernt?«

»Er kam mit einem entzündeten Blinddarm zu mir in die Klinik. Und wie habt ihr euch getroffen?«

»Henry ist ein Freund von Lukas, Jennys Bruder. Er fährt Motorradrennen.«

Nun ist er es, der überrascht wirkt. Da ich weiß, was in seinem Kopf vor sich geht, frage ich erst gar nicht nach.

»Da werden deine Eltern genauso wenig begeistert sein wie meine.«

»Ja«, murmle ich nur.

Wahrscheinlich ohne dass er es wollte, hat er mir mein großes Problem in Erinnerung gerufen. In den letzten Tagen konnte ich dem aus dem Weg gehen, weil es da immer Jonathan gab. In gewisser Weise hat er immer als Schutzmauer fungiert. Doch nun ist das nicht mehr so. Aber wenn ich nicht will, dass meine Eltern mich mit dem nächsten Sprössling ihrer Freunde verkuppeln, werde ich irgendwann mit der Wahrheit herausrücken müssen.

»Aber er scheint dich glücklich zu machen. Ich habe noch nie gesehen, dass du so zufrieden wirkst. Und das ist es doch, worum es geht.«

Langsam hebe ich meinen Kopf und betrachte ihn. Ich muss sagen, dass auch er irgendwie verändert aussieht. Jonathan scheint befreiter zu sein. Aber das ist auch kein Wunder. Den Menschen zu treffen, der einen glücklich macht, verändert einen.

»Scheiße«, entfährt es mir. »Der Wohltätigkeitsball der Klinik ist in drei Tagen.«

»Damit es keine größere Szene als nötig gibt, würde ich das gerne noch ein paar Tage für mich behalten. Auf jeden Fall bis nach dem Ball. Dann können wir es ihnen sagen.«

»Ja, ich glaube, dass es das Beste ist.«

»Danke. Mir war es nur wichtig, dass du es vorher weißt.«

»Ich freue mich wirklich für dich.«

»Das ist lieb von dir. Ich werde dich nun auch nicht weiter aufhalten. Wir sehen uns am Mittwoch.«

»Okay, bis dann«, verabschiede ich mich von ihm und stehe ebenfalls auf, um ihn zur Tür zu begleiten.

Als er weg ist, atme ich tief durch und lasse mich gegen die Tür sinken. Ich hatte befürchtet, dass ich ihm irgendwann sagen muss, dass es nicht mit uns funktionieren wird. Aber niemals hätte ich erwartet, dass er den ersten Schritt macht. Und dann auch noch wegen einem Mann.

Viele Frauen wären jetzt wahrscheinlich beleidigt. Aber ich bin froh darüber. Und das hat nicht nur etwas mit Henry zu tun. Ich hätte mich sowieso früher oder später von Jonathan getrennt. Wir haben nichts gemeinsam, außer unserem Berufsziel. Man sollte nicht aus den falschen Gründen heiraten.

»Oh Mann«, murmle ich, als ich die Uhrzeit überprüfe. In einer halben Stunde soll ich bei meinen Eltern sein. Allerdings habe ich nicht vor, lange zu bleiben, da ich danach noch mit Jenny verabredet bin.

Ich bin mir sicher, dass sich meine Freundin brennend für meine Neuigkeiten interessieren wird. Denn nur, weil ich Jonathan versprochen habe, noch nicht mit meinen Eltern darüber zu sprechen, heißt das nicht, dass ich das nicht mit meiner besten Freundin machen kann.

Seufzend drücke ich mich von der Wand ab und nehme meine Tasche in die Hand. Dann verschwinde ich aus meiner Wohnung.

Die Fahrt zu meinen Eltern kam mir noch nie so lange vor. An jeder Ampel muss ich anhalten und warten. Dabei will ich es doch eigentlich nur hinter mir haben.

Doch als ich endlich vor meinem Elternhaus ankomme, würde ich am liebsten den Rückwärtsgang einlegen und wieder verschwinden.

Da mir klar ist, dass ich dem nicht entkommen kann, steige ich aus und gehe auf die riesige Eingangstür zu. Schnell schiebe ich meinen Schlüssel ins Schloss und öffne sie.

»Hallo«, rufe ich laut, nachdem ich den Flur betreten habe.

»Wir sind in der Küche«, dringt die laute Stimme meines Dads an meine Ohren.

Da sich die Küche auf der anderen Seite des Hauses befindet dauert es etwas, bis ich sie erreicht habe. Ich war schon immer der Meinung, dass es für drei Personen einfach zu groß ist, aber meine Eltern feiern so viele Partys, dass es kaum ein Wochenende gibt, an dem es hier ruhig zugeht. Trotzdem ziehe ich etwas Kleineres vor.

»Wie geht's euch?«, begrüße ich die beiden, nachdem ich den Raum betreten habe.

Mein Dad schaut von der Zeitung auf, während meine Mom ihren Kopf zu mir dreht. Sie hat ein paar Teller und Schüsseln auf dem Arm, sodass sie kaum etwas sehen kann.

»Uns geht es gut«, erwidert mein Vater.

Für den Bruchteil einer Sekunde kommt es mir so vor, als würde er wissen, dass Jonathan und ich uns getrennt haben, obwohl es das falsche Wort ist. Dafür hätten wir richtig zusammen sein müssen, was aber nie der Fall gewesen ist.

Doch dann schiebe ich diese Befürchtung zur Seite. *Woher sollte er das wissen? Es ist ja nicht so, als könnte man es mir auf der Stirn ablesen.*

»Ist bei dir auch alles in Ordnung?«, fragt nun meine Mutter und sieht mich besorgt an.

»Mir geht es super. Könnte nicht besser sein«, erwidere ich gut gelaunt. Und das stimmt wenigstens. Ich könnte nicht glücklicher sein. Während ich meine Tasche auf einen Stuhl sinken lasse betrachten die beiden mich, als würden sie mir kein Wort glauben.

»Hast du mit Jonathan gesprochen?«, erkundigt sich mein Dad mit kühler Stimme.

Unbewusst zucke ich ein wenig zusammen. Ich kann es nicht verhindern, bin aber froh, dass ich meine Reaktion auf die Frage schnell wieder im Griff habe. Ich hätte wissen müssen, dass er mich darauf anspricht. »Ja, um genau zu sein, haben wir uns vorhin noch gesehen. Da er zurzeit so viel zu tun hat, wollte er nur wissen, wie es mir geht und wie es im Studium läuft«, antworte ich.

»Aber das wird ja bald ein Ende haben.«

»Was meinst du?«, frage ich meine Mom.

»Dass ihr euch kaum seht. Du bist bald fertig, und dann wird auch die Verlobung nicht mehr lange auf sich warten lassen. Und ihr könnt endlich zusammenziehen.«

Ich verschlucke mich und versuche, mein Husten wieder in den Griff zu bekommen. Ich habe keine Ahnung, wieso die beiden so scharf darauf sind, dass ich Jonathan heirate. Aber langsam geht mir dieses Thema wirklich auf die Nerven.

Stille breitet sich im Raum aus. Meinem Vater sehe ich an, dass er gerne noch etwas zum Thema sagen würde. Doch er zieht es ausnahmsweise mal vor, weiter in der Zeitung zu lesen. Und darüber bin ich froh. Meine Mutter beobachtet mich zwar heimlich, konzentriert sich aber darauf, den Schrank wieder einzuräumen, sodass auch sie nichts mehr dazu sagt.

10

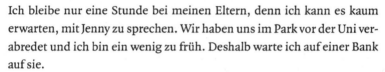

Ich bleibe nur eine Stunde bei meinen Eltern, denn ich kann es kaum erwarten, mit Jenny zu sprechen. Wir haben uns im Park vor der Uni verabredet und ich bin ein wenig zu früh. Deshalb warte ich auf einer Bank auf sie.

»Ich hasse es, wenn du mich neugierig machst. Aber das weißt du ja, sonst würdest du es bestimmt nicht tun«, verkündet Jenny, als sie vor mir stehen bleibt. Dabei hat sie die Hände vor der Brust verschränkt und sieht mich mit strengem Blick an.

Ich kann mir das Grinsen gerade so verkneifen, indem ich von innen in meine Wange beiße. »Wenn ich gewusst hätte wie, dann hätte ich es dir auch am Telefon gesagt.«

»Okay, ich habe nicht die leiseste Idee, wovon du sprichst.«

Ich antworte nicht sofort. Um noch ein paar Sekunden zu gewinnen, rutsche ich von der Lehne der Bank herunter. Obwohl es mich nicht direkt betrifft, fällt es mir doch schwer, die Worte auszusprechen.

»Willst du mir jetzt sagen was los ist, oder willst du schweigen? Wenn Letzteres der Fall ist, dann finde ich es wirklich gemein, dass du mir den Mund wässrig gemacht hast«, beschwert sie sich und verzieht dabei das Gesicht, als wäre sie beleidigt.

Eine Weile gehen wir schweigend nebeneinander her, ehe sie ruckartig stehen bleibt.

»Moment«, ruft sie mit lauter Stimme. »Du hast mit Henry geschlafen und hast nun ein schlechtes Gewissen wegen Jonathan? Lass mich dir eins sagen, dass musst du nun wirklich nicht haben. Er wird es überleben.«

»Es hat nichts mit Henry zu tun«, beruhige ich sie.

»Aber ihr habt doch die Nacht miteinander verbracht, oder? Ich meine am Samstag, nach dem Rennen.«

»Ja, das haben wir und ich kann dir sagen, dass ich jede einzelne Sekunde davon genossen habe«, schwärme ich und schaue dabei verträumt an ihr vorbei.

Vor meinem inneren Auge erscheinen Bilder davon, wie er mich küsst und überall berührt.

»Wenn ich deinen Gesichtsausdruck richtig deute, dann war es perfekt. Und ich würde dich weiter danach ausfragen, wenn ich nicht so schrecklich neugierig auf deine Neuigkeiten wäre.«

Kaum hat sie mich angesprochen bekommt sie große Augen.

»Warte, eigentlich bleibt nur Jonathan übrig. Oh Mann, jetzt sag mir nicht, dass er dir einen Heiratsantrag gemacht hat.«

»Es geht zwar um Jonathan, aber ich kann dich beruhigen, er hat mir keinen Antrag gemacht. Es ist eher so, dass er mir etwas gestanden hat«, erwidere ich und schüttle dabei energisch den Kopf.

Ein klein wenig ungläubig sieht sie mich an, sodass die Worte endlich aus mir herausbrechen. Ich erzähle ihr von dem Gespräch mit ihm und beobachte sie dabei, wie sie immer geschockter aussieht.

»Jonathan ist schwul?« Völlig perplex sieht sie mich an.

»Ja.«

»Ernsthaft?« An ihrer viel zu hohen Stimme höre ich, dass sie es nicht glauben kann.

»Sonst hätte ich es nicht gesagt.«

Ich sehe, wie sie versucht die Worte zu verdauen, während wir weitergehen. »Wow, ich weiß gar nicht, was ich sagen soll.«

»Ungefähr so ging es mir auch. Aber wenn ich das richtig mitbekommen habe, wusste er selber auch noch nicht so ganz, wie er damit umgehen soll.«

»Ich bin immer davon ausgegangen, dass er eine Frau heiraten wird, die genauso langweilig ist wie er. Und dass sie eine Horde langweiliger Kinder bekommen werden.«

»Jenny«, ermahne ich sie, doch ich weiß, dass sie es nicht böse meint.

Entschuldigend zuckt sie mit den Schultern und verzieht dabei ein wenig das Gesicht. »Aber das Gute ist, er steht nun Henry nicht mehr im Weg.« Jenny strahlt regelrecht, als sie das sagt.

»Das hat er vorher auch nicht.«

»Und trotzdem hast du dir wegen ihm immerzu Sorgen gemacht. Du brauchst es nicht zu sagen, ich kenne dich gut genug, um es zu wissen. Ich habe dich in der letzten Zeit besser beobachtet, als du denkst.«

»Okay«, gebe ich zu. »Aber nur, weil es mit Henry von Anfang an anders war. Ich hatte zwar schon mehrere Beziehungen, aber keine davon war ernst. Auf jeden Fall nicht so, wie es diesmal ist.«

»Auch das habe ich mir bereits gedacht. Man muss schon sehr blind sein, um es nicht zu merken.«

Jenny betrachtet mich mit einem verschwörerischen Grinsen und zwinkert mir zu.

»Wann siehst du Henry wieder?«

»Da ich heute noch arbeiten muss, bin ich mir nicht sicher.«

»Ich hoffe, du musst am Wochenende nicht arbeiten.«

»Wieso?«, frage ich vorsichtig nach.

»Du bist mit einem Rennfahrer zusammen und hast keine Ahnung, wann und vor allem wo seine nächsten Rennen stattfinden? Das sollten wir aber ganz schnell ändern.« Jenny hört sich empört an. Deswegen beschließe ich, dass ich nichts dazu sagen werde.

»Wo ist es denn?«, hake ich stattdessen nach.

»In Las Vegas. Lukas wird auch mitfahren, und wenn du mitkommst, fahre ich auch.«

»Wieso nur, wenn ich dabei bin?« Ich bin verwirrt.

»Was soll ich da alleine?«, stellt sie die Gegenfrage.

»Okay, das ändert aber nichts daran, dass ich nicht einmal weiß, ob Henry überhaupt will, dass ich dabei bin. Bis jetzt hat er noch nichts gesagt, und ich will mich auch nicht aufdrängen. Vielleicht will er ja lieber etwas mit seinen Teamkollegen unternehmen. Es ist schließlich Las Vegas. Ich könnte verstehen, wenn er da lieber bei einer Männerparty dabei ist.« Ich sage es zwar so lässig, als würde ich es nicht schlimm finden, in meinem Inneren sieht es aber anders aus. Wenigstens vor mir selber muss ich zugeben, dass ich enttäuscht darüber wäre. Und ich würde mir Sorgen machen. Schließlich habe ich am Samstag oft genug beobachtet, wie die Weiber sich den Männern an den Hals werfen. Aber darüber will ich nicht nachdenken.

»Ich glaube nicht, dass er das Gefühl hat, dass du dich aufdrängst, wenn du ihn fragst«, erwidert Jenny.

»Ich warte trotzdem lieber, bis er mich darauf anspricht. So lange kennen wir uns schließlich auch noch nicht.«

»Ihr kennt euch aber gut genug, um die Nacht miteinander zu verbringen.«

Mein Mund öffnet sich, doch da ich nicht weiß, was ich darauf erwidern soll, schließe ich ihn wieder.

Als ich abends endlich auf dem Weg nach Hause bin, bin ich hundemüde. Ich kann mich kaum konzentrieren, sodass ich mir mehrmals die Augen reiben muss, um keinen Unfall zu bauen.

Dabei war das ein Tag wie jeder andere auch. Aber die schlaflosen Nächte, die sich in der letzten Zeit gehäuft haben, fordern nun ihren Tribut. Dennoch bin ich mir nicht sicher, ob ich auch wirklich schlafen kann, wenn ich in meinem Bett liege.

Doch als ich auf den Parkplatz fahre, der zu meiner Wohnanlage gehört, bin ich schlagartig wieder wach. Ein paar Meter entfernt entdecke ich Henry. Er steht vor seinem Auto und strahlt mich regelrecht nieder, als er mich sieht.

»Was machst du denn hier? Ich habe gar nicht mit dir gerechnet«, begrüße ich ihn, nachdem ich aus meinem Wagen gestiegen bin.

»Ich war heute ein wenig eher fertig. Und da ich keine Lust hatte, alleine zu Hause zu sitzen, dachte ich mir, dass ich uns eine Pizza hole und vorbeikomme.« Während er spricht zeigt er auf den großen Karton, der neben ihm auf der Motorhaube liegt. »Ich hoffe, das war nicht schlimm. Sonst kann ich auch wieder fahren.«

»Nein«, erwidere ich schnell und lächle ihn dabei an. »Ich freue mich, dass du da bist.« Ich überbrücke die restlichen Zentimeter zwischen uns und küsse ihn.

»So werde ich übrigens am liebsten begrüßt«, erklärt er mir grinsend, nachdem er sich ein winziges Stück entfernt hat. Dabei hat er seine Hände auf meine Hüften gelegt und hält mich so fest in seinen Armen.

»Ach, das sagst du wohl zu jeder«, frage ich herausfordernd.

»Nein, das sage ich nur zu dir. Komm, ich habe Hunger und du siehst auch aus, als könntest du etwas vertragen.« Henry greift nach meiner Hand und zusammen gehen wir zur Eingangstür.

Als ich den Schlüssel in das Schloss meiner Wohnungstür schiebe, kann ich nicht leugnen, dass ich aufgeregt bin.

Ich hatte schon das eine oder andere Mal einen Mann in dieser Wohnung. Allerdings fühlte es sich nie so an wie jetzt.

»Genauso habe ich mir deine Wohnung immer vorgestellt«, entfährt es Henry, als er hinter mir eintritt.

»Was meinst du?«, frage ich ihn.

»Gemütlich und schlicht. Du scheinst mir keine Frau zu sein, die viel Wert auf Schnickschnack legt.«

Ein leises Lachen dringt mir über die Lippen. »Wenn dir das schon gefällt, dann wirst du mein Schlafzimmer lieben.«

»Das schaue ich mir später an.«

Ich beobachte ihn dabei, wie er ins Wohnzimmer geht und den Karton mit der Pizza auf den Wohnzimmertisch fallen lässt. Als nächstes zieht er sich seine Lederjacke aus, sodass seine durchtrainierten Arme zum Vorschein kommen. Sie werden von einem schwarzen Shirt verdeckt, was so eng ist, dass es sich um seine Oberarme spannt.

Mein Mund wird trocken. Da er mit dem Rücken zu mir steht, kann er meine Reaktion nicht sehen, und darüber bin ich froh. Bevor er doch noch etwas merkt drehe ich mich zum Sofa und lasse mich darauf sinken.

Henry öffnet die Verpackung und setzt sich neben mich.

Während wir essen, erzählt Henry mir von seinem Tag. Dabei lehne ich mich an den Kissen an und lausche aufmerksam. Niemals hätte ich gedacht, dass mich so etwas interessiert. Aber Henry schafft es mühelos, dass ich an seinen Lippen hänge.

11

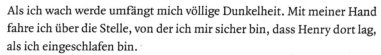

Als ich wach werde umfängt mich völlige Dunkelheit. Mit meiner Hand fahre ich über die Stelle, von der ich mir sicher bin, dass Henry dort lag, als ich eingeschlafen bin.

Doch weit komme ich nicht, denn bereits nach wenigen Zentimetern stoße ich gegen seinen Körper. Ich spüre seine Wärme an meinen Fingerkuppen. Eine Weile bleibe ich liegen und genieße die Nähe zu ihm.

In der nächsten Sekunde spüre ich, wie seine Hände meine Gelenke umgreifen und mich an ihn ziehen. Für einen Moment bin ich überrascht und will mich wehren. Doch dann lasse ich ihn gewähren.

Glücklich kuschle ich mich in seine Arme. Mir wird immer mehr und mehr klar, dass ich die Nähe zu ihm brauche, damit ich im Gleichgewicht bin. So lächerlich das vielleicht auch klingt.

»Worüber hast du mit Jonathan gesprochen?«, dringt seine leise Stimme an mein Ohr.

»Was?«, frage ich irritiert nach, da ich mir nicht sicher bin, ob ich ihn auch richtig verstanden habe.

Es dauert ein paar Sekunden, bis sich mein rasendes Herz wieder soweit beruhigt hat, dass ich seine Worte verarbeiten kann.

»Jonathan, du weißt schon. Der langweilige Spießer.«

»Wie kommst du ausgerechnet jetzt auf ihn?« Ich will mich ein Stück aufrichten, doch Henrys fester Griff hindert mich daran.

»Jenny hat mir gesagt, dass er am Sonntag bei dir war.«

»Und was hat sie noch gesagt?«, frage ich ihn.

»Nichts.« Seine Stimme klingt ernst.

»Aber sicher doch«, gebe ich ein wenig skeptisch von mir. Jenny ist eine Tratschtante, die manche Nachrichten einfach nicht für sich behalten kann.

»Nein, wirklich. Sie hat nichts gesagt. Nur, dass ihr etwas Wichtiges zu besprechen hattet.«

In diesem Moment meine ich so etwas wie Unsicherheit in seiner Stimme zu hören. Allerdings kann ich mir das bei einem Mann wie ihm nicht vorstellen. So ein Verhalten passt nicht zu ihm. Seitdem wir uns kennen, hat er mir nicht einen Grund zu der Annahme gegeben, dass es etwas gibt, was ihn leicht aus der Ruhe bringen würde. Doch nun scheint mir, als wäre einer dieser wenigen Momente gekommen.

»Ja, er war hier. Allerdings muss ich zugeben, dass ich nicht weiß, wie ich es dir sagen soll.«

Da ich meine Hände auf seiner Brust liegen habe spüre ich, wie er sich kurz anspannt. *Vielleicht ist es ihm auch peinlich, dass er sich Sorgen macht,* überlege ich.

»Jonathan ist schwul«, erkläre ich Henry, da ich ihn nicht länger zappeln lassen will.

Ich spüre das Beben, das durch seinen Körper geht, weil er sich nur schwer ein Lachen verkneifen kann.

»Das ist nicht lustig«, sage ich und versuche dabei streng zu klingen. »Für ihn bringt das einige Probleme mit sich. Mir tut er leid«, füge ich deswegen noch hinzu.

»Wieso?« Ich höre die Verwunderung in seiner Stimme und kann ihm das nicht übel nehmen. Ich habe ihm noch nie von unseren Familien erzählt, eigentlich hatte ich auch gehofft, dass ich das nicht muss. Zumindest nicht jetzt. Doch ich komme wohl nicht drum herum.

»Seine Eltern werden von dieser Nachricht nicht gerade begeistert sein.«

»Deine doch mit Sicherheit auch nicht.« Nun ist jeglicher Spaß aus seiner Stimme verschwunden.

»Nein, das werden sie nicht. Das ist noch ein Grund, wieso das alles kompliziert ist. Aber noch wissen sie es nicht. Jonathan will ein paar Tage warten, bis er sich sicher ist, wie er es seinen Eltern erklären soll. Auf jeden Fall wird er das nicht vor Mittwoch machen.«

»Was ist denn am Mittwoch?«

»Der Wohltätigkeitsball von der Klinik, in der mein Dad arbeitet. Ich muss zusammen mit Jonathan hin.«

»Oh«, erwidert er nur. Ich habe keine Ahnung, wie ich seine Reaktion deuten soll. Seine Stimme gewährt mir keinen Aufschluss über das, was gerade in ihm vor sich geht. Dabei würde ich mir das in diesem Moment am meisten wünschen. Irgendeinen noch so winzigen Anhaltspunkt.

»Ich hatte es total vergessen. Sonst hätte ich dir das schon eher gesagt.«

»Du wirst also mit deinem schwulen Ex-Freund ein Date haben?«, fragt er mich.

»Er ist nicht mein Ex-Freund. Dafür hätten wir eine Beziehung haben müssen, die wir definitiv nicht hatten. Aber ich werde mit ihm dort erscheinen müssen. Ist alles in Ordnung?«

»Ja, alles gut, wirklich. Aber nur, weil er auf das andere Geschlecht steht.«

Vor wenigen Sekunden war ich noch angespannt, doch nun muss ich lachen, sodass die Atmosphäre nicht mehr ganz so bedrückend ist. Ich will ansetzen, um etwas zu erwidern, als er mich bereits küsst. Seine Hand wandert immer weiter meinen Bauch hinauf und zieht dabei mein Shirt mit sich. Sanft streifen seine Hände über meine Brüste. Die Berührung ist nur oberflächlich, aber sie reicht, um ein Feuer in mir zu entfachen.

Mir dringt ein Stöhnen über die Lippen, als er meinen Hals küsst. In der nächsten Sekunde befreit er mich ganz von dem Oberteil und wirft es von sich. Seine Lippen wandern immer weiter nach unten. Zwischen meinen Brüsten entlang, über meinen Bauch. Ich zittere.

Als er endlich am Bund meiner Hose angekommen ist, hat er mich schon so wahnsinnig gemacht, dass ich mir die Jeans am liebsten vom

Leib reißen würde. Seine starken Arme halten mich jedoch gefangen. Mit zwei Fingern löst er den Knopf und öffnet langsam den Reißverschluss meiner Jeans.

Mit jeder Sekunde, die vergeht, steigert sich mein Verlangen. Der Wunsch ihm zu gehören, wird immer größer. Ich will von ihm berührt und in Besitz genommen werden.

Genauso wie ich will, dass er mir gehört.

Als Henry sich aufrichtet, um mir meine Hose und gleichzeitig meinen Tanga auszuziehen, durchfährt eine Kälte mich, die mir gar nicht gefällt. Obwohl er mich noch immer berührt und mir so zeigt, dass er bei mir ist, kommt es mir so vor, als wären wir mehrere Kilometer voneinander entfernt. Und das ist das Letzte, was ich jetzt will.

Als sich seine Finger von mir lösen, halte ich gespannt die Luft an und spitze meine Ohren. Aber so sehr ich es auch versuche, ich höre nichts. Um mich herum ist alles still, sodass ich mich frage, was Henry macht. Die nächsten Sekunden kommen mir wie Stunden vor. Ein leises Seufzen dringt mir über die Lippen, womit ich meinen Protest zum Ausdruck bringe.

Als ich darüber nachdenke, ob ich seinen Namen rufen soll, spüre ich seinen heißen Atem an meiner empfindlichen Stelle. Erschrocken zucke ich zusammen und will mich aus einem Reflex heraus ein Stück zurückziehen, aber er lässt das nicht zu. Seine starken Arme umgreifen mich und halten mich fest. Er hindert mich daran, mich auch nur ein winziges Stück zu bewegen. In der nächsten Sekunde streifen seine Lippen meine geschwollene Perle und bringen mich an die Schwelle zur Ekstase. Ich will ihn jede Sekunde mehr.

Mein Kopf fällt immer weiter in den Nacken. Dabei biegt sich mein Rücken durch und meine Hände krallen sich auf der Suche nach Halt in den Kissen fest.

Mit der Zunge fährt er über meine Mitte und entlockt mir ein Stöhnen. Immer weiter bearbeitet er meine Klit. Es dauert nur wenige Sekunden, bis er mich soweit hat, dass ich nicht mehr weiß, wo oben und unten ist. Tief in meinem Inneren baut sich ein Druck auf, der nach einem Ventil sucht, um zu entweichen.

Als seine Hand nach oben wandert und meine Brustwarze reizt, kann ich mich nicht mehr zurückhalten. Der Orgasmus ergreift mich und lässt mich nicht mehr los. Ich winde mich unter ihm, während ich laut seinen Namen rufe.

Als ich endlich wieder zu mir komme, bin ich völlig außer Atem. Langsam öffne ich meine Augen, doch noch immer kann ich nichts erkennen. Allerdings höre ich jetzt, wie er sich ebenfalls auszieht.

»Wir bräuchten etwas Licht, sonst sehe ich nichts«, höre ich in der nächsten Sekunde seine Stimme.

»Irgendwo neben dir ist ein kleiner Tisch, auf dem eine Lampe steht«, erkläre ich ihm atemlos. Noch immer schlägt mein Herz so schnell, als würde es sich aus meiner Brust befreien wollen. Mit meinem Kopf bin ich noch bei den Dingen, die er gerade mit mir angestellt hat, sodass ich froh bin, überhaupt etwas sagen zu können.

Es dauert einen Moment, doch schließlich geht das Licht an. Dann dreht er sich zu mir und betrachtet mich, wie ich vor ihm auf dem Sofa liege.

Sein Blick ist liebevoll und voller Gefühle. Gefühle, die genauso tief gehen wie meine eigenen. Da bin ich mir sicher.

Seine Augen wandern über meinen Körper und setzen ihn wieder in Flammen. Obwohl er gerade erst dafür gesorgt hat, dass ich mich gefühlt habe, als wäre ich im Himmel, spüre ich, wie ich schon wieder feucht werde.

Mit langsamen Bewegungen kommt er auf mich zu. Er kniet sich zwischen meine Beine und zieht meine Brustwarze in seinen Mund. Auf diese Weise entlockt er mir ein Stöhnen. Ein zufriedener Ausdruck macht sich auf seinem Gesicht breit, bevor er sich der anderen widmet.

Fast schon ungeduldig hebe ich meine Hüften ein Stück an, um ihm zu signalisieren, dass ich nicht länger warten will.

Mit einem frechen Grinsen öffnet er die Verpackung des Kondoms und zieht es sich dann über. Als er endlich in mich eindringt konzentriere ich mich nur noch auf ihn. Ich spüre seine Wärme auf meiner Haut und höre seinen Atem in meinen Ohren.

Es fühlt sich einfach wundervoll an, ihm so nahe zu sein. Meine Hände umfassen seine Schultern, damit er nicht wieder verschwinden kann, obwohl ich weiß, dass er das nicht wird.

In der nächsten Sekunde beginnt er sich zu bewegen. Unser Stöhnen wird immer lauter, während ich meine Hüften hebe und ihm bei jedem Stoß entgegenkomme.

Henry wird immer wilder, während ich dem nächsten Höhepunkt immer näher komme. Bei jedem Stoß trifft er die empfindliche Stelle in mir drin und treibt mich so noch weiter an.

In dem Moment, in dem ich komme, spüre ich, wie auch Henry sich anspannt. Ein letztes Mal stößt er in mich hinein. Dann sinkt er auf mich und lässt seine Stirn gegen meine Schulter fallen.

Eine Weile liegen wir so da und versuchen wieder zu Atem zu kommen. Gedankenverloren fahre ich mit den Spitzen meiner Fingernägel über seine verschwitzte Haut.

Erst, als er sich ein Stück von mir löst und so dafür sorgt, dass ich wieder besser atmen kann, werde ich wieder ins Hier und Jetzt gezogen.

»Ich glaube, ich werde dich erdrücken«, flüstert er.

»Dein Gewicht stört mich nicht«, erwidere ich und hoffe dabei, dass er sich wieder auf mich legt.

Allerdings tut er das nicht. Stattdessen lacht er und entfernt sich ein wenig von mir.

Mir selber ist jedoch nicht zum Lachen zumute. Mir kommt es vor, als würde er sich nicht nur körperlich von mir entfernen, sondern auch geistig. Doch ich verbiete mir, ihm das zu zeigen.

Ohne sich von mir abzuwenden steht er auf und zieht sich das Kondom von seinem Schwanz.

»Ich glaube, wir sollten uns besser ins Bett legen. Das Sofa könnte doch etwas ungemütlich werden. Für zwei Personen ist es einfach zu klein«, flüstere ich in die Stille hinein. Allerdings sage ich es nur, weil ich das Bedürfnis habe, irgendetwas zu sagen.

Ohne darauf zu warten, dass er etwas erwidert, ziehe ich ihn in den Flur und schlage den Weg zu meinem Schlafzimmer ein. Dort angekommen gehe ich ein paar Schritte auf das große Bett zu, was sich an der gegenüberliegenden Wand befindet.

»Dieser Raum war eigentlich als Wohnzimmer gedacht. Aber irgendwie fand ich den Gedanken, ein winziges Schlafzimmer zu haben, nicht so super. Also habe ich die Zimmer getauscht, was zur Folge hat, dass mein Schlafzimmer einen Balkon hat«, kläre ich ihn auf.

Henry steht noch immer in der Tür und schaut sich interessiert um. Er betrachtet den riesigen schwarzen Kleiderschrank, der auf der rechten Seite steht und die Kommode, die sich unter dem Fenster auf der linken Seite befindet. Auf ihr stapeln sich die Klamotten, die in den letzten Tagen nicht den Weg in meinen Schrank gefunden haben.

Auf dem Boden liegen überall Schuhe verteilt, sodass man darauf achten muss, wo man langläuft, weil man sonst stolpert.

Aber all das scheint Henry nicht aufzufallen.

»Ja«, sagt er nur und nickt dabei entschieden.

»Was?«, frage ich ihn, da ich keine Ahnung habe, was er meint.

»Dein Schlafzimmer sieht sogar noch gemütlicher aus als das Wohnzimmer.« Henry wackelt mit den Brauen.

Ich kichere leise. Als ich bemerke, wie er mich ansieht, verstumme ich jedoch wieder.

Ich lockere ein wenig meinen Griff und lasse die Decke, die ich mir vorhin um meinen nackten Körper geschlungen habe, ein Stück nach unten rutschen. Nur so viel, dass man den Ansatz meiner Brüste erkennen kann. Als ich ihn anschaue, erkenne ich, dass sein bestes Stück bereits wieder hart geworden ist.

Wie von alleine lasse ich die Decke fallen und gebe ihm mit dem Zeigefinger zu verstehen, dass er zu mir kommen soll.

Henry zögert nicht eine Sekunde. Kaum steht er vor mir, küsst er mich leidenschaftlich. Er nimmt mich wieder in Besitz und macht wortlos klar, an wessen Seite ich gehöre.

12

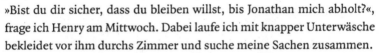

»Bist du dir sicher, dass du bleiben willst, bis Jonathan mich abholt?«, frage ich Henry am Mittwoch. Dabei laufe ich mit knapper Unterwäsche bekleidet vor ihm durchs Zimmer und suche meine Sachen zusammen.

Henry hat es sich auf dem Bett bequem gemacht und betrachtet mich. Sein Blick ist dunkel und gibt mir zu verstehen, dass er gerade am liebsten etwas anderes machen würde. »Nun ja, ich habe in den letzten Tagen ein wenig nachgedacht.«

Bei seinen Worten hebe ich neugierig meinen Kopf und schaue ihn an. Ich kann nicht verhindern, dass sich ein irritierter Ausdruck auf meine Gesichtszüge schleicht.

»Und zu welchem Ergebnis bist du gekommen?«, erkundige ich mich, während ich das Kleid vom Bügel nehme und hineinschlüpfe.

»Jonathan war von Anfang an keine Bedrohung für uns. Schließlich hast du ja selber gesagt, dass er seinen Mann kennengelernt hat, bevor wir beide uns über den Weg gelaufen sind.«

»Und was hat das damit zu tun, dass du so lange bleiben willst?«

»Ich würde ihn gerne mal treffen. Mir ein Bild von ihm machen.«

Henry zuckt mit den Schultern.

Bei seinen Worten drehe ich mich ein Stück zu ihm und schaue ihn vorsichtig an. Ich weiß nicht genau, was ich an ihm erkennen will, doch ich weiß, dass es nicht da ist. Er ist locker und macht nicht den Anschein auf mich, als würde er überprüfen wollen, ob Jonathan die Wahrheit gesagt hat.

»Ich verstehe. Du willst dich mit dem ehemaligen Feind verbünden.«

»So würde ich es nun auch wieder nicht ausdrücken. Dafür sind wir zu unterschiedlich. Aber ich muss zugeben, dass ich schon ein wenig neugierig bin, ob er wirklich so ist, wie Lukas meint.« Henry verzieht ein wenig das Gesicht und steht auf. »Warte, ich helfe dir.«

Er gibt mir ein Zeichen, dass ich mich wieder umdrehen soll, was ich auch mache. Als nächstes spüre ich seine Finger auf meiner Haut und höre den Reißverschluss des Kleides, den er nach oben zieht. Dann drückt er mir noch einen Kuss auf die Schulter.

»Danke«, raune ich.

»Du siehst wunderschön aus. Mich würde es nicht wundern, wenn er es sich doch noch mal überlegen würde. Aber nun gehörst du mir und ich werde dich nicht mehr hergeben.«

Seine Stimme macht mir klar, dass er jedes einzelne Wort so meint, wie er es gesagt hat. Mein Herz macht vor Freude Sprünge.

»Das glaube ich nicht«, erwidere ich. »Er schien glücklich mit seiner Entscheidung zu sein. Auch wenn er noch nicht so ganz wusste, wie er es seinen Eltern beibringen soll.«

»Ja, ich kann mir vorstellen, dass so etwas das Leben auf den Kopf stellt. Soll ich dich später abholen?«

»Ich würde mich freuen«, antworte ich und drehe mich dabei um. Meine Hände legen sich um seinen Hals, während seine gleichzeitig nach meinen Hüften fassen. »Sagen wir um elf?«

»Ich werde da sein.« Er beugt sich zu mir, um mich zu küssen, doch so weit kommt er nicht mehr. Sein Gesicht befindet sich so dicht an meinem, dass ich bereits seinen Atem auf meiner Haut spüre, als ich die Klingel höre.

»Das ist Jonathan«, erkläre ich ihm und kann mir dabei ein kleines Seufzen nicht verkneifen. Kurz schaue ich Henry an, doch dann befreie ich mich aus seinem Griff. Dabei würde ich viel lieber hier mit ihm bleiben und den Abend genießen.

Die Aussicht darauf, die nächsten Stunden mit meinen Eltern und ihren langweiligen Freunden zu verbringen, ist nicht gerade das, was ich mir unter einem schönen Abend vorstelle.

Dann kannst du dich gleich dran gewöhnen, was du bald jeden Tag haben wirst, wenn du mit deinem Vater zusammenarbeitest fährt es mir durch den Kopf.

»Er hat ein perfektes Timing. Das muss ich ihm lassen«, erklärt Henry mit einer gewissen Belustigung in der Stimme.

Da er sich nicht sauer anhört verlasse ich das Schlafzimmer und öffne die Wohnungstür. Es dauert nur ein paar Sekunden, bis Jonathan auf der Bildfläche erscheint, wobei er deutlich entspannter aussieht als beim letzten Mal. Er trägt einen schwarzen Smoking mit einer perfekt sitzenden Fliege. »Du siehst gut aus«, merkt er an, nachdem ich ihn in die Wohnung gelassen habe.

»Danke, du auch.«

Irgendwie ist es merkwürdig, mit ihm zu sprechen. Und das hat nichts damit zu tun, dass er mir sein Geheimnis verraten hat. Sondern eher damit, dass ich nur zu genau die Anwesenheit von Henry spüre.

Jonathan will gerade etwas sagen, als ich höre, wie sich hinter mir jemand räuspert. Langsam drehe ich meinen Kopf und sehe, dass Henry mit meiner Tasche in der Hand auf uns zukommt. Dabei sieht er Jonathan prüfend an.

In meinem Hals bildet sich ein Kloß, den ich aber ignoriere. Jonathan und ich haben unseren Beziehungsstatus geklärt. Und auch wenn Jenny und Lukas ihn vielleicht als einen langweiligen Spießer betrachten, so sind wir doch befreundet. Und wenn ich will, dass das zwischen mir und Henry klappt, dann müssen die beiden sich kennen. Schließlich können sie sich nicht immer aus dem Weg gehen.

»Henry, das ist Jonathan«, stelle ich sie einander vor.

»Ich habe schon viel von dir gehört«, erklärt Henry und reicht ihm die Hand.

Unbewusst halte ich die Luft an und beobachte die beiden dabei, wie sie sich die Hände schütteln. Ich kann erkennen, dass sie sich gegenseitig aufmerksam betrachten. Würde ich es nicht besser wissen, würde ich sagen, dass sie überprüfen wollen, inwieweit der andere eine Gefahr ist.

Doch ich bin froh, dass es nicht so ist.

»Das kann ich nur zurückgeben.«

Henry betrachtet ihn noch kurz, ehe er sich mir zuwendet. Dann greift er nach meiner Hand und schiebt mich vor sich her aus meiner Wohnung.

Während wir die Treppen nach unten gehen, kommt es mir vor, als würde ich gleich ohnmächtig werden. Aber ich bin auch erleichtert. Die Befürchtung, dass es komisch werden könnte, wenn die beiden sich treffen, ist zum Glück nicht eingetreten.

Trotzdem ist mir klar, dass die beiden wohl niemals die besten Freunde werden. Aber das stört mich nicht. Mir reicht es zu wissen, dass sie sich nicht gleich prügeln, wenn sie sich über den Weg laufen.

»Ich hol dich dann um elf ab«, flüstert Henry, als er mich fest an sich zieht.

»Ich freue mich schon.« Ich küsse ihn.

Henrys Hände fahren über meinen Rücken und meine Seiten. Ein warmer Schauer durchfährt mich.

Wenn diese Veranstaltung nicht so wichtig wäre, würde ich mit Henry wieder in meiner Wohnung verschwinden. Dann wäre es mir sogar egal, dass Jonathan sich eine Ausrede einfallen lassen müsste, weil ich nicht dabei bin.

»Lauren, wollen wir?«, ruft dieser. Er steht neben seinem Sportwagen und beobachtet uns.

»Ja.«

Ein letztes Mal schaue ich Henry an und drücke ihm einen Kuss auf die Lippen. Dann setze ich mich zu Jonathan in den Wagen.

Während der Fahrt zum Hotel, in dem die Veranstaltung stattfindet, schweigen wir. Aber das stört mich nicht. Ich habe auch gar keine Lust mich zu unterhalten. Ich wüsste gar nicht, worüber ich sprechen könnte.

Als wir vor dem riesigen und luxuriösen Hotel halten, eilen sofort die Pagen zum Wagen, um die Türen zu öffnen.

Ich warte, bis Jonathan den Wagen verlassen und sich auf meine Seite gestellt hat, sodass er mir beim Aussteigen helfen kann. Als nächstes hake ich mich bei ihm unter, bevor wir das riesige Gebäude betreten. Ich habe das schon so oft gemacht, dass ich es mittlerweile im Schlaf beherrsche.

Schon von Weitem kann ich die weit geöffneten Türen des Ballsaales erkennen. Aber selbst wenn das nicht der Fall gewesen wäre, die Geräuschkulisse ist nicht zu überhören.

»Na komm, umso schneller haben wir es hinter uns.«

Ich schaue ihn überrascht an. Es ist das erste Mal, dass ich bemerke, dass Jonathan keine Lust hat hier zu sein. Normalerweise liebt er solche Veranstaltungen. Doch genau diese Freude fehlt jetzt. Allerdings kann ich ihn nicht mehr darauf ansprechen, da in diesem Moment unsere Väter auf uns zukommen.

»Lauren, es freut mich so sehr, dich zu sehen. Es ist schon viel zu lange her«, begrüßt mich Jonathans Vater und küsst mich dabei auf beide Wangen.

»Mich auch«, erwidere ich nur.

»Eure Mütter befinden sich irgendwo unter den Gästen«, ergänzt mein Dad noch, nachdem er Jonathan und mich ebenfalls begrüßt hat.

»Wir werden uns erstmal etwas zu trinken holen«, erklärt Jonathan, noch bevor ich die Gelegenheit hatte, etwas zu sagen.

»Ach, bevor ich es vergesse, Lauren. Es gibt hier ein paar Ärzte, die gerne mit dir sprechen würden. Sie möchten dich für ihre Abteilungen gewinnen.«

»Ich glaube nicht, dass heute Abend der geeignete Zeitpunkt dafür ist, Dad.«

»Wieso nicht? Du bist hier und meine Kollegen sind hier.« Mein Vater zuckt mit den Schultern und gibt mir so zu verstehen, dass er wirklich keine Ahnung hat, was ich meine.

Das hier ist eine Wohltätigkeitsveranstaltung. Da sollte man sich nicht über berufliche Dinge unterhalten. Aber wirklich wundern tut es mich nicht. Die Arbeit steht für meine Eltern immer im Vordergrund. Also nicke ich nur und lasse mich von Jonathan hinter sich herziehen.

»Ich werde das klären und einen Termin mit ihnen ausmachen«, sagt er, nachdem wir uns ein paar Schritte entfernt haben.

»Danke, ich habe dafür jetzt wirklich keinen Kopf.«

»Das kann ich verstehen, mir würde es nicht anders gehen.«

Aufmunternd lächelt er mich an, während wir uns in die Schlange an der Bar stellen. Dort werden wir von mehreren Leuten angesprochen. Jonathan beglückwünschen sie zu seiner hervorragenden Arbeit und mir sagen sie, wie sehr sie sich darauf freuen, dass ich bald ein Mitglied des Teams bin.

Und dabei liegt mir jedes Mal auf der Zunge, dass ich mir noch nicht sicher bin, ob ich das überhaupt werden möchte. Natürlich will ich Ärztin sein, sonst würde ich nicht Medizin studieren. Allerdings weiß ich nicht, ob die Privatklinik das Richtige für mich ist. Auch die Tatsache, dass mein Dad ein Kollege wäre und mir wahrscheinlich immerzu reinreden würde, spielt eine große Rolle dabei.

Als ich endlich ein Glas Wein und Jonathan ein Glas Scotch in der Hand halten, kommt es mir so vor, als hätte ich dem halben Saal die Hand geschüttelt. Und das obwohl wir nur ein paar Minuten warten mussten.

Erst, als sich alle an ihre Tische setzen, wird es etwas ruhiger. Ein paar Reden werden gehalten, wobei ich den meisten kein Wort von dem glaube, was sie sagen. Ich bin in diesem Umfeld groß geworden, und deswegen weiß ich, dass viele nur darauf bedacht sind, wie sie vor den anderen dastehen.

Die nächsten zwei Stunden gehen nur langsam vorbei. Jonathan unterhält sich mit ein paar Kollegen, die ebenfalls mit uns an einem Tisch sitzen, während Jenny mir ohne Unterbrechung Nachrichten schickt.

Sie will wissen, wie der Abend so läuft, dabei bin ich mir sicher, dass sie es sich denken kann.

»Entschuldigt mich«, sage ich schließlich und stehe auf. Ohne auf eine Antwort zu warten entferne ich mich vom Tisch. Ich habe nur noch den Wunsch, endlich hier raus zu kommen, damit ich wieder atmen kann.

Im Vorbeigehen nehme ich ein Glas Sekt von einem Tablett, was ein Kellner trägt. Ich weiß, dass meine Eltern mich bemerkt haben, doch ich beachte sie nicht. Stattdessen bahne ich mir einen Weg zwischen den Tischen entlang, bis ich endlich einen Seitenausgang erreicht habe.

Kaum habe ich den stickigen Saal verlassen, geht es mir besser. Die Kopfschmerzen verschwinden ein wenig und die frische Luft sorgt dafür, dass ich wieder denken kann.

Mit schnellen Schritten durchquere ich die Halle und trete durch eine weitere große Glastür hinaus in den Innenhof.

Dort lasse ich mich auf eine der Steinbänke sinken, die überall verteilt stehen. Seufzend atme ich tief durch. Es ist das erste Mal, dass ich einfach verschwunden bin. Allerdings ist es auch das erste Mal, dass es mir vorkam, als würde ich keine Luft mehr bekommen.

Eine Weile bleibe ich sitzen und genieße die Ruhe. Erst als ich Schritte höre öffne ich meine Augen und schaue direkt in die von Jonathan. Er lässt sich neben mich sinken und beugt sich ein Stück nach vorne.

»Was hat sich in den letzten Wochen verändert?«, fragt er mich. Dabei lässt er den Kopf hängen und starrt auf den Boden.

»Was meinst du?«

»So genau weiß ich das auch nicht. Es kommt mir nur so vor, als hätte sich alles geändert, nur weil ich jetzt einen Mann liebe.«

»Du wärst am liebsten mit ihm hier«, stelle ich fest.

»Ja, aber dafür wäre es zu früh. Auch wenn es die einfachste Art gewesen wäre, um unsere neuen Partner vorzustellen. Trotzdem bin ich froh, dass ich den Abend mit dir verbringen konnte. Das gehört wohl auch zu den Dingen, die sich ändern werden. Ich bin auf jeden Fall glücklich darüber, dass ich dich als Freundin habe.« Jonathan grinst mich an.

Als Antwort verziehe ich nur ein wenig das Gesicht. Ich kann nicht verhindern, dass vor meinem inneren Auge ein Bild erscheint, wie

Henry sich mit all den reichen Leuten hier unterhält. Ich muss zugeben, dass er nicht reinpassen würde. Aber im Endeffekt tue ich das auch nicht.

»Das bin ich auch. Wenn wir mit den beiden hier aufgetaucht wären, hätte es auf jeden Fall für Gesprächsstoff gesorgt«, sage ich und lache dabei leise.

»Ja, das hätte es.«

»Aber wir werden weiterhin Freunde bleiben und irgendwann wirst du ihn mir auch vorstellen müssen. Das ist dir doch hoffentlich klar, oder?«

»Wir können ja irgendwann mal etwas zu viert machen«, schlägt Jonathan vor.

»Ja, das wäre schön.«

»Henry kann sich glücklich schätzen, dass er dich hat.«

Nachdenklich schaue ich Jonathan an.

»Genauso wie Noah glücklich sein kann, dass er dich hat.«

Jonathan zieht mich für eine feste Umarmung an sich. »Ich habe dich lieb, Kleine.«

»Ich dich auch, Großer«, gebe ich zurück.

»Na los, dein Prinz erscheint gleich, um dich abzuholen«, erklärt er schließlich und entfernt sich von mir.

»Wenn du willst, kann ich auch noch bleiben.« Ich kann nicht leugnen, dass ich ein schlechtes Gewissen habe. Schließlich sind wir zusammen gekommen und unsere Eltern werden davon ausgehen, dass wir auch gemeinsam fahren.

»Das brauchst du nicht. Ich werde mich nur noch von meinen Kollegen verabschieden und dann auch abhauen. Und überleg dir gut, ob du wirklich dort anfangen willst.«

Überrascht schaue ich ihn an. »Wie kommst du darauf?«

»Ich merke doch genau, dass du dir nicht sicher bist. Es ist deine Entscheidung. In der letzten Zeit hat sich auch bei dir so viel geändert, dass es auf eine Entscheidung mehr oder weniger wohl nicht mehr ankommt.« Jonathan zwinkert mir zu, ehe er mich auf die Beine zieht.

Niemals hätte ich gedacht, dass wir so eine Unterhaltung führen. Doch nun bin ich froh darüber.

Hand in Hand gehen wir wieder hinein und laufen durch die Halle. Noch bevor ich durch die Eingangstür getreten bin, kann ich Henry bereits erkennen.

Er hat seinen Wagen direkt vor dem Eingang geparkt, sodass er einem sofort ins Auge fällt. Das hat aber auch zur Folge, dass er den anderen auffällt. Er ist nicht gerade die Sorte Gast, die man in so einem Hotel erwartet. Auf jeden Fall bin ich mir sicher, dass die Leute, die ihn von oben bis unten mustern, dieser Meinung sind.

Mit festen Schritten gehe ich hinaus und halte auf ihn zu.

»Hi«, ruft er, als er mich entdeckt. Ein breites Grinsen erscheint auf seinen Gesichtszügen, was mich ebenfalls lächeln lässt.

Ich sage nichts, sondern gehe auf ihn zu und schlinge meine Arme um seinen Hals. In der nächsten Sekunde finden sich unsere Lippen. Obwohl wir nur wenige Stunden voneinander getrennt waren, macht mein Herz Sprünge vor Freude darüber, ihn endlich wieder bei mir zu haben.

»Du siehst ein wenig müde aus.«

»Das bin ich auch. Du hast keine Ahnung, wie anstrengend solche Abende jedes Mal sind.«

»Nein, allerdings kann ich es mir vorstellen«, erwidert Henry und schiebt mich dabei um das Auto herum. Kaum sind wir auf meiner Seite angekommen, öffnet er die Tür und setzt mich in den Wagen.

Ich lasse meinen Kopf nach hinten an die Stütze sinken, nachdem er die Tür geschlossen hat. »Du scheinst es ganz schön eilig zu haben«, bemerke ich, nachdem er ebenfalls eingestiegen ist.

»Na ja, ich glaube, dass es vielleicht nicht ganz so gut ankommt, wenn einer der anderen Gäste dich bei mir sieht, noch bevor deine Eltern Bescheid wissen.«

»Stimmt.«

Daran hatte ich überhaupt nicht gedacht, als wir besprochen haben, dass er mich abholt. Umso glücklicher bin ich, dass er es anscheinend hat, denn sonst würde uns wahrscheinlich wirklich noch jemand bemerken.

Vor allem vor dem Hintergrund, dass ich leider nur zu gut weiß, wie schnell sich manche Sachen im Freundeskreis meiner Eltern herumsprechen.

13

—•◆•—

Während der nächsten Tage bin ich vormittags entweder auf der Arbeit oder in der Uni, je nachdem wie meine Kurse fallen, und nachmittags mache ich dann das jeweils andere. Sobald Henry abends sein Training beendet hat, kommt er zu mir, wo wir die Zweisamkeit genießen. Sie stärkt die Bindung, die zwischen uns besteht.

Ich liebe diese Zeit. In diesen Stunden gibt es nur uns. Und dabei ist es egal, ob wir Sex haben oder nicht. Einfach zu wissen, dass er bei mir ist, reicht mir.

Für mich gibt es nichts Schöneres, als seine ungeteilte Aufmerksamkeit.

»Lauren!«, höre ich Jenny nach mir rufen. Bevor ich reagieren kann fuchtelt sie mit den Händen vor meinem Gesicht herum, um mich auf sich aufmerksam zu machen.

So unauffällig wie möglich schüttle ich den Kopf und schiebe die Erinnerungen zur Seite. »Was ist?«, frage ich sie, beobachte dabei aber weiter Henry.

Er steht ein paar Meter von mir entfernt mit ein paar Kollegen und geht noch einmal die Rennstrecke durch. Allerdings dreht er alle paar Sekunden den Kopf, als würde er sicher gehen wollen, dass ich auch wirklich noch da bin.

Dabei wüsste ich nicht, wohin ich verschwinden sollte. Ich weiß, wie ich zum Zelt seines Teams komme, aber da hört es schon auf. Ohne Jenny würde ich in diesem Chaos nicht einmal den Weg zur Toilette finden.

»Das könnte ich dich fragen!«, kontert sie nun.

»Nichts«, erwidere ich.

»Wieso glaube ich dir das nicht?«, hakt sie nach. Dabei stemmt sie die Hände in die Hüften und macht mir klar, dass ich ihr nicht entkommen kann. »Ach ja, stimmt. Ich bin ja deine beste Freundin und kenne dich.«

Ich hasse es, dass sie mich so gut kennt. Vor allem in diesem Fall.

»Nun sag schon«, drängelt sie. »Hat es etwas mit Henry zu tun? Oder mit Jonathan?«

Ich antworte nicht, sondern schaue nur wieder zu ihm. Aber das reicht ihr anscheinend.

»Okay, es geht um Henry.«

Seufzend streiche ich mir über den Nacken und atme tief durch. »Ich glaube, dass ich mich in ihn verliebt habe.«

Die Worte sind raus, noch ehe ich über ihre Bedeutung nachdenken kann. Für einen kurzen Moment hoffe ich, dass sie nicht so genau zugehört hat. Doch als sie scharf die Luft einzieht weiß ich, dass es leider nicht so ist. Auch ihr überraschter Gesichtsausdruck passt perfekt dazu.

Allerdings habe ich keine Nerven, um mich damit zu befassen. Ich bin selber darüber geschockt, dass ich es wirklich gesagt habe. Auch wenn ich es nur vor meiner Freundin zugegeben habe.

Doch nun mache ich mir Gedanken, ob es Henry auch so geht, oder er eher eine gute Freundin mit Vorzügen in mir sieht. Aber wenn ich es mir recht überlege, hat er mir nicht ein einziges Mal das Gefühl gegeben, ich wäre ihm nicht wichtig. Er hat mich sogar seinen Eltern als seine Freundin vorgestellt. Trotzdem kann ich die Frage nicht aus meinem Kopf verbannen.

Als ich wieder zu Jenny schaue sehe ich, dass sie sich in unserer Umgebung umsieht, bevor sie sich wieder mir zuwendet.

»Ist das dein Ernst?«, fragt sie mich nun leise.

Mein Mund ist trocken, sodass ich nichts sagen kann. Eigentlich hatte ich immer gedacht, dass es das schönste Gefühl ist, was man sich nur vorstellen kann. Doch ich bin der Meinung, dass eher das Gegenteil der Fall ist. Vor allem dann, wenn man sich nicht sicher ist, wie der andere empfindet. Es macht mir Angst und lässt mich unsicher werden, obwohl ich das in seiner Gegenwart schon lange nicht mehr war. Ich wende mich von ihm ab, da ich Angst habe, dass er sonst etwas errät.

»Wann?«, fragt sie nun weiter, ohne auf eine Antwort auf ihre erste Frage zu warten.

Um wenigstens irgendeinen Ton herauszubekommen, räuspere ich mich. »Ich weiß es nicht.« Meine Stimme klingt tonlos. »Wir haben so viel Zeit miteinander verbracht, dass es einfach passiert ist.«

»Wow«, entfährt es Jenny. Ich schaue sie wieder an und sehe, dass sie glücklich lächelt.

»Oh Mann«, flüstere ich nur. Dabei lasse ich meine Schultern kreisen und versuche ein wenig lockerer zu werden. Doch nach diesem Geständnis funktioniert das einfach nicht. Im Gegenteil. Ich werde mit jeder Sekunde, die vergeht, immer nervöser. Und das nur, weil ich nicht weiß, was ich machen soll. Unruhig trete ich von einem Fuß auf den anderen.

»Habt ihr mal darüber gesprochen? Und das bringt mich zu meiner nächsten Frage: Hast du schon mit deinen Eltern über Jonathan gesprochen?«

»Nein und noch mal nein. Um ehrlich zu sein bin ich den beiden in den letzten Tagen aus dem Weg gegangen.«

»Ja, das kann ich verstehen. Ich hätte es wahrscheinlich nicht anders gemacht. Vor allem weil ihr ja erst zusammen auf dieser Feier wart. Aber was Henry betrifft, ...«, beginnt sie. Allerdings kann sie den Satz nicht mehr zu Ende bringen, da Henry und Lukas sich in diesem Moment zu uns stellen.

Henry greift nach meiner Hand und zieht mich an seinen Oberkörper, sodass mir der Geruch seines Deos in die Nase steigt. Niemals hätte ich gedacht, dass ich mich danach sehnen könnte.

»Na, worüber sprecht ihr?«, fragt Lukas und steckt dabei sein Handy wieder in die Hosentasche.

»Mädchenkram, würdest du eh nicht verstehen«, antwortet Jenny und streckt ihrem Bruder die Zunge raus.

Die beiden zu beobachten lenkt mich ein wenig von meinem Problem ab. Allerdings nur so lange, bis Henry mein Kinn umgreift und sich nach vorne lehnt. »Komm«, flüstert er mir leise ins Ohr.

Ich habe keine Zeit mehr zu reagieren, da er mich in der nächsten Sekunde schon durch die Menschenmenge führt.

Ich schaue zu Jenny. Doch sie streitet sich noch immer mit ihrem Bruder, sodass ich mir nicht sicher bin, ob sie überhaupt gemerkt hat, dass wir verschwunden sind.

Henry biegt nach links und hält dort auf einen der LKWs zu, die zu seinem Team gehören. Doch er bleibt nicht stehen, sondern geht auf die Rückseite, wo uns niemand beobachten kann. Schließlich hält er so dicht vor mir inne, dass seine Brust bei jedem Atemzug meine berührt.

»Was ist?«, frage ich ihn, als er keine Anstalten macht, etwas zu sagen.

»Nichts. Ich wollte einfach nur noch etwas mit dir alleine sein, bevor es gleich losgeht.« Kaum hat er ausgesprochen küsst er mich zärtlich.

Ich vergesse alles um mich herum. Doch bevor ich weiter gehen kann, löst er sich wieder von mir. Obwohl der Kuss nicht leidenschaftlich wird, sind wir beide doch völlig außer Atem. Meine Brust hebt und senkt sich schwer und mein Kopf ist wie leergefegt.

»Bevor wir heute Abend zum Hotel fahren, muss ich noch etwas erledigen. Da ich nicht weiß, wie lange es dauern wird, brauchst du nicht mitkommen. Ich werde Lukas sagen, dass er dich mit zurück nehmen soll.«

Während er spricht, umfasst er mein Gesicht mit beiden Händen und sieht mich durchdringend an. Es dauert einen Moment, bis seine Worte bei mir angekommen sind.

»Was hast du denn vor? Ich kann auch mitkommen.«

»Fahr ruhig ins Hotel und warte im Zimmer auf mich. Ich werde mich beeilen, versprochen. Und dann gibt es nur noch uns beide.«

Für den Bruchteil einer Sekunde überlege ich, ob ich weiter nachhaken soll, doch dann entscheide ich mich dagegen. Ich will mich nicht mit ihm streiten, sondern die ruhigen Sekunden genießen, die wir gerade haben. Ich schlinge meine Arme um ihn und lasse mein Gesicht an seine Brust sinken. Das beruhigende Pochen seines Herzschlages dringt zu mir hindurch.

Ich versuche ruhig zu bleiben und so das ungute Gefühl, was sich in mir ausbreitet, in den Griff zu bekommen. Es geht nicht darum, dass wir uns nicht sehen werden, das überlebe ich. Es ist eher die Art, wie er gesagt hat, dass ich nicht mitkommen muss. Ein klein wenig kommt es mir so vor, als würde er mir etwas verheimlichen.

»Ich bin ganz schnell wieder bei dir«, raunt er in mein Ohr, als wüsste er genau, was gerade in mir vor sich geht.

»Das will ich doch hoffen.«

»Außerdem muss ich etwas mit dir besprechen.«

Fragend schaue ich ihn an, doch Henry fügt nichts weiter hinzu. Das hat zur Folge, dass sich das ungute Gefühl in meinem Bauch nur noch verstärkt. Doch ich schiebe es energisch zur Seite und halte mir stattdessen vor Augen, dass es keinen Grund gibt, dass ich mir Sorgen mache.

Ich weiß nicht, wie lange wir hier noch so stehen, aber ich genieße es. Erst, als wir hören, wie ihn jemand ruft, trennt er sich ein Stück von mir und greift nach meiner Hand. Unsere Finger verschränken sich miteinander, als wir zu den anderen zurückgehen.

Als ich drei Stunden später in unserem Zimmer sitze, schaue ich immer wieder auf mein Handy. Obwohl erst wenige Minuten vergangen sind, seitdem ich den Raum betreten habe, kommt es mir vor, als wäre es eine Ewigkeit her.

Jenny und Lukas hatten noch versucht mich zu überreden, mit ihnen in die Bar zu gehen und etwas zu trinken, aber ich wollte nicht. Da Henry gesagt hat, dass wir uns auf unserem Zimmer treffen, will ich lieber hier auf ihn warten.

Das hört sich wahrscheinlich total bescheuert an, aber da ich nicht weiß, wo er ist oder wann er wiederkommt, habe ich auch keine Lust etwas zu unternehmen.

Ich weiß nicht, wie viel Zeit vergeht, bis ich endlich höre, wie die Tür aufgeschlossen wird. Fast schon ruckartig wirble ich herum und entdecke Henry.

Er steht im Türrahmen und beobachtet mich. Sein Gesicht gibt nichts preis. Es hat sich nicht einmal ein kleines Lächeln auf seinen Lippen gebildet, wie es sonst der Fall ist, wenn er mich sieht.

Ich weiß nicht genau, was mit ihm los ist, und traue mich nicht, mich ihm zu nähern. Stattdessen bleibe ich vor dem Bett stehen. Es erscheint mir, als würde es eine Ewigkeit dauern, bis er mit festen, geschmeidigen Schritten auf mich zugeht.

Er sieht müde aus. Die letzten Stunden waren nervenaufreibend, da bin ich mir sicher. Selbst nach dem Rennen sah er fitter aus. Automatisch frage ich mich, was in der Zwischenzeit passiert ist. Doch ich schlucke die Worte hinunter. Ich bin mir nicht sicher, wie er darauf reagieren würde und freue mich viel zu sehr, dass er wieder da ist, als dass ich mich mit ihm streiten will.

Er lässt sich auf das Sofa sinken und bedeutet mir, dass ich mich neben ihn setzen soll. Ein paar Sekunden bleibe ich noch wie angeklebt stehen. Doch dann gebe ich mir einen Ruck und gehe zu ihm.

»Ich habe dich vermisst«, flüstert er.

Meine Alarmglocken beginnen zu schrillen. Ich weiß nicht genau wieso, aber irgendetwas in seiner Stimme sorgt dafür. Eine Weile betrachte ich ihn. Doch Henry verzieht keine Miene. Er sieht mich einfach nur an, als würde er über etwas nachdenken.

Ich winde mich. Auch wenn er das wahrscheinlich nicht beabsichtigt, aber sein Verhalten macht mir Angst. So habe ich ihn noch nie erlebt, und eigentlich hätte ich auch nicht gedacht, dass ich es jemals werde. Doch nun ist die Situation eingetreten und ich weiß nicht, wie ich damit umgehen soll. Da macht sich mal wieder die fehlende Erfahrung bemerkbar.

»Ist alles in Ordnung?« Meine Stimme klingt leise und brüchig. Ich habe das Bedürfnis, irgendetwas zu sagen. Damit die Ruhe zwischen uns durchbrochen wird, die lässt mich nämlich wahnsinnig werden.

»Ja, mir geht es gut.«

Ich glaube ihm kein Wort. Ich spüre, dass ihn etwas bedrückt, kann aber nicht einordnen, was es sein könnte.

Als wir uns vorhin getrennt hatten, war alles noch in bester Ordnung. Zumindest habe ich das geglaubt. Nun bin ich mir da nicht mehr so sicher.

»Es gibt Dinge, in denen ich nicht gut bin. Könnte wahrscheinlich daran liegen, dass ich noch keine Erfahrungen damit gemacht habe«, sagt er schließlich.

»Was für Dinge meinst du?«, hake ich nach, obwohl mein Verstand und mein Herz mir sagen, dass ich es nicht tun sollte.

»Dinge, die mit diesem ganzen Gefühlskram zu tun haben.«

Er braucht es mir nicht zu erklären. Ich kann es nur zu gut nachvollziehen, denn mir geht es nicht anders.

Trotzdem bleibt bei seinen Worten mein Herz stehen. *Scheiße*, fährt es mir durch den Kopf, während ich versuche ruhig zu bleiben. Aber das kann ich nicht. Egal wie oft ich tief durchatme.

»Du machst mir Angst«, erwidere ich so leise, dass ich mir nicht sicher bin, ob er mich wirklich verstanden hat.

»Ich habe immer gedacht, dass ich niemals eine Frau wie dich treffen werde. Dass es dich nur in Filmen gibt. Als Lukas mir unter die Nase gerieben hat, dass du einen anderen heiraten sollst, wusste ich das erste Mal in meinem Leben nicht, was ich machen sollte. Mein Verstand hat mir gesagt, dass ich mich von dir fernhalten sollte. Und das muss schon etwas heißen, in der Vergangenheit war mir das nämlich immer egal.«

Ich muss schmunzeln. Sanft streicht er mir über die Wange. Ich genieße die Berührung. Sie gibt mir zu verstehen, dass er gerade nur für mich da ist.

»Wieso hast du es nicht getan?«, frage ich ihn nach einer Ewigkeit.

»Ich hatte keine Wahl. Ich musste einfach Zeit mit dir verbringen. Als ich dann erfahren habe, dass Jonathan keine Gefahr mehr für mich ist, war ich erleichtert. Erleichtert darüber, dass ich mir keine Sorgen mehr um meinen Nebenbuhler machen muss.«

Mein Mund öffnet sich. Allerdings schließt er sich direkt wieder, da ich mir nicht sicher bin, was ich darauf erwidern soll. Mir war zwar klar, dass es nicht leicht für ihn ist. Aber ich habe mir nie Gedanken darüber gemacht, dass es ihn so mitnehmen könnte.

»Das was ich dir jetzt sage, hätte ich dir schon viel eher sagen sollen.« Während er spricht hält er meine Hände fest in seinen. »Ich liebe dich.«

Überrascht ziehe ich die Luft ein.

Deswegen brauche ich ein paar Sekunden, bis die Bedeutung seiner Worte bei mir angekommen ist. Doch dann schießen mir die Tränen in die Augen und kullern mir ungehindert das Gesicht hinunter.

»Nicht weinen, bitte«, flüstert er und wischt sie weg.

»Ich bin nur so unendlich glücklich«, erwidere ich schluchzend. Ich versuche mich zu beruhigen, schaffe es aber nicht.

»Sag doch etwas, irgendetwas«, flüstert er schließlich mit einem verzweifelten Ton in der Stimme.

»Ich liebe dich auch.« Obwohl es gerade so viele Worte gibt, die ich sagen könnte schaffe ich es nur, diese vier Worte auszusprechen.

Noch während ich spreche zieht er mich an sich und küsst mich stürmisch.

Mein Herz schlägt Saltos, so glücklich bin ich. In diesem Moment fühlt sich alles wunderbar und richtig an. Und ich bin mir sicher, dass nicht einmal meine Eltern etwas daran ändern können werden, sobald ich ihnen davon erzähle.

Ihre Reaktion wird zwar nicht sehr begeistert ausfallen, aber gemeinsam können Henry und ich dieses Hindernis überwinden.

14

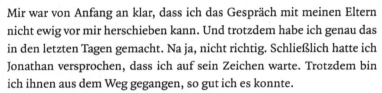

Mir war von Anfang an klar, dass ich das Gespräch mit meinen Eltern nicht ewig vor mir herschieben kann. Und trotzdem habe ich genau das in den letzten Tagen gemacht. Na ja, nicht richtig. Schließlich hatte ich Jonathan versprochen, dass ich auf sein Zeichen warte. Trotzdem bin ich ihnen aus dem Weg gegangen, so gut ich es konnte.

Noch haben wir auch sonst niemandem etwas von unserer Beziehung gesagt. Außer Henrys Eltern, aber die waren ja schon beim ersten Essen davon ausgegangen, dass wir ein Paar sind. Nicht einmal Jenny weiß es, und das soll schon etwas heißen, schließlich erzähle ich ihr sonst immer alles.

Allerdings fällt es mir schwer, ein Geheimnis daraus zu machen. Am liebsten würde ich in die ganze Welt hinausschreien, dass ich diesen Mann liebe und er mich glücklich macht.

Aber Henry und ich haben für uns beschlossen, dass ich es erst meinen Eltern sagen werde, bevor die anderen es erfahren. Ich bin mir sicher, dass meine Mom und mein Dad nicht ganz so begeistert sein werden, sodass mich dann die Reaktion von den anderen ein wenig aufmuntern wird.

Als ich vor der Haustür meiner Eltern stehe, spüre ich, wie mein Herz so schnell schlägt, als wolle es sich jede Sekunde aus meiner Brust befreien. Meine Hände zittern und ich stehe kurz davor, auf der Treppe zusammenzubrechen.

Noch nie hatte ich so eine Angst davor, mit meinen Eltern zu sprechen, wie es jetzt der Fall ist. Aber mir ist klar, dass ich den beiden nicht ausweichen kann. Jonathan und ich haben uns heute Morgen am Telefon darauf verständigt, dass es nun an der Zeit ist, mit der Sprache herauszurücken. Ewig können wir schließlich nicht geheim halten, dass wir nicht heiraten werden.

Allerdings könnte ich mir jetzt in den Arsch treten, weil ich darauf bestanden habe, das alleine in Angriff zu nehmen. Vorhin war ich mir sicher, dass die Reaktion meiner Eltern nicht weniger geschockt ausfallen wird, wenn wir gemeinsam vor ihnen sitzen. Aus diesem Grund habe ich auch Henry gesagt, dass ich das lieber ohne ihn mache, obwohl er mich mehrmals gefragt hat ob er mich begleiten soll. Im Stillen muss ich mir allerdings eingestehen, dass ich ihn gerne dabei gehabt hätte, um mir den Rücken zu stärken. Doch dafür ist es nun zu spät.

Ein letztes Mal atme ich tief durch, ehe ich die Tür öffne und in den Flur trete. Ruhe empfängt mich. Wenn ich nicht den Wagen meines Vaters in der Einfahrt entdeckt hätte, würde ich mich fragen, ob überhaupt jemand zu Hause ist. Doch noch bevor ich einen der beiden rufen kann, höre ich seine Stimme aus dem Wohnzimmer. Langsam gehe ich näher und stelle fest, dass er mit dem Handy in der Hand am Fenster steht und telefoniert.

Kurz habe ich die Befürchtung, dass ich zu spät bin, doch mein Dad macht nicht den Anschein, als hätte er gerade schlechte Nachrichten bekommen.

Also entspanne ich mich wieder ein wenig. Um ihn nicht zu stören bleibe ich im Türrahmen stehen und warte, bis er aufgelegt hat. Obwohl die Worte endlich aus mir heraus wollen, will ich nicht mehr Aufmerksamkeit auf mich lenken, als sein muss.

Als er endlich das Gespräch beendet hat, räuspere ich mich. Er dreht sich zu mir herum und betrachtet mich, als würde er nicht genau wissen, was ich hier will. Und zutrauen würde ich ihm das sogar. Obwohl meine Eltern sich immer beschweren, dass ich nur selten bei ihnen bin, halten sie doch nichts davon, wenn man überraschend vorbeikommt. Und dabei ist es egal, ob es sich um ihre eigene Tochter handelt oder nicht.

»Ist etwas passiert?«, fragt er mich, ohne etwas zur Begrüßung zu sagen.

Für einen kurzen Moment denke ich darüber nach, ob ich enttäuscht über seine Frage sein soll oder nicht. Doch dann entscheide ich mich dagegen. Ich würde es zwar gerne mal erleben, dass die beiden sich freuen, wenn ich spontan vorbeikomme, aber das ist genauso unwahrscheinlich, wie dass ich Jonathan heiraten werde.

»Ich war in der Nähe und dachte mir, dass ich mal vorbeischauen könnte«, antworte ich auf die Frage und zucke dabei mit den Schultern.

Doch er sieht mich an, als würde er sich vergewissern wollen, dass ich die Wahrheit sage. Nicht einmal ein kleines Lächeln. Nichts!

Ich weiche ihm nicht aus. Es ist nicht das erste Mal, dass er mich so betrachtet. Man lernt, damit umzugehen.

Ich selber gebe auch nichts preis. In diesem speziellen Fall werden wir nach meinen Regeln spielen. Ob es ihm nun passt oder nicht ist mir gerade egal.

Mein Dad gibt einen Ton von sich, den ich nicht ganz zuordnen kann. In einer anderen Situation hätte ich gesagt, dass er sich verächtlich anhört, doch dazu hat er jetzt keinen Grund. Deswegen weiß ich nicht, was er damit bezweckt, aber das ist mir auch egal.

»Janet? Lauren ist hier«, ruft er einen Moment später.

Ich versuche es mir nicht anmerken zu lassen, aber ich bin nervös. Und dass mein Vater mich so ansieht, als hätte ich etwas angestellt, macht es auch nicht besser.

Um mich abzulenken denke ich an die letzten Tage mit Henry. Die Erinnerungen sorgen dafür, dass meine Laune sich wenigstens wieder etwas hebt.

»Lauren? Was machst du denn hier?«, begrüßt mich meine Mutter. Sie sieht zwar etwas glücklicher als mein Dad aus, aber auch nur etwas. So ganz kann auch sie nicht verbergen, dass sie nicht weiß, was sie von meinem plötzlichen Erscheinen halten soll.

»Ich war in der Nähe und dachte, dass ich mal vorbeischaue. Außerdem wollte ich etwas Wichtiges mit euch besprechen.« Jetzt sind die Worte raus und es gibt kein Zurück mehr.

Aber das will ich auch gar nicht. Ich will endlich mit der Sprache herausrücken und kein Geheimnis mehr daraus machen.

»Ich habe es geahnt«, seufzt mein Vater. Doch ich beachte ihn überhaupt nicht. Stattdessen konzentriere ich mich auf meine Mutter. Sie steht noch immer an der gleichen Stelle und bewegt sich nicht. Für den Bruchteil einer Sekunde spannen sich ihre Gesichtsmuskeln an und sie sieht prüfend zu ihrem Mann. Doch als ich schon denke, dass sie dort stehen bleibt, als hätte man sie festgeklebt, geht sie zum Sofa und setzt sich darauf. Dann gibt sie mir ein Zeichen, dass ich mich ebenfalls setzen soll.

Mein Dad hingegen lässt sich in seinen großen Sessel sinken, der uns gegenüber steht.

Mein Mund ist trocken und mein Gehirn versagt mir den Dienst. Mir ist schlecht bei der Vorstellung, dass ich das nun wirklich durchziehen muss.

»Also, was ist? Willst du nun doch wieder bei uns wohnen?«, fragt mein Dad und reißt mich so aus meinen Gedanken.

»Nein, darum geht es nicht.«

»Und worum dann?« Seine kalte Stimme macht mir klar, dass er nicht glücklich darüber ist, dass ich in diesem Fall nicht nachgebe. Aber das ist sein Problem. Ich selber habe schon lange damit abgeschlossen.

»Es geht um Jonathan und mich.«

Mehr brauche ich nicht zu sagen. Dieser eine Satz reicht aus, um dafür zu sorgen, dass meine Mutter aufgeregt quietscht und die Hände vor das Gesicht schlägt.

»Er hat dir einen Heiratsantrag gemacht. Oh mein Gott. Ich muss sofort seine Mutter anrufen. Bis zum Frühjahr haben wir zwar noch ein wenig Zeit, aber es ist trotzdem so viel zu tun. Ganz oben auf der Liste steht die Suche nach einer geeigneten Location. Das ist fast wichtiger als das Hochzeitskleid. Aber trotzdem werden wir uns in den nächsten Tagen auf die Suche danach machen.«

Für einen kurzen Moment bin ich zu überrascht, um etwas zu sagen. Doch dann finde ich endlich meine Sprache wieder. Das ändert aber nichts daran, dass ich nichts sagen kann. Meine Mom redet ohne Unterbrechung.

Als sie schließlich aufstehen will, greife ich nach ihrem Arm und hindere sie daran. Nun ist sie es, die ein wenig überrascht aussieht.

»Mom, er hat mir keinen Antrag gemacht«, erkläre ich ihr. »Um ehrlich zu sein, wird er das auch nie machen.«

»Was willst du damit sagen?« Mein Dad lehnt sich ein Stück nach vorne, als hätte er die Befürchtung, dass er sich verhört hat.

»Ich will damit sagen, dass es keine Verlobung und dementsprechend auch keine Hochzeit zwischen uns geben wird.« Ich versuche so normal wie möglich zu klingen, was mir aber schwer fällt.

Kaum habe ich ausgesprochen schlägt meine Mom sich geschockt die Hand vor das Gesicht. Mein Dad wird ein wenig blass um die Nase, was wirklich nicht oft passiert. Um genau zu sein ist das seit meiner Geburt nur wenige Male geschehen. Das eine Mal davon war, als ein Kollege aus der Klinik befördert wurde, obwohl mein Vater scharf auf die Stelle gewesen war.

»Gibt es dafür einen bestimmten Grund?«, grollt seine tiefe Stimme nun durch das Wohnzimmer.

Erschrocken zucke ich ein wenig zusammen. Ich hatte ja damit gerechnet, dass er nicht gerade begeistert sein würde, habe aber nicht gedacht, dass er so mit mir spricht.

»Ihr wisst doch, dass er in den letzten Wochen immer wieder versucht hat, mich zu erreichen. Vor einer Weile war er bei mir und wir haben uns unterhalten. Es hat sich dabei herausgestellt, dass er jemanden kennengelernt hat, der ihm sehr wichtig ist.«

Ich versuche nicht mehr, meine Stimme ruhig klingen zu lassen, es gelingt mir von ganz alleine.

»Er versetzt dich wegen irgendeiner Frau, die ihm über den Weg gelaufen ist?« Ich kann förmlich beobachten, wie mein Dad von Sekunde zu Sekunde immer wütender wird. Auch meine Mutter betrachtet mich, als würde sie erwarten, dass ich sauer bin. Doch das bin ich nicht. Ich freue mich für Jonathan. Er ist glücklich und ich bin es auch.

»Nicht für irgendeine Frau«, erwidere ich.

»Er kennt sie schon länger«, ruft meine Mom aus, noch bevor ich die Chance habe, etwas zu erwidern.

»Es ist ein Mann, und ich kann auch nicht gerade behaupten, dass er mich versetzt hat.« Während ich spreche schaue ich meine Eltern nicht an. Sie wissen nichts von der Vereinbarung, die Jonathan und ich vor Jahren getroffen haben und das müssen sie auch nicht. Damit hätten sie nur noch mehr zu verdauen und das ist etwas, was sie in diesem Moment nicht brauchen.

»Oh mein Gott«, wispert meine Mutter.

Ich bekomme ein schlechtes Gewissen, doch das schiebe ich schnell zur Seite. In diesem Moment hilft es mir nicht.

»Was meinst du damit, dass er dich nicht versetzt hat?«, schreit mein Vater nun. »Natürlich hat er das«, fügt er noch hinzu und sieht mich dabei eindringlich an.

»Ich habe auch jemanden getroffen, der mir sehr viel bedeutet.«

Nun ist es raus. Gespannt halte ich die Luft an, während es mir gleichzeitig so vorkommt, als würde eine riesige Last von meinen Schultern fallen.

Im Zimmer hat sich eine unangenehme Stille ausgebreitet. Sie sorgt dafür, dass ich am liebsten fluchtartig das Haus verlassen würde. Falls es überhaupt möglich ist, ist mein Vater sogar noch blasser geworden.

»Und wer ist der Mann, den dieser dumme Jonathan dir vorzieht? Es ist doch ein Mann, das habe ich richtig verstanden, oder?«

Geschockt über ihre letzte Frage schaue ich meine Mutter an. Leider weiß ich sehr genau, wie sie das gemeint hat.

»Jonathan ist noch immer der Gleiche wie vorher. Und das wird er auch noch nächste Woche und in drei Jahren sein«, fahre ich meine Mom an.

Noch nie habe ich in so einem Ton mit ihr gesprochen, aber das ist mir egal. Die beiden können ruhig wissen, dass ich zu Jonathan stehe und nicht vorhabe, das zu ändern. Auch wenn ich ihn nie geliebt habe, ist er doch ein guter Mann, ein guter Freund, und das wird er immer bleiben. In den letzten Jahren hat er sehr viel Rücksicht auf meine Gefühle genommen. Aber mehr als freundschaftliche Gefühle waren es nie zwischen uns. Wir waren eher wie Bruder und Schwester.

»Würdest du einfach die Frage deiner Mutter beantworten?« Mein Vater hört sich beinahe ungeduldig an.

»Ja, es ist ein Mann. Mehr weiß ich nicht über ihn. Und der Mann, mit dem ich zusammen bin, heißt Henry, fährt Motorradrennen und ist ein Freund von Jennys Bruder.« Ich habe keine Ahnung, wieso ich meine Freundin da mit reinziehe, aber ich habe das Bedürfnis, sie als Schutzschild vor mich zu halten.

»Motorradrennen? Das kann nur ein Scherz sein. Das alles kann nur ein Scherz sein. Wo habt ihr die Kamera versteckt?«

»Nein, es ist kein Scherz. Ich bin endlich glücklich. Und das habe ich nur Henry zu verdanken. Er ist einfach wundervoll, und würdet ihr ihn kennen, wärt ihr auch dieser Meinung.«

»Du willst mir also wirklich sagen, dass du einen Mann liebst, der Motorradrennen fährt, in illegale Geschäfte verwickelt ist und ein Frauenheld ist? Du bist doch noch viel zu jung, um zu wissen, was Liebe ist.«

Wie von alleine verengen sich meine Augen. »Ich habe nicht gesagt, dass er in irgendwelche Geschäfte verwickelt ist, genauso wenig wie ich gesagt habt, dass er ein Frauenheld ist. Er liebt mich, und das sollte doch wohl eigentlich für euch das Wichtigste sein.«

»Was für eine Zukunft kann dieser Mann dir bieten?«

»Was für eine Zukunft? Eigentlich habe ich gedacht, dass ich das Studium die letzten Jahre gemacht habe, damit ich meine Zukunft selber in der Hand habe. Ich hatte ja keine Ahnung, dass ich von jemand anderem abhängig sein sollte«, fahre ich meinen Vater an. Meine Stimme ist lauter, als ich beabsichtigt habe, doch das ist mir egal. Er kann ruhig wissen, was ich von seinen Worten halte. Nämlich nichts.

»Lauren!«, ruft meine Mutter, aber dafür ist es zu spät. Ich habe keine Lust, mich noch weiter mit ihnen darüber zu unterhalten.

»Wenn ihr euch wieder beruhigt habt, dann könnt ihr mich gerne anrufen. Wir können uns alle zusammen treffen, damit ihr Henry kennenlernt. Dann werdet ihr merken, dass er ein wunderbarer Mann ist. Manchmal sollte man jemanden nämlich erstmal kennenlernen, bevor man über ihn urteilt.«

Mit diesen Worten stehe ich auf und greife nach meiner Tasche, die neben mir auf dem Boden liegt. Dann hänge ich sie mir über die Schulter und verschwinde, ohne noch etwas zu sagen. Ich schaue mich nicht ein einziges Mal um. Allerdings machen meine Eltern auch keine Anstalten, mich aufzuhalten.

Kaum sitze ich in meinem Wagen schnalle ich mich an und fahre zu Henry. In diesem Moment will ich einfach nur bei ihm sein. Aber vor allem will ich, dass er mir dabei hilft, den ganzen Mist zu vergessen, mit dem ich mich in den letzten Minuten auseinandersetzen musste.

15

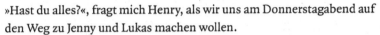

»Hast du alles?«, fragt mich Henry, als wir uns am Donnerstagabend auf den Weg zu Jenny und Lukas machen wollen.

»Ich finde meinen zweiten Schuh nicht«, sage ich seufzend und lasse mich dabei auf die Knie sinken, um unter dem Bett nachzusehen.

»Meinst du den hier?«

Langsam hebe ich wieder meinen Kopf. Mit einem breiten Grinsen auf dem Gesicht steht er ein paar Schritte von mir entfernt und hält meinen High Heel hoch.

»Danke«, sage ich und setze mich auf die Matratze. Henry lässt sich vor mir auf die Knie sinken und zieht mir den Schuh an. »Das ist ja wie bei Aschenputtel.« Ich kichere.

»Nur dass ich dich bereits gefunden habe.«

»Ja, das hast du.« Ich lehne mich zu ihm und küsse ihn.

Es ist egal, wie oft ich das am Tag mache, ich kann einfach nicht genug davon bekommen. Am liebsten würde ich mich wieder mit ihm unter der Bettdecke verkriechen, doch das haben wir an den letzten Abenden oft genug gemacht. Es wird mal wieder Zeit, dass wir unter Leute kommen.

In dem Moment, in dem ich mich von Henry löse, höre ich die Türklingel.

»Sollten wir uns nicht mit den beiden im Kino treffen?« Henry sieht ein wenig verwirrt aus, doch das bin ich auch.

»Eigentlich schon«, antworte ich, während ich überlege, wer das sein könnte. Doch mir fällt einfach niemand ein. »Moment«, sage ich also und stehe auf.

Ich höre sein leises Lachen hinter mir, als ich in den Flur gehe und auf den Türöffner drücke. Kaum ist die Tür unten aufgesprungen höre ich das Klackern von Absätzen auf den Fliesen. Wenige Sekunden später taucht meine Mutter auf. Meine Gedanken überschlagen sich, während sie immer näher kommt.

»Hallo«, begrüßt sie mich.

»Mom«, antworte ich. Ich kann nicht verhindern, dass meine Stimme unsicher klingt.

Seitdem ich hier wohne war sie keine fünfmal hier, um mich zu besuchen. Umso merkwürdiger erscheint es mir nun.

Wahrscheinlich will sie mich nur kontrollieren, denke ich. Und so weit hergeholt ist diese Vermutung gar nicht. Zutrauen würde ich es ihr.

»Hast du etwas Zeit für mich? Ich würde gerne mit dir sprechen«, beginnt sie. Ich finde, dass sie dabei ein wenig unsicher aussieht.

»Ehrlich gesagt ist es gerade schlecht.«

Nachdem ich ausgesprochen habe, sieht sie mich ein wenig enttäuscht an. Aus diesem Grund mache ich einen Schritt zur Seite und lasse sie doch in die Wohnung. Mir ist klar, dass Henry sich nur ein paar Meter von uns entfernt befindet und jederzeit dazukommen kann, doch das interessiert mich nicht.

Sie wird ihm nicht ewig aus dem Weg gehen können. Und das will ich auch gar nicht. Das Theater soll endlich ein Ende haben.

»Kann ich dir irgendwie helfen?«, frage ich sie.

Meine Mom scheint sich hier nicht wohl zu fühlen. Immer wieder sieht sie sich um, als würde sie Angst davor haben, dass sie gleich mit einer Waffe angegriffen wird. Wäre ich nicht so angespannt, würde ich das wahrscheinlich lustig finden.

»Ich wollte nach dir sehen. Nach dem, was vor ein paar Tagen zwischen uns geschehen ist, was gesagt wurde.«

»Danke, das ist lieb von dir. Aber mir geht es super«, erwidere ich gut gelaunt. Und das muss ich ihr nicht einmal vorspielen, denn es ist wirklich so.

»Ich wollte dir nur sagen, dass ich kein Problem damit habe, dass Jonathan ...«

»... einen Mann trifft«, führe ich den Satz für sie zu Ende.

»Ja.« Ich kann sie dabei beobachten, wie sie ein paar Zentimeter kleiner wird. »Ich war nur so geschockt, dass ich gar nicht wusste, was ich sagen sollte.«

»Und deswegen erschien es euch am einfachsten, wenn ihr auf ihn losgeht?« Die Frage ist raus, noch bevor ich sie für mich behalten kann.

»Lauren, versteh mich doch. Das ist auch für uns nicht ganz einfach.«

»Stimmt. Ihr seid ja schließlich diejenigen, die mit all dem am meisten zu kämpfen haben. Ihr habt ja überall schon rumerzählt, dass wir heiraten werden und es nur noch eine Frage der Zeit ist. Sorry, wie konnte ich das nur vergessen?«

Eine Weile ist es still zwischen uns. Ich kann ihr ansehen, dass sie nicht weiß, was sie sagen soll.

Ich will gerade noch etwas sagen, als die Stimme von Henry hinter mir ertönt. »Hier ist deine Tasche.«

Da ich noch immer zu meiner Mutter sehe kann ich erkennen, dass sie schlagartig große Augen bekommt. Langsam drehe ich mich zu Henry herum. Er hat über sein weißes Shirt eine Lederjacke gezogen, worin er noch heißer aussieht.

Als er meine Mom entdeckt, betrachtet er mich kurz. Doch ich zucke nur mit den Schultern

»Mom, das ist Henry. Henry, das ist meine Mutter Janet«, stelle ich die beiden einander vor.

»Hi«, begrüßt Henry sie. Allerdings macht er keine Anstalten, ihr die Hand zu geben oder sich ihr sonst irgendwie zu nähern. Das kann ich nachvollziehen. Bei der abweisenden Haltung, die sie ihm gegenüber eingenommen hat, würde ich das an seiner Stelle auch nicht. Stattdessen bleibt er neben mir stehen.

Noch nie war mir etwas so unangenehm wie dieser Moment. Ich weiß, dass ich mir vor ein paar Minuten noch gewünscht habe, dass die beiden sich kennenlernen, doch das würde ich jetzt am liebsten rückgängig machen. Meine Mutter betrachtet Henry auf eine Art, die ich nur zu gut kenne. Sie verurteilt ihn für das, was er macht, obwohl sie überhaupt keinen Grund dafür hat.

Das scheint auch Henry zu spüren. Er greift nach meiner Hand und verschränkt seine Finger mit meinen. Ein warmes Gefühl durchfährt mich, was nicht einmal die Anwesenheit meiner Mutter abschwächen kann.

»Es ist dir also wirklich ernst«, stellt sie fest und sieht dabei zwischen Henry und mir hin und her.

»Was?«, erkundige ich mich.

»Das mit dir und diesem Mann.« Sie sagt das in so abfälligem Ton, dass ich mir nicht sicher bin, ob ich geträumt habe oder nicht. Sie ist meine Mutter, und eigentlich hatte ich immer gedacht, dass sie wenigstens ein bisschen Verständnis für meine Entscheidungen aufbringen könnte. Vor allem nachdem sie sich wegen Jonathan entschuldigt hat. Doch anscheinend ist dem nicht so.

»Wenn nicht wäre er bestimmt nicht hier.«

Ich weiß, dass es meiner Mutter nicht passt, dass ich sie so anfahre, aber das ist mir egal. Soll sie doch denken was sie will. Missbilligend presst sie die Lippen zu einer dünnen Linie zusammen.

»Hör zu, Mom. Wenn ihr reden wollt, dann wisst ihr ja, wo ihr mich findet. Aber ich glaube nicht, dass es Sinn ergibt, wenn wir uns jetzt weiter unterhalten.« Das ist noch so ein Punkt, von dem ich niemals gedacht hätte, dass ich ihn einmal sage.

Meine Mom scheint zu spüren, dass ich es ernst meine. Sie streift sich ihre Handtasche über die Schulter und wendet sich von uns ab. Doch bevor sie meine Wohnung verlässt, dreht sie sich noch einmal zu mir um.

»Überlege es dir gut. Du kannst mir glauben. Mit Männern wie ihm wirst du nicht glücklich werden.«

Ich frage mich, was sie damit meint. Doch noch bevor ich mich danach erkundigen kann, hat sie die Tür geöffnet und ist aus meiner Reichweite verschwunden.

»Oh Mann«, sage ich seufzend, nachdem sie hinter ihr wieder ins Schloss gefallen ist.

»Freundliche Person«, erwidert Henry nur.

»Ich würde gerne sagen, dass sie normalerweise nicht so ist, aber das wäre gelogen und das wissen wir beide.« Mir tut es leid, dass sie ihn so behandelt hat, denn das hat er nicht verdient.

»Vielleicht baut es dich ja etwas auf wenn ich dir sage, dass es mir egal ist. Okay, vielleicht nicht egal, aber es macht mir nichts aus. Lukas hat mich bereits vor deiner Familie gewarnt, daher weiß ich, dass sie nicht einfach ist. Aber das ist mir auch egal, ich führe ja schließlich keine Beziehung mit ihnen, sondern mit dir.«

Dankbar für seine Worte lächle ich ihn an. Ich verliere mich in seinen Augen, sodass ich gar nicht mitbekomme, wie er mich an sich zieht, um mich zu küssen.

»Na komm. Jenny und Lukas werden bestimmt schon warten.«

Mit diesen Worten schiebt er mich vor sich her durch die Tür, durch die gerade meine Mom verschwunden ist, und führt mich zu seinem Wagen.

Als wir das Kino betreten, sehe ich Jenny und ihren Bruder schon von Weitem. Sie stehen beide in der Nähe der Kartenkontrolle und unterhalten sich. Dabei schaut Lukas jeder Frau hinterher, die an ihnen vorbeiläuft.

Ich kann mir nur schwer ein Lachen verkneifen. Für Außenstehende sieht es wahrscheinlich so aus, als hätten die beiden ein Date. Andere können ja nicht wissen, dass es Bruder und Schwester sind. Daher wahrscheinlich auch die irritierten Blicke von manchen Frauen.

»Ich bin gespannt, wann Lukas endlich den Schritt in eine feste Beziehung macht«, raunt Henry mir zu.

»Ich glaube, dass wird noch ein wenig dauern«, gebe ich genauso leise zurück, während wir uns ihnen nähern.

»Hi«, begrüßt Jenny mich und umarmt mich kurz, ehe sie das gleiche bei Henry macht.

»Ihr gebt ein süßes Pärchen ab«, verkündet Henry nun, wofür Lukas ihn nur böse ansieht.

»Wir müssen noch etwas zu trinken holen und Popcorn«, meint Lukas und deutet auf den Kiosk.

»Bis gleich.« Mit diesen Worten drückt Henry mir einen Kuss auf die Schläfe und folgt dann seinem Freund.

»Ich dachte schon, dass ihr gar nicht mehr kommt. Ich hätte es verstanden, wenn ihr lieber das Bett wärmen würdet. Aber trotzdem wäre ich sauer gewesen. Ich liebe meinen Bruder, wirklich. Aber er kann so kompliziert sein.«

»Wir wurden aufgehalten«, erwidere ich, während ich die beiden Männer beobachte. Sie stehen mitten in der Schlange und warten darauf, dass sie endlich an die Reihe kommen.

»War Jonathan noch da?«, fragt sie mich nun.

Stumm schüttle ich den Kopf.

»Und wer war es dann?«, fragt sie mit abwartendem Gesichtsausdruck.

»Meine Mutter.« Ich seufze.

Ich habe noch nicht einmal ausgesprochen, als Jenny sich bereits verschluckt. »Deine Mom?«

»Ja.« Dabei muss ich wieder an die Unterhaltung mit ihr denken. Doch es bringt nichts, noch weiter darüber zu grübeln. Ändern wird es ja doch nichts.

»Was wollte sie?«

In diesem Moment wird mir klar, dass ich ihr noch gar nichts von der vorhergegangenen Unterhaltung erzählt habe. Deswegen hole ich das jetzt nach.

»Ich freue mich, dass ihr nun ganz offiziell ein Paar seid. Ihr passt perfekt zusammen. Und ich bin nicht die Einzige, die dieser Meinung ist.«

»Wer denn noch?«, erkundige ich mich etwas irritiert.

»Meine Eltern. Die beiden sind große Fans von euch.«

»Du hast über uns mit deinen Eltern gesprochen?«

»Nicht direkt. Meine Mom hat nur fallenlassen, dass ihr euch gut ergänzt und mein Vater hat zugestimmt.« Jenny zuckt mit den Schultern. »Nun aber wieder zu deiner Mom. Was wollte sie?«

»Mit mir sprechen. Und das ist überhaupt nicht gut gelaufen.«

»Oh Mann. Das tut mir wirklich leid. Aber ich bin mir sicher, dass sie es irgendwann akzeptieren werden. Die beiden brauchen wahrscheinlich erst mal etwas Zeit, weil sie verkraften müssen, dass aus dir und Jonathan nichts wird.«

»Ja, wahrscheinlich hast du recht. Aber ich freue mich für Jonathan, dass seine Eltern es wenigstens etwas besser aufgenommen haben.«

»Echt?«

»Ja, die beiden sind zwar auch nicht unbedingt glücklich damit, aber sie wollten seinen Freund direkt am nächsten Tag treffen. Und so wie es sich angehört hat, verlief das Kennenlernen wohl ganz gut. Allerdings könnte es auch daran liegen, dass er ein Vorstandsmitglied von irgendeiner großen Firma ist«, überlege ich laut und verziehe dabei ein wenig das Gesicht.

»Es ist egal, welchen Beruf jemand hat. Wichtig ist nur, dass man glücklich mit ihm ist. Das sagt auf jeden Fall meine Mom immer. Und irgendwie hat sie da recht.«

Darauf sage ich nichts mehr. Aber Jenny kann sich wahrscheinlich auch so denken, dass ich ihr zustimme.

Während wir den Film schauen hält Henry die ganze Zeit meine Hand. Nach der Unterhaltung mit meiner Mom bin ich froh darüber, dass er meine Nähe sucht. Ich habe keine Ahnung wieso, aber irgendwie mache ich mir doch ein paar Sorgen, dass es ihn mehr stört als er zugeben will, dass sie gegen unsere Beziehung ist.

»Wollen wir noch etwas trinken gehen?«, fragt Jenny, als der Film zu Ende ist.

»Sorry, aber ich muss morgen wieder früh raus«, sage ich. Dabei schaue ich sie entschuldigend an.

»Ich ebenfalls«, stimmt Henry mir zu.

»Und selbst wenn es nicht so wäre, kann ich mir nicht vorstellen, dass du sie alleine nach Hause gehen lassen würdest«, erklärt Jenny und zwinkert mir einmal kurz zu.

»Da hast du recht.«

Um seine Worte zu unterstreichen, zieht er mich näher an sich heran und legt dabei seine Hand auf meinen Hintern. Obwohl es nur eine beiläufige Berührung ist, spüre ich, wie das Verlangen in mir wach wird. Wie von alleine presse ich mich dichter an seinen Körper heran. Dabei hoffe ich allerdings, dass weder Jenny noch Lukas etwas mitbekommen. Doch wenn ich das Seufzen, was nun aus dem Mund meiner Freundin kommt, richtig deute, sieht es für sie eher so aus, als würde ich seine Nähe suchen. Das ist ja auch der Fall, allerdings mit Hintergedanken.

Je länger wir noch hier mit unseren Freunden stehen, umso nervöser werde ich. Dabei ist es keine sonderlich große Hilfe, dass Henrys Hand immer wieder abwechselnd über meinen Rücken streicht und meinen Hintern berührt. *Er weiß genau, wie er mich scharf macht*, denke ich, während ich kurz davor bin zu verzweifeln.

»Ich weiß, was dir gerade durch den Kopf geht«, flüstert er mir schließlich so leise in mein Ohr, dass ich mir sicher bin, dass die anderen beiden nichts davon gehört haben. Dabei klingt seine Stimme so gefährlich, dass ich meinen Kopf hebe und ihm einen flehentlichen Blick zuwerfe.

Sein leises Lachen dringt an meine Ohren.

»Was ist so lustig?«, erkundigt sich Jenny und sieht dabei zwischen uns hin und her.

»Nichts«, erwidere ich schnell, bevor Henry noch etwas sagen kann.

»Wir werden uns langsam auf den Weg machen«, erklärt Henry, wobei er nicht von meiner Seite weicht.

»Wir sehen uns ja am Wochenende«, verabschiedet sich Lukas von uns. »Ich hoffe, du bist fit.«

Ich schaue Henry fragend an. Normalerweise würde er sofort bestätigen, dass er fit ist. Aber jetzt kommt kein Ton über seine Lippen. Er verzieht nicht einmal das Gesicht, um seinem Freund die Antwort nonverbal zu geben.

In diesem Moment spüre ich, dass er irgendetwas hat. Doch als ich ihn anschaue, sieht er aus, als wäre alles wie immer. Deswegen versuche ich das Gefühl so gut es geht zu ignorieren. So ganz will es mir aber nicht gelingen. Im nächsten Moment spüre ich seine Lippen auf meiner Schulter, sodass ich abgelenkt werde.

»Ich wünsche euch noch einen schönen Abend.« Während Jenny spricht, gelingt es ihr nicht, das Kichern zu verbergen.

Ich bin fast schon erleichtert darüber, als wir uns endlich auf den Weg zu Henrys Wagen machen. Doch als wir endlich im Inneren sitzen, macht er keine Anstalten, den Schlüssel ins Schloss zu stecken und den Wagen zu starten. Stattdessen greift er nach mir und hebt mich über die Mittelkonsole, bis ich auf seinem Schoß sitze. Überrascht schnappe ich nach Luft und halte mich an seinen Schultern fest, um nicht mein Gleichgewicht zu verlieren. Dabei kann ich nirgends hinfallen. Hinter mir befindet sich das Lenkrad und vor mir die harte Brust von Henry. Rechts von ihm kann ich aus dem Augenwinkel die Autotür erkennen.

Kurz betrachtet er mich mit einem Blick, der dafür sorgt, dass sich eine Gänsehaut auf meinem Körper bildet. Doch in der nächsten Sekunde haben sich bereits unsere Lippen gefunden. Dieser Kuss ist heiß, leidenschaftlich und verspricht mir so viel.

Als er mit seinem Mund schließlich meinen Hals hinunterwandert, lasse ich meinen Kopf ein Stück nach hinten fallen und strecke ihm meine Brüste entgegen. Mir ist klar, dass wir uns in seinem Auto befinden, doch ich kann mich nicht zurückhalten. Er hat vorhin mit ein paar wenigen Berührungen ein Feuer in mir entfacht, dem ich mich nun nur noch hingeben will.

Seine kühlen Finger ziehen den Ausschnitt meines Tops ein wenig zur Seite und heben meine Brüste aus dem BH. Als er sie nacheinander in den Mund saugt, dringt mir ein lautes Stöhnen über die Lippen. Meine Fingernägel krallen sich an ihm fest. Seine Zunge umkreist meine Nippel und spielt mit ihnen. Ich werde von Sekunde zu Sekunde ungeduldiger. Mein Wunsch, ihn endlich in mir zu spüren, wird immer größer.

»Henry«, flüstere ich.

Doch er geht nicht weiter. Er genießt es, und ich muss mir selber eingestehen, dass ich es auch genieße. Er weiß genau was er machen muss, damit ich noch wilder werde.

Es kommt mir wie eine Ewigkeit vor, bis ich spüre, wie seine Hände an meinen Beinen hinauffahren und unter meinem Rock verschwinden. Im nächsten Moment spüre ich seine Finger auf meiner Perle. Mit leichtem Druck beginnt er sie zu reizen. Mein Körper erzittert.

»Bitte«, flehe ich ihn schließlich an, als ich mir sicher bin, dass ich es nicht mehr lange aushalten werde.

Mit einem Grinsen im Gesicht, was dafür sorgt, dass die Schmetterlinge in meinem Bauch Überstunden schieben, trennt er sich von mir und öffnet seinen Gürtel. Er stützt sich ein Stück nach oben, um sich seine Hose über den Hintern zu streifen, sodass ich einen Blick auf seinen Schwanz erhaschen kann. Hart steht er zwischen uns. Fest umgreife ich ihn und lasse meine Hand ein paar Mal an ihm hinauf und hinunter wandern. Er stöhnt leise, während sein Kopf an der Kopflehne hinter ihm ruht und seine Atmung schneller geht.

Ich weiß, dass es ihm genauso schwer fällt wie mir, sich zurückhalten. Doch nun hat er mit dem Spiel angefangen, und ich will es weiter führen.

Allerdings lässt er das nicht zu. Mit festem Griff umschließt er meinen Hintern. Dann hebt er mich hoch und platziert mich so, dass sein Schwanz direkt unter mir ist.

Ein letztes Mal schaue ich ihn mir an, bevor ich mich darauf sinken lasse. Von ihm ausgefüllt und gedehnt zu werden, sorgt dafür, dass der Druck in meinem Inneren nur noch größer wird. Wie von alleine beginnen meine Hüften sich langsam zu bewegen.

Es dauert nicht lange, bis Henry tief in mich hineinstößt. Auf Anhieb bringt er mich dazu, dass ich laut aufkeuche.

Immer wieder hebe und senke ich meine Hüften, um ihn tief in mir aufzunehmen. Meine Muskeln spannen sich immer mehr an.

Als er mit einer Hand meinen Nippel reizt, kann ich es nicht länger halten. Es kommt mir vor, als würde ich explodieren. Ich stöhne laut und rufe immer wieder seinen Namen.

Es dauert nur ein paar Sekunden, bis ich spüre, wie er seinen Samen in mich pumpt. Schwer atmend lasse ich mich an seine Schulter sinken und versuche wieder zu mir zu kommen. Doch das ist gar nicht so einfach, wenn man bedenkt, dass wir noch immer auf die schönste Weise miteinander verbunden sind, die man sich vorstellen kann.

»Ich liebe dich«, flüstert er nach einer Ewigkeit in die Stille hinein, die uns umgibt.

Bei seinen Worten hebe ich meinen Kopf und schaue ihn an. Ich kann so viel Wärme in seinem Gesicht erkennen, dass mir die Tränen in die Augen treten. Niemals hätte ich gedacht, dass ich einmal so glücklich sein werde.

»Ich dich auch«, gebe ich zurück, beuge mich nach vorne und küsse ihn.

Auch wenn diese Haltung nicht gerade das ist, was man als bequem bezeichnen kann, so will ich doch nichts daran ändern. Ich will ihm nah sein.

Langsam lasse ich meine Stirn an seine sinken und versuche mein schneller schlagendes Herz zu beruhigen.

Ich bin mir sicher, dass wir das Problem mit meinen Eltern in den Griff bekommen werden. Schließlich hat sich das Problem mit Jonathan ja auch gelöst. Wieso sollte es also ausgerechnet bei meinen Eltern anders sein?

16

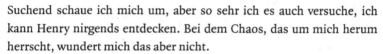

Suchend schaue ich mich um, aber so sehr ich es auch versuche, ich kann Henry nirgends entdecken. Bei dem Chaos, das um mich herum herrscht, wundert mich das aber nicht.

Für die Teammitglieder ist das normal, und ich hoffe, dass es mir auch irgendwann einmal so gehen wird. Noch habe ich nämlich das Gefühl, als würde ich den anderen im Weg stehen.

In dem Moment, in dem ich mich umdrehen will, um die Suche nach Henry aufzugeben, entdecke ich Travis. Er steht in einiger Entfernung neben seiner Maschine.

Ohne darüber nachzudenken, ob er überhaupt Zeit für mich hat, setze ich mich in Bewegung und gehe auf ihn zu.

»Hast du Henry irgendwo gesehen?«, frage ich, nachdem ich ihn erreicht habe.

Travis wirkt nachdenklich. »Vorhin stand er hinten bei den LKWs. Da waren zwei Polizisten bei ihm. Aber ich habe keine Ahnung, ob sie noch immer da sind.« Entschuldigend zuckt er mit den Schultern. Doch es gibt nur ein Wort, was bei mir hängen bleibt.

»Polizisten?« Verwirrt schaue ich ihn an. Ich habe keine Ahnung, wovon er spricht. Henry hatte nichts zu mir gesagt, als er vor einer Stunde verschwunden war, um sich fertig zu machen.

»Es geht um irgendwelche Einbrüche in verschiedenen Städten. Sie geschehen immer nur dann, wenn dort ein Rennen ist. Keine Ahnung, so genau habe ich das auch nicht verfolgt. Soweit ich weiß, haben sie bis jetzt auch noch mit niemandem gesprochen. Mir ist zumindest noch nichts zu Ohren gekommen.«

»Mit niemandem außer Henry«, murmle ich leise vor mich hin.

Ich bin mir nicht sicher, ob Travis meine Worte hören soll oder nicht. Ich bin mir nicht einmal sicher, ob ich sie selber hören sollte. Denn sie sorgen dafür, dass ich unsicher werde. Und das obwohl ich nicht einmal weiß, ob es dafür überhaupt einen Grund gibt.

Doch Fakt ist, dass mir bei den Worten von seinem Freund automatisch das Gesicht von Henrys Bruder in Erinnerung kommt, und das kann nichts Gutes bedeuten. Schließlich hat mein Bauch bei ihm von der ersten Sekunde an Alarm geschlagen, und darauf kann ich mich normalerweise verlassen.

»Mach dir keine Sorgen. Ich denke, dass sie nur auf Nummer sicher gehen wollen und auch die anderen Fahrer nach und nach befragen.« Travis lächelt mich aufmunternd an. In diesem Moment verfluche ich mich dafür, dass ich mich nicht besser im Griff habe.

»Danke.« Ich versuche das Lächeln zu erwidern, allerdings bin ich mir sicher, dass man mir ansieht, dass es eher gezwungen ist.

Ich schlage die Richtung ein, in die Travis gezeigt hat. Allerdings mache ich das nur zögerlich. Wenn Henry wirklich noch mit den Cops spricht, dann will ich ihn nicht stören.

Während ich die restlichen Meter überbrücke, schaue ich immer wieder nach rechts und nach links, in der Hoffnung, dass ich ihn finde. Doch er ist weit und breit nicht zu sehen.

»Hören Sie, ich weiß wirklich nichts«, dringt einige Sekunden später die genervte Stimme von Henry an meine Ohren. Ruckartig bleibe ich stehen.

Da ich mich noch immer hinter einem LKW-Anhänger befinde, kann ich ihn nicht sehen. Aber es reicht mir, seine Stimme zu hören. Sie sagt mir, dass irgendetwas nicht stimmt. So habe ich ihn noch nie gehört.

Mein Herz schlägt mir bis zum Hals, als ich den Henkel meiner Tasche fester umgreife.

»Sind Sie sich sicher? Sie haben wirklich kein Gespräch zwischen zwei Fahrern oder Helfern mitbekommen? Oder beobachtet, dass sich jemand merkwürdig verhält?«

»Wir sind hier bei einem Rennen. Hier hat jeder genug mit seinen eigenen Problemen zu tun, sodass man sich nicht auch noch Gedanken darum macht, worüber sich andere unterhalten.«

»Und was ist mit Ihrem Bruder?«

Als Logan erwähnt wird, halte ich unbewusst die Luft an. Henry auf seinen Bruder anzusprechen, steigert seine Laune nicht unbedingt. Und da er eh schon sauer klingt, kann ich mir vorstellen, dass es die Unterhaltung nicht einfacher machen wird.

»Was soll mit ihm sein?«

Ich kenne Henry gut genug, um zu wissen, dass er sich nur mit Mühe zurückhalten kann. Noch immer weiß ich nicht, was genau zwischen ihm und seinem Bruder geschehen ist, dass die beiden nun nicht mehr miteinander sprechen. Aber in der letzten Zeit hatte ich das auch in den Hintergrund geschoben. Für mich gab es Wichtigeres, als mich damit auseinanderzusetzen. Nun wünsche ich mir allerdings, dass ich doch etwas gesagt hätte.

»Na ja, Logan hat eine Menge Schulden. Wäre doch möglich, dass er da ein paar Einbrüche durchzieht und die Rennen seines Bruders vorschiebt.«

Bei den Worten hebe ich geschockt die Hände vor mein Gesicht, damit ich keinen Ton von mir gebe. In meinem Kopf überschlagen sich die Gedanken. Ich kann es mir nicht vorstellen, aber wenn ich genau darüber nachdenke, muss ich zugeben, dass es Sinn ergibt. Vor allem, weil Henry nach dem letzten Auswärtsrennen in Las Vegas einfach verschwunden ist und erst später ins Hotel kam. »Nein«, murmle ich leise vor mich hin. Doch dann kommen mir wieder die Worte meiner Mutter in den Sinn. Illegale Geschäfte. Immer wieder gehen sie mir durch den Kopf.

In meinen Augen bilden sich Tränen, die mir bereits in der nächsten Sekunde über das Gesicht fließen. Ich kann nicht glauben, dass sie vielleicht recht hatte. Vor allem nicht in Bezug auf diesen Mann. Den Mann, den ich liebe. Niemals hätte ich das von Henry gedacht.

Ich höre, wie die drei sich noch eine Weile unterhalten, bin aber ich nicht in der Lage, dem Gespräch weiter zu folgen. Ich bin so in meine Gedanken vertieft, dass ich gar nicht merke, wie die Beamten schließlich verschwinden. Erst als ich höre, wie Henry meinen Namen sagt, hebe ich meinen Kopf und schaue in sein Gesicht.

»Lauren«, flüstert er und kommt auf mich zu.

Doch ich schüttle nur den Kopf und weiche vor ihm zurück. Ich brauche Abstand zu ihm. Noch hoffe ich, dass ich das alles nur falsch verstanden habe. Schließlich haben die Polizisten ihn gehen lassen und er selbst wurde nicht verdächtigt, in fremde Häuser eingebrochen zu sein.

»Bitte, lass es mich erklären«, fleht er mich an und zerstört so meine Hoffnung.

»Was gibt es da zu erklären?«, erwidere ich mit von Tränen erstickter Stimme. Mit meinen Händen wische ich mir über das Gesicht.

Henry sieht mich an, als würde er nicht wissen, was er tun soll. So geht es mir auch. Einerseits möchte ich mich an ihn kuscheln und das Gespräch mit den Polizisten vergessen. Andererseits kann ich es nicht. Alles in mir wehrt sich dagegen.

»Ich wollte ihm nicht helfen. Das musst du mir glauben. Ich hatte einfach keine Wahl.«

»Ich weiß nicht, was ich glauben soll. Aber ich weiß, dass ich mir wünsche, ich hätte es anders erfahren. Keine Ahnung, vielleicht dass du es mir gesagt hättest.«

»Lauren, ich liebe dich. Das hat wirklich nichts mit dir zu tun.« Ich höre den verzweifelten Ton in seiner Stimme und merke, dass er selber nicht wollte, dass ich es so erfahre. Doch ich schüttle nur den Kopf, zu mehr bin ich nicht in der Lage.

»Es tut mir leid«, flüstere ich und drehe mich um.

Ich muss weg von hier, weg von Henry.

Ich verlasse ihn. Ich verlasse den Mann, den ich liebe und von dem ich weiß, dass er immer einen Platz in meinem Herzen haben wird. Aber ich muss es tun. Denn eins ist mir klar: So habe ich mir meine, unsere, Zukunft nicht vorgestellt.

Teil 2

17

Ein Jahr später

»Verdammt«, fluche ich, nachdem ich die Uhrzeit gesehen habe. Meine Mittagspause ist in ein paar Minuten vorbei und ich habe es noch nicht einmal geschafft, meinen Kaffee auszutrinken, geschweige denn mein Sandwich zu essen. Beides steht unangerührt vor mir.
Ich war so sehr in Gedanken vertieft, dass ich gar nicht mitbekommen habe, wie schnell die Zeit vergangen ist.
Am liebsten wäre ich heute erst gar nicht aus dem Bett gestiegen. Ich hatte sogar kurz überlegt, ob ich den Wecker gegen die Wand schmeißen soll. Heute ist nämlich der Tag, vor dem ich mich schon seit Wochen fürchte. Doch mir ist klar, dass ich ihm nicht aus dem Weg gehen kann. Deswegen versuche ich, das Beste draus zu machen. Doch so einfach, wie ich es mir wünsche, ist es nicht.
Heute vor einem Jahr habe ich mich von Henry getrennt. Dem Mann, den ich mehr geliebt habe als mich selbst, und den ich noch immer liebe. Und in diesem Jahr ist nicht ein einziger Tag vergangen, an dem ich nicht an ihn gedacht habe.
Eigentlich hatte ich die Hoffnung, dass es irgendwann besser wird. Doch bis jetzt ist genau das nicht passiert.
Seufzend stehe ich auf und hänge mir meine Tasche über die Schulter, bevor ich nach meinem Essen und dem Becher greife.
Mit vollen Händen suche ich mir einen Weg zwischen den Tischen entlang und weiche dabei Menschen aus. Nachdem ich endlich durch die große Glastür getreten bin, schlägt mir die warme Luft entgegen.
Einen Moment bleibe ich stehen und lasse meine Umgebung auf

mich wirken. Die Leute unterhalten sich oder haben ihre Köpfe gesenkt, sodass sie auf die Displays ihrer Handys schauen können. Die Sonne strahlt vom blauen Himmel herunter. In der letzten Zeit hat mir genau das immer geholfen, klare Gedanken fassen zu können. Aber heute erscheint es mir beinahe so, als würde mir nichts helfen können. Dieses Gefühl hatte sich bereits in den letzten Tagen angebahnt. Doch da konnte ich es noch irgendwie ignorieren. Heute geht das nicht.

Um mich wieder in die Arbeit stürzen zu können, drehe ich mich nach rechts und gehe auf dem Bürgersteig die Straße entlang. Das Café, in dem ich zu Mittag gegessen habe, ist nicht weit vom städtischen Krankenhaus entfernt, in dem ich nun arbeite.

Doch weit komme ich nicht. Bereits nach ein paar Schritten bleibe ich schlagartig stehen und schaue auf die Person, die sich in einiger Entfernung befindet.

Henry.

Mein Herz schlägt mir bis zum Hals, während ich ihn beobachte. Als ich meine Beine dazu zwinge, sich in Bewegung zu setzen und einfach an ihm vorbei zu gehen, versagen sie ihren Dienst. Dabei würde er mich wahrscheinlich nicht mal bemerken. Schließlich steht er mit seinem Freund Travis und einer Frau an der Hauswand und unterhält sich.

Mein Blick klebt an ihm fest, ehe er zu der Frau wandert. Sie sieht gut aus. Ihre langen Haare fallen ihr in weichen Wellen über den Rücken. Sie trägt eine enge Jeans, die nichts der Fantasie überlässt. In mir macht sich die Befürchtung breit, dass sie seine neue Freundin ist.

Ich kann nicht verhindern, dass ich bei diesem Gedanken sauer werde. Schließlich hat er immer wieder betont, wie sehr er mich liebt. Doch nun frage ich mich, ob das alles vielleicht nur gelogen war. Andererseits habe ich ihn verlassen. Wieso sollte er da nicht eine neue Beziehung anfangen?

Doch in der nächsten Sekunde schlingt Travis seinen Arm um sie und zieht sie an sich heran. Er gibt ihr einen Kuss auf die Schläfe und sie lehnt sich an ihn.

In diesem Moment tut es mir leid, dass ich gerade noch so etwas gedacht habe. Aber ich bin wohl nicht die einzige Frau, die davon ausgegangen wäre.

Um nicht Gefahr zu laufen, dass er mich entdeckt, atme ich ein letztes Mal tief durch. Auf diese Weise will ich genügend Kraft aufbringen, um an ihm vorbeizugehen. Doch soweit komme ich erst gar nicht.

In dem Moment, in dem ich mich in Bewegung setzen will, sieht Henry zu mir. Zuerst habe ich die Hoffnung, dass er mich nicht erkennt, doch die erlischt sofort wieder. Ein Lächeln erscheint auf seinem Gesicht, und meine Knie werden weich.

Aber das ist nicht meine einzige Reaktion auf ihn. Mein Mund wird trocken und mein Herz beginnt zu rasen. All diese Empfindungen hatte er mir schon damals entlockt, und eigentlich war mir klar, dass es sich nicht geändert hat. Das wiederum ändert aber nichts daran, dass ich es gehofft habe.

Die nächsten Sekunden kommen mir wie eine Ewigkeit vor. So sehr ich es mir auch wünsche, ich bin einfach nicht in der Lage wegzuschauen. Als er dann auch noch auf mich zukommt, habe ich das Gefühl, als würde ich gleich meine Nerven verlieren. Vor meinem inneren Auge sehe ich wieder, wie er das erste Mal auf mich zugekommen ist, in der Küche von Jennys Eltern.

Reiß dich zusammen, ermahne ich mich. Doch ich habe mich einfach nicht mehr im Griff, wenn er in meiner Nähe ist. Daran hat sich offenbar nichts geändert.

»Lauren«, sagt er mit der gleichen Stimme, mit der er mich schon immer um den Verstand gebracht hat, als er vor mir stehen bleibt.

Da ich mich auf ihn konzentriere, bekomme ich nur am Rande mit, dass Travis und seine Freundin uns beobachten.

»Hi«, erwidere ich schließlich tonlos.

»Wie geht's dir?«, fragt er mich. Dabei sieht er mich hoffnungsvoll an, als hätte er Angst, dass ich ihn jeden Moment stehen lasse. Und wenn ich daran denke, wie es mir schon den ganzen Tag geht, dann sollte ich das wahrscheinlich auch machen.

Ich versuche in seiner Stimme irgendetwas zu erkennen, was darauf hindeutet, dass er sich eigentlich nicht mit mir unterhalten will. Irgendeinen Grund um zu verschwinden. Doch ich kann nichts finden.

Er steht mir gegenüber und sieht mich neugierig an. Sein Lächeln ist ernst gemeint und nicht erzwungen. Das sagt mir auch seine Körpersprache. Aus diesem Grund bekomme ich es einfach nicht übers Herz, ihn stehen zu lassen.

»Gut, danke. Und dir?«

»Auch, zurzeit ist zwar viel zu tun, aber das ist nur halb so schlimm. Was machst du hier? Müsstest du nicht eigentlich im Krankenhaus sein?«

»Ich bin gerade auf dem Weg zurück. Ich habe mich für die Stelle im städtischen Klinikum entschieden«, erkläre ich ihm, obwohl ich nicht weiß, wieso. Schließlich hat er mich nicht danach gefragt und es geht ihn auch nichts an. Doch irgendwie habe ich das Bedürfnis, ihm genau das zu sagen. Schließlich hat er mitbekommen, wie ich mit mir selber deswegen gerungen habe.

Er wirkt überrascht, ehe er wieder lächelt. »Das freut mich. Ich hoffe, dass es dir dort gefällt.«

»Ja, es ist zwar stressiger als in der Privatklinik, aber ich kann mir selber etwas aufbauen.«

»Ich freue mich für dich. Wirklich, du hast es verdient.«

Ich hatte immer vermutet, dass es vielleicht komisch sein würde, nach der Zeit und allem, was zwischen uns geschehen ist, wieder mit ihm zu sprechen. Aber dem ist nicht so. Es gefällt mir sogar, endlich wieder seine Stimme zu hören, obwohl ich mir das nur schwer eingestehen kann. Das ändert aber nichts an der Tatsache, dass ich hier weg will. Ihm so nah zu sein, wie es gerade der Fall ist, ist einfach zu viel für mich.

Vor allem an diesem Tag.

»Ich muss los, sonst komme ich zu spät«, sage ich also und mache dabei Anstalten, an ihm vorbeizugehen.

»Vielleicht treffen wir uns irgendwann noch mal«, verabschiedet er sich von mir.

Ich meine, dass ich so etwas wie Hoffnung in seinem Gesicht sehe, bin mir aber nicht sicher. Um es mit Gewissheit sagen zu können bin ich viel zu sehr durch den Wind und kann mich viel zu wenig konzentrieren.

»Ja, vielleicht«, sage ich nur und gehe.

Es sind so viele Dinge zwischen uns passiert, dass ich damals nicht mehr wusste, was ich denken oder tun sollte. Genau so geht es mir auch jetzt. Und ich werde das Gefühl auch für die nächsten Stunden nicht los.

»Ich weiß, dass ich gesagt habe, dass ich endlich arbeiten will, doch nun wünsche ich mir, wieder in der Uni zu sitzen«, stöhnt Jenny, als wir uns nach Dienstschluss an meinem Wagen treffen.

»Ja«, erwidere ich nur geistesabwesend. Den ganzen Nachmittag habe ich Henry nicht aus meinem Kopf bekommen. Und genauso geht es mir auch jetzt.

»Ist etwas?«, fragt sie mich nun und betrachtet mich dabei aufmerksam von oben bis unten. Meine Freundin zieht sogar ein wenig die Stirn kraus, was sie nur selten macht.

»Nein, alles in Ordnung«, erwidere ich und öffne dabei mein Auto.

»Ja, klar. Für wie blöd hältst du mich eigentlich? Ich merke doch, dass dich etwas beschäftigt.« Ihre Stimme ist energisch und zeigt mir, dass sie mir kein Wort glaubt.

Ich weiß, dass ich ihr nicht entkommen kann, trotzdem fällt es mir schwer, darüber zu reden. Vor allem, weil ich seit meiner Trennung von Henry das Thema nicht sehr oft angeschnitten habe. Eigentlich habe ich Jenny nur gesagt, dass wir uns getrennt haben, nicht warum.

»Ich bin heute Henry über den Weg gelaufen«, erkläre ich schließlich. Ich habe das Gefühl, als hätte ich ein riesiges Geheimnis gelüftet.

Das Gefühl verstärkt sich, als ich in das Gesicht meiner Freundin schaue. Ihr Gesichtsausdruck ist eine Mischung aus überrascht und geschockt. »Henry? Du meinst den Freund von Lukas?«

»Ja.«

»Du meinst deinen Ex-Freund Henry?«, fragt sie weiter, als würde sie es nicht glauben können.

»Ja, genau den«, erwidere ich. Meine Stimme klingt, als wäre ich ein wenig genervt. Kaum habe ich ausgesprochen, tut es mir schon wieder leid, dass ich sie so angefahren habe, weswegen ich sie entschuldigend ansehe.

»Wow. Ich muss zugeben, dass ich ihn auch schon länger nicht mehr gesehen habe. Aber in der letzten Zeit ist so viel bei mir los gewesen, dass ich mir nicht einmal sicher bin, wann ich das letzte Mal meinen Eltern über den Weg gelaufen bin.« Kurz sieht sie ein wenig nachdenklich aus. »Allerdings hat Lukas mir zwischendurch ein paar Sachen über ihn erzählt«, fügt sie dann noch hinzu.

Da ich nicht genau weiß, was ich davon halten soll, ziehe ich es vor, den Mund zu halten. Klar, ich bin neugierig. Aber ich will auch nicht mehr wissen als unbedingt sein muss.

Ich sehe ihr an, dass sie es mir gerne sagen würde. Doch ich habe keine Ahnung, ob ich damit umgehen könnte. Es kommt auf die Nachricht an.

»Okay«, sagt Jenny schließlich. »Aber die Frage ist jetzt, ist das gut oder schlecht?«

»Wir haben uns nur kurz unterhalten, und dann bin ich verschwunden. Mehr war da nicht. Wir sind nicht mehr zusammen und zwischen uns sind auch keine Gefühle mehr. Es ist also weder gut noch schlecht.«

»Aber natürlich«, meint Jenny skeptisch und sieht mich dabei an, als würde sie mich für bescheuert erklären wollen.

»Was?«

»Du siehst genauso aus wie damals, als du ihn kennengelernt hast. Ich weiß ja nicht, was zwischen euch passiert ist, aber du liebst ihn noch immer. Das kannst du nicht vor mir verbergen.«

Eine Weile schaue ich sie an, während ich über ihre Worte nachdenke. Doch dann gebe ich es zu. Ja, ich liebe diesen Mann noch immer. Im letzten Jahr ist nicht ein Tag vergangen, an dem ich ihn nicht geliebt habe. Ich bin mir sicher, dass ich sonst nicht so oft an ihn gedacht hätte. Er wäre mir egal gewesen, und genau genommen hätte er das auch sein sollen. Seufzend lasse ich mich gegen meinen Wagen sinken. »Das ist kompliziert«, entfährt es mir, bevor ich es verhindern kann. Ich habe nicht einmal Zeit, um darüber nachzudenken.

»Kompliziert?«, ruft Jenny laut aus.

Um nicht noch mehr zu sagen, beiße ich mir auf die Lippe. Ich habe ohnehin schon mehr gesagt, als es eigentlich gut für mich ist. Vor allem wenn ich Jennys Gesichtsausdruck richtig deute. Dieser gibt mir nämlich eindeutig zu verstehen, dass ich ihr nicht entkommen kann. Ich will ihr jedoch noch nicht von dem Grund erzählen, warum ich mich von Henry getrennt habe. Ich kann es einfach nicht.

»Wir beide, wir werden heute Abend ausgehen, feiern. Einfach Spaß haben. Lukas hat mich gestern gefragt, ob ich Lust habe, mich mit ihm und ein paar Freunden zu treffen. Und weißt du was? Du wirst mich begleiten. Das ist genau das, was du nach dieser Woche brauchst!« Ihre Stimme klingt bestimmt, und doch bin ich nicht ganz so angetan von der Idee wie sie.

»Ich glaube nicht, dass das eine gute Idee ist«, wende ich ein. Dabei verziehe ich ein wenig das Gesicht, um meine Worte noch zu unterstreichen.

»Und ob sie das ist. Keine von uns beiden hat am Wochenende Dienst und damit wäre es das erste Wochenende seit zwei Monaten. Das ist sogar eine spitzen Idee.«

Entschieden schüttle ich meinen Kopf, doch sie nickt nur. Wenn Jenny einmal einen Entschluss gefasst hat, dann schafft man es nur selten, sie vom Gegenteil zu überzeugen. Das sind Momente, in denen ich einfach keine Chance gegen sie habe. Und das ist mir sehr wohl bewusst. Trotzdem ist meine Laune im Minus-Bereich.

»Was würdest du sonst machen?«, fragt sie mich. »Mit Jonathan telefonieren und dir anhören, wie glücklich er ist? Oder bei deinen Eltern vorbeifahren und dir von ihnen anhören, wie beleidigt sie noch immer sind, weil du nicht in der Privatklinik arbeitest? Nicht gerade, wie ich meinen Abend verbringen möchte.« Jenny hat die Arme vor der Brust verschränkt und macht mir so klar, dass ich keine Chance habe zu entkommen. Und im Geheimen muss ich ihr recht geben. Genau das sind die Dinge, die ich wahrscheinlich machen würde. Aber auf die ich gleichzeitig auch gar keine Lust habe.

»Also gut«, gebe ich schließlich nach.

Aufgeregt quietscht sie und klatscht in die Hände, noch bevor ich überhaupt ausgesprochen habe.

Ein paar der Leute, die gerade an uns vorbeigehen, schauen sie verständnislos an, doch Jenny interessiert sich überhaupt nicht dafür. Vielleicht bekommt sie es aber auch gar nicht mit. So genau kann ich das gerade nicht sagen.

Ich lächle sie entschuldigend an. »Beruhig dich«, sage ich und greife nach ihrem Arm, um sie daran zu hindern, vor ein fahrendes Auto zu springen.

»Sorry, ich freue mich nur so. Das wird einfach fantastisch. Aber jetzt werde ich mich auf den Weg machen. Ich schreibe dir später eine Nachricht, wann und wo wir uns treffen.« Mit diesen Worten zieht sie mich für eine stürmische Umarmung an sich.

Kaum hat sie sich von mir gelöst, grinst sie mich noch mal an, ehe sie sich umdreht und zum Auto geht.

18

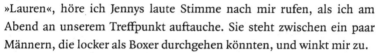

»Lauren«, höre ich Jennys laute Stimme nach mir rufen, als ich am Abend an unserem Treffpunkt auftauche. Sie steht zwischen ein paar Männern, die locker als Boxer durchgehen könnten, und winkt mir zu.

»Hi, du lebst ja auch noch«, begrüßt mich Lukas und drückt mir einen Kuss auf die Wange. »Ich dachte schon, dass das Krankenhaus dich so fest im Griff hat, dass du außer arbeiten gar nichts mehr machst.«

Ein freches Grinsen erscheint auf seinem Gesicht.

»Na ja, so schlimm ist es nun auch wieder nicht«, kontere ich und versuche mir dabei nicht anmerken zu lassen, wie nervös ich eigentlich bin. Und das nur, weil ich außer Jenny und ihrem Bruder hier niemanden kenne.

Immer wieder beobachte ich die Männer, doch sie scheinen mich überhaupt nicht zu sehen. Laut unterhalten sie sich und schauen dabei zu den Frauen, die in einiger Entfernung stehen.

Ihre Outfits sind so knapp, dass man sie eigentlich nicht als Klamotten bezeichnen kann, auf jeden Fall nicht für Erwachsene. Ich finde, dass es eher Kindergrößen sind, allerdings kann ich mir nicht vorstellen, dass es wirklich Mütter gibt, die ihren kleinen Mädchen solche Sachen anziehen.

Als die Jungs auch noch beginnen zu pfeifen, drehen sie sich sogar zu ihnen um und kichern.

»Woher kennt ihr diese Typen?«, frage ich nun Jenny und zeige dabei an ihr vorbei.

»Das sind Freunde von der Rennbahn«, antwortet Lukas für sie.

Ich kann nicht verhindern, dass ich bei dem Wort *Rennbahn* kurz zusammenzucke. Allerdings habe ich mich schnell wieder im Griff, sodass ich hoffe, dass keiner von den beiden meine Reaktion mitbekommen hat.

»Der Laden gehört einem Freund von mir, deswegen kommen wir so rein. Ich bin mir sicher, dass es dir gefallen wird.«

»Ich lass mich mal überraschen«, murmle ich leise. Dabei bin ich mir bewusst, dass er mich nicht gehört hat.

Aber Lukas hat recht. Es dauert nur wenige Minuten, bis wir uns im Inneren des Ladens befinden. Die Türsteher werfen nur einen flüchtigen Blick auf unsere Führerscheine. Allerdings bin ich froh darüber, da ich keine Lust habe, mir die Beine in den Bauch zu stehen.

Wenn ich schon unterwegs bin, dann will ich auch Spaß haben.

Erschrocken zucke ich zusammen, als ich merke, wie jemand nach meiner Hand greift. Doch als ich nach rechts schaue, entdecke ich Jenny. Sie steht neben mir und schaut sich ebenfalls neugierig zu allen Seiten hin um.

»Ich war selber noch nicht hier«, ruft sie mir über die laute Musik hinweg zu.

Ich habe keine Zeit, um noch etwas zu erwidern, da sie mich im nächsten Moment schon zur Tanzfläche zieht. Dabei versuche ich, möglichst viele Details in mir aufzunehmen. Ich stelle fest, dass die Wände in meiner Lieblingsfarbe gestrichen wurden, einem dunklen lila. Genauso wie der größte Teil der Einrichtung aus dieser Farbe besteht.

Ich weiß nicht, wie lange ich schon in diesem Laden bin. Doch das ist mir egal. Ich tanze und habe einfach Spaß.

»Wie ich sehe hast du Spaß«, dringt eine leise Stimme an mein Ohr.

Sie sorgt dafür, dass ich ruckartig stehen bleibe. Nur langsam schaffe ich es, mich umzudrehen, doch dann wünsche ich mir, dass ich es nicht getan hätte.

Vor mir steht Henry. Er bedenkt mich mit einem schiefen Grinsen, was mir den Atem verschlägt. Ich muss mich förmlich dazu zwingen, weiter zu machen, da ich spüre, wie meine Knie weich werden.

»Hier hast du was Tolles auf die Beine gestellt«, erklärt ihm nun Jenny, die plötzlich neben mir steht.

Nur langsam dringen ihre Worte zu mir vor und noch länger dauert es, bis ich die Bedeutung verstanden habe. Doch dann schnappe ich nach Luft.

»Das ist dein Laden?«, frage ich ihn, wobei meine Stimme gerade laut genug ist, damit sie die Musik übertönt.

Als Antwort nickt er.

»Die Arbeit hat sich auf jeden Fall gelohnt«, spricht Jenny weiter, als hätte sie nichts mitbekommen. Ich bin ihr dankbar dafür, da ich keine Ahnung habe, was ich sagen soll.

Henry sieht mich so an, als würde er erwarten, dass ich etwas von mir gebe. Sein Blick jagt mir einen Schauer nach dem nächsten über den Rücken. Ich verfluche mich selber dafür, dass er noch immer so viel Kontrolle über meinen Körper hat, kann aber nichts dagegen unternehmen. Wenn es um Henry geht, scheint es, als hätte mein Körper seinen eigenen Willen.

»Ich werde dann mal verschwinden«, verabschiedet sich meine Freundin nun.

Ich erkenne die stumme Aufforderung, dass ich endlich mit Henry sprechen soll, und das will ich auch. Aber ich weiß nicht, wie ich es anfangen soll. Mir kommt in den Sinn, dass er wirklich in Wohnungen eingebrochen ist, beziehungsweise seinen Bruder gedeckt hat.

Noch bevor ich Jenny daran hindern kann, hat sie sich umgedreht und ist in der Menge verschwunden. Es dauert nur ein paar Sekunden, bis ich sie nicht mehr sehen kann.

Scheiße, geht es mir durch den Kopf. Mein Herz schlägt mir bis zum Hals. Langsam, fast schon in Zeitlupe, sehe ich zu ihm und erkenne das Lächeln, das sich auf seinem Gesicht gebildet hat.

»Wollen wir reden?«, fragt er mich schließlich. Seine Stimme klingt vorsichtig, als wüsste er nicht, wie er mich einschätzen soll. Aber das kann ich nachvollziehen. Ich kann mich gerade selber nicht einschätzen.

Ich will *Nein* sagen und mich umdrehen, um zu verschwinden. Aber ich schaffe es nicht. Stattdessen nicke ich nur.

Er hebt seine Hand und hält sie mir hin.

Lauf weg, das ist die letzte Gelegenheit, unbeschadet aus der Sache rauszukommen. Ich habe so lange gebraucht, um über ihn hinwegzukommen, falls ich es überhaupt geschafft habe.

Doch ich lege meine Hand in seine. Seine Wärme umfängt mich. Plötzlich kann ich befreiter atmen. Es ist, als hätte man mir eine riesige Last von den Schultern genommen.

Er sieht mich an, bevor er sich umdreht und mich durch die Menge führt. Ich habe keine Ahnung, wo wir hingehen, bin aber bereit, es herauszufinden. Auch wenn er mir nicht immer die Wahrheit gesagt hat, vertraue ich ihm doch tief in mir drin.

Immer weiter geht Henry durch den Club, wobei er von ein paar Leuten angesprochen wird. Er beachtet sie überhaupt nicht. Unbeirrt sucht er sich einen Weg und führt mich weiter von meinen Freunden weg.

Als wir schließlich durch eine große Schwingtür treten, die ich bisher nicht wahrgenommen hatte, merke ich, dass wir uns in der Küche befinden. Hier herrscht reges Treiben. Doch er bleibt nicht stehen.

Henry führt mich in einen Flur und betritt von dort aus einen dunklen Raum. Erst nachdem er das Licht eingeschaltet hat, sehe ich, dass wir uns in einem Büro befinden.

Seinem Büro.

Scheinbar unschlüssig steht er vor der geschlossenen Tür, während ich mich umsehe. Alle Möbel sind schwarz. Sie machen den Eindruck, als würde er sich oft hier aufhalten. An den Wänden hängen keine Bilder und auch sonst kann ich nur wenige persönliche Gegenstände erkennen.

Vorsichtig betrachte ich ihn, als ich höre, wie er sich leise räuspert.

»Ich hatte gehofft, dass ich irgendwann diese Chance bekommen würde«, beginnt er nach einer gefühlten Ewigkeit. Dabei ruht sein Blick aufmerksam auf mir.

»Was für eine Chance?«, frage ich ihn. Meine Stimme klingt herausfordernd.

»Die Chance, wieder gut zu machen, was zwischen uns passiert ist.« Er wirkt ruhig.

»Henry ...«, beginne ich, doch er schüttelt den Kopf und bringt mich so zum Schweigen.

»Bitte, lass es mich wenigstens erklären. Wenn du dann immer noch gehen willst, werde ich dich nicht aufhalten.«

»Wusstest du, dass ich heute komme?«, frage ich ihn leise.

Er schweigt. Früher habe ich die Stille immer genossen, doch dem ist jetzt nicht so.

»Lukas hatte etwas erwähnt.«

Ich ziehe meine Stirn kraus.

»Er hat nur gesagt, dass er jemanden mitbringt, damit ich endlich ein paar Dinge aus der Welt schaffen kann. Und genau das habe ich vor.« Seine Stimme klingt fest und lässt keinen Zweifel daran, dass er seine Worte ernst meint.

»Okay«, murmle ich und lasse mich auf einen der Besucherstühle sinken, die sich vor dem Schreibtisch befinden.

Kurz sieht es so aus, als würde er sich in den Stuhl auf der anderen Seite setzen, allerdings macht er es nicht. Er zieht den zweiten Besucherstuhl direkt vor mich und lässt sich darauf nieder.

»Ja, ich bin in Wohnungen eingebrochen, aber nur, weil mein Bruder mir keine andere Wahl gelassen hat.«

»Was meinst du damit?«, hake ich entsetzt nach.

An der Art, wie sich seine Brust hebt und senkt, sehe ich, wie schwer er atmet. Ich habe Angst vor seinen Antworten, obwohl ich sie hören will.

»Logan hatte schon immer Probleme mit dem Gesetz, er ist für Diebstahl vorbestraft. Die Einbrüche waren wohl nicht seine ersten Coups. Er kam irgendwann auf die Idee, dass es praktisch wäre, die Einbrüche in verschiedene Städte zu verlegen, und da kamen ihm meine Rennen gerade recht. Zunächst habe ich gar nicht gemerkt, was da lief. Aber eines Abends kam er zu mir und sagte, dass er meine Hilfe brauche. Dadurch bin ich in die Sache mit reingeraten. Vorher wusste ich gar nicht, dass er von der schiefen Bahn abgekommen ist. Als ich mich geweigert habe mitzumachen, hat er mir gedroht.«

»Gedroht?« Meine Stimme klingt viel zu laut und schrill, doch das ist mir egal.

»Er wollte an die Öffentlichkeit gehen und allen erzählen, ich wäre an den Einbrüchen beteiligt, wenn ich ihm nicht helfe. Es wäre das Ende meiner Karriere gewesen, wenn alle gedacht hätten, dass ich in meiner Freizeit in Häuser einbreche.«

»Aber du hattest doch gar nichts gemacht«, wende ich ein.

»Ja, das stimmt. Aber der Verdacht reicht schon aus, damit das Team einen von allen Rennen ausschließt. Und wer hätte mir schon geglaubt? Es ging schließlich um meinen Bruder, und die Einbrüche standen mit den Rennen in Verbindung. Ich hätte mit Sicherheit mein Team verloren.«

Ich lehne mich ein Stück nach vorne und greife aus einem Reflex heraus nach seinen Händen. Ich weiß nicht genau, wieso ich das mache. Ich spüre, dass es ihm schwerfällt, über die Einbrüche zu sprechen, und deswegen will ich ihm nah sein. Mir würde es an seiner Stelle genauso gehen. Da bin ich mir sicher. »Und wie ging es weiter?«

»Als du mir über den Weg gelaufen bist, hat sich einiges geändert. Ich habe für mich beschlossen, dass ich aussteige, weil ich mit dir eine gemeinsame Zukunft wollte und noch immer will. Da habe ich auch von dem Club erfahren. Also habe ich angefangen zu planen und alles in die Wege geleitet. Allerdings hast du dich von mir getrennt, sodass ich keine Gelegenheit mehr hatte, es dir zu erzählen.«

Unbewusst zucke ich bei seinen Worten ein wenig zusammen.

»Ich mache dir keine Vorwürfe. Ich hätte wahrscheinlich genauso reagiert. Trotzdem hat es mich aus der Bahn geworfen. Aber es hat mir auch gezeigt, dass ich mich richtig entschieden habe. Also habe ich den

Plan mit dem eigenen Club durchgezogen, in der Hoffnung, dass ich irgendwann die Chance bekomme, dir alles zu erklären«, endet er.

Mein Mund öffnet sich, doch da ich nicht weiß, was ich sagen soll, schließe ich ihn direkt wieder. In meinem Kopf überschlagen sich die Gedanken. »Ich hatte keine Ahnung«, flüstere ich schließlich.

»Wie solltest du auch? Ich habe Lukas gebeten, dass er nichts sagt. Nicht einmal Jenny wusste Bescheid, obwohl ich mir sicher bin, dass es ihm schwer fiel, seiner Schwester nichts zu erzählen. Aber ich wollte nicht, dass du es von ihr erfährst.«

»Und jetzt? Machst du das noch immer? Also diese Einbrüche?« Ich bin mir nicht sicher, ob ich es wirklich wissen will. Doch die Frage brennt mir auf der Seele.

»Nein, ich habe Logan klargemacht, dass er mich in Ruhe lassen soll.«

Ich stehe auf und gehe ein paar Schritte. Doch dann drehe ich mich wieder zu Henry um. Er hat sich ebenfalls erhoben und steht nun so dicht vor mir, dass uns nur noch wenige Zentimeter trennen.

»Warum hast du mir das nicht eher gesagt?«

»Weil ich nicht wusste wie und auch nicht, wie du darauf reagierst. Ich hatte die Hoffnung, dass ich dich nach dem Rennen in unserem Zimmer antreffe, dass du dort auf mich wartest. Aber du warst weg, zusammen mit Jenny. Und das konnte ich verstehen, obwohl es mir das Herz gebrochen hat.«

Ich erkenne die Verzweiflung in seiner Stimme. Er hat Angst davor, dass ich mich umdrehe und einfach verschwinde. Aber ich bleibe und betrachte ihn.

»Ich liebe dich, Lauren. Nie habe ich damit aufgehört. Meine Gefühle sind in den letzten Monaten nur noch stärker geworden. Ich verlange kein Wunder, ich will nur diese eine Chance, um dir zu zeigen, dass ich ein ehrlicher Mann bin.«

Verdammt, denke ich und suche nach einem Ausweg. Ich habe ihn in den vergangenen Monaten sehr vermisst und würde ihm gern verzeihen. Den Mann zu verlassen, denn man liebt, ist nicht so einfach.

Aber ich habe auch Angst. Angst davor, was passieren könnte, wenn ich diesen Schritt gehe. Was, wenn er erneut in kriminelle Machenschaften verwickelt wird? Ich weiß nicht, ob mein Herz es verkraften würde, noch einmal gebrochen zu werden. Dieses Mal würde es mich noch mehr treffen als vor einem Jahr. Ich weiß nicht einmal, ob ich normal weitermachen könnte. Beim nächsten Mal wäre ich am Boden und könnte nicht mehr aufstehen, da bin ich mir sicher.

»Bitte, Lauren.«

Zum ersten Mal in meinem Leben bin ich mir nicht sicher, was ich machen soll. Doch automatisch nicke ich. Mein Herz hat das Kommando übernommen. Und das sagt mir, dass ich Henry eine zweite Chance geben sollte.

Henry zieht mich glücklich an sich und schlingt seine Arme um mich. Als sein vertrauter Geruch in meine Nase steigt, werde ich ruhiger. »Ich verspreche dir, dass du es nicht bereuen wirst.« Mit diesen Worten beugt er sich zu mir und drückt mir einen sanften Kuss auf die Stirn.

Meine Augen schließen sich von alleine, so sehr genieße ich diese Berührung. Sie erinnert mich an das, was einmal zwischen uns war. Was wieder zwischen uns sein kann.

»Du solltest wieder zu Jenny gehen. Nicht dass sie sich Sorgen um dich macht.«

Ich hebe meinen Kopf ein Stück und schaue ihn nachdenklich an. Denn Henry macht keine Anstalten, sich von mir zu lösen.

Noch immer liegen seine Hände auf meinen Hüften. Ich will mich nicht von ihm trennen, aber schließlich bin ich mit Jenny und Lukas hier. Jenny weiß zwar, dass ich mit Henry mitgegangen bin, aber ich habe trotzdem ein schlechtes Gewissen, weil ich einfach verschwunden bin.

Deswegen trete ich ein Stück zurück und atme tief durch.

»Darf ich dich morgen Abend um sechs abholen?«, fragt Henry mich.

»Okay«, erwidere ich und nicke. Dann trete ich an ihm vorbei und verlasse das Büro. Mit schnellen Schritten suche ich mir einen Weg zurück in den Laden. Je näher ich dem Hauptraum komme, umso lauter wird es um mich herum. Ich suche Jenny, aber die bunt wechselnde Beleuchtung macht es mir schwer.

»Lukas«, rufe ich laut, als ich ihn ein paar Schritte von mir entfernt entdecke. Er steht bei seinen Jungs und unterhält sich gerade mit ein paar Frauen. Doch darauf nehme ich jetzt keine Rücksicht. Mit schnellen Schritten gehe ich auf ihn zu und mache ihn auf mich aufmerksam.

»Hi, hast du mit Henry gesprochen?«, fragt er und sieht mich dabei abwartend an.

»Ja, das habe ich.«

»Na also, ich hoffe, dass es dir dann bald besser geht.«

»Wovon ...?«, beginne ich überrascht, doch er lacht nur.

»Wir haben uns in letzter Zeit zwar nicht sehr oft gesehen, aber das heißt nicht, dass ich nicht gemerkt habe, dass etwas nicht mit dir stimmt. Man müsste schon blind sein, um das nicht zu erkennen. Aber ich kann dich beruhigen. Henry ging es genauso.«

Ich hatte keine Ahnung, dass ich so leicht zu durchschauen gewesen war.

»Die Hauptsache ist, dass ihr nun ein Happy End bekommt.«

»Nur weil wir miteinander gesprochen haben, heißt das nicht, dass alle Probleme aus der Welt sind«, widerspreche ich mit fester Stimme. Ich sage das mehr zu mir als zu ihm, weil ich spüre, wie die Hoffnung in mir von Sekunde zu Sekunde immer größer wird. »Hast du Jenny gesehen?«, frage ich ihn, um mich abzulenken.

»Jenny?«

»Deine Schwester«, antworte ich ihm. Doch Lukas zieht nur eine Grimasse.

»So betrunken kann ich gar nicht sein, dass ich mich nicht an meine Schwester erinnere. Vor ein paar Minuten war sie noch an der Bar«, erwidert er.

»Danke«, rufe ich ihm zu, ehe ich mich umdrehe. Schnell schlängle ich mich durch die Menge. Es dauert nicht lange, bis ich meine Freundin sehe. Sie steht mitten in einer langen Schlange. »Hi«, sage ich nur und stelle mich neben sie.

»Na sieh mal an, wer da kommt. Ich dachte, dass du mit Henry von hier verschwunden bist.«

»Nein, ich bin ja schließlich mit dir hier.«

»Och, ich hätte es verstanden. Ihr habt sicher viel zu besprechen.«

»Wir treffen uns morgen«, flüstere ich.

»Gott sei Dank«, ruft sie und tut so, als würde sie zusammenbrechen. Ein paar der Frauen, die um uns herum stehen, schauen uns kurz an, schütteln dann aber nur den Kopf und konzentrieren sich wieder auf ihre Unterhaltungen.

»Du weißt schon, dass du eine Dramaqueen bist, oder?«, frage ich sie und mache dabei einen Schritt nach vorne.

»Das wurde mir schon ein paar Mal gesagt.« Jenny zuckt mit den Schultern, als würde ihr das nichts ausmachen.

Den restlichen Abend widme ich ganz meiner besten Freundin.

19

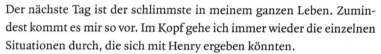

Der nächste Tag ist der schlimmste in meinem ganzen Leben. Zumindest kommt es mir so vor. Im Kopf gehe ich immer wieder die einzelnen Situationen durch, die sich mit Henry ergeben könnten. Immer wieder frage ich mich, ob es noch genauso zwischen uns sein wird, wie es war, bevor ich abgehauen bin. Die letzten zwölf Monate haben nichts an meinen Gefühlen für diesen Mann geändert. Es scheint, als würden die Stunden bis zu unserem Treffen einfach nicht vorbeigehen wollen. Kurz habe ich sogar überlegt, ob ich zu meinen Eltern fahren soll, um mich abzulenken. Doch diesen Gedanken verbanne ich schnell wieder. Die beiden würden sofort merken, dass mich etwas beschäftigt, und das ist gerade das Letzte, was ich gebrauchen kann. Dafür waren sie zu glücklich darüber, dass ich mich von Henry getrennt habe.

Mit zitternden Beinen steige ich in meine Schuhe und versuche die Nervosität zu unterdrücken, die sich in meinem Bauch breitmacht. Mir ist schon ganz schlecht.

Als ich schließlich die Klingel höre, zucke ich erschrocken zusammen. Langsam gehe ich zu meiner Wohnungstür und drücke auf den Knopf, der die Haustür öffnet. Gespannt halte ich die Luft an, während ich höre, wie seine Schritte immer näher kommen. Als er dann endlich in meinem Sichtfeld auftaucht, spüre ich, wie die Anspannung aus meinem Körper weicht.

Mit einem breiten Grinsen auf dem Gesicht kommt er auf mich zu und bleibt vor mir stehen. Sein Aftershave dringt in meine Nase und ich würde mich am liebsten an ihn lehnen. Doch ich kann es nicht. Ich bin mir nicht sicher, was genau mich davon abhält.

»Hi«, begrüßt er mich und beugt sich ein Stück nach vorne, um mir einen Kuss auf die Wange zu geben.

Ich halte die Luft an und beginne erst wieder zu atmen, als er sich von mir löst. Langsam hebe ich meinen Kopf und schaue nach oben.

In seinen Augen kann ich so viele Gefühle erkennen, dass mir ganz schwindelig wird. Keiner von uns sagt etwas.

»Komm«, durchbricht seine tiefe Stimme schließlich die Stille. Er zieht mich so schnell hinter sich her, dass ich kaum Zeit habe, die Tür hinter mir zu schließen.

»Hast du etwas geplant?«, frage ich ihn, als wir in seinem Wagen sitzen.

»Es gibt so einige Dinge, die ich gerne machen würde, deswegen konnte ich mich nicht entscheiden.«

»Okay«, murmle ich verwirrt vor mich hin.

»Aber dann ist mir eingefallen, dass ich dir etwas versprochen habe und keine Chance hatte, es in die Tat umzusetzen.«

»Wovon redest du?«, erkundige ich mich.

Doch Henry antwortet mir nicht. Er grinst mich nur an, legt den Gang ein und fährt los.

Während der Fahrt frage ich mich, wo er mich hinbringt. Es scheint eine Ewigkeit zu dauern, bis wir endlich vor einem Tor stehen bleiben. Auf der anderen Seite befinden sich ein paar Container, die mir die Sicht auf das versperren, was sich dahinter befindet.

»Wo sind wir?«, frage ich ihn.

»Hier habe ich jeden Tag trainiert, bevor ich mit den Motorradrennen aufgehört habe. Noch immer steht meine Maschine hier, und der Besitzer lässt mich abends öfter mal meine Runden drehen.«

Überrascht betrachte ich ihn. »Hier hast du jeden Tag verbracht?«

»Ja.« Mehr sagt er nicht, sondern steigt aus. Mit wenigen Schritten hat er das Auto umrundet und öffnet mir die Beifahrertür, damit ich ebenfalls aussteigen kann.

»Ich habe dir doch gesagt, dass du irgendwann mal auf so einer Maschine sitzen wirst, und das war mein Ernst.«

Mein Mund öffnet sich ein Stück, und ungläubig starre ich ihn an. »Henry ...«, wende ich ein, doch er lässt mich nicht aussprechen. Stattdessen umgreift er mein Kinn mit seinen großen, warmen Händen und sieht mich an. In diesem Moment vergesse ich, was ich sagen wollte. Mein Körper und meine Gedanken konzentrieren sich nur noch auf ihn.

»Keine Widerrede. Ich bin mir sicher, dass es dir Spaß machen wird.« Kaum hat er ausgesprochen, spüre ich seine Lippen auf meinen. Wie von alleine hebe ich meine Hände an seine Hüften und halte mich an ihm fest.

Ich habe das Gefühl, als wäre es ein Traum und ich würde jeden Moment wach werden. Es ist einfach zu schön nach den letzten Wochen und Monaten endlich wieder von ihm geküsst zu werden. Ich kann mich gar nicht von ihm trennen.

Als er sich von mir löst, bin ich völlig außer Atem. Meine Hormone spielen verrückt und die Schmetterlinge in meinem Bauch haben sich vermehrt. Mir ist klar, dass ich mich danach gesehnt habe. Und wenn es nur noch ein letztes Mal gewesen wäre. Trotzdem hoffe ich, dass er das noch öfter macht. Denn eins steht fest, ich kann einfach nicht genug von ihm bekommen. Wir haben so viel nachzuholen.

»Willst du nicht lieber fahren und ich bleibe hier?«

»Wir sind doch nicht hergekommen, damit du mir zusiehst, wie ich fahre.«

»Wieso nicht?«

Mir ist nicht wohl bei dem Gedanken daran, alleine auf seinem Motorrad zu sitzen. Vielleicht liegt es an meinem Job, dass mir sehr bewusst ist, was bei einem Unfall alles passieren kann.

»Okay, ich sage dir etwas. Ich werde zuerst fahren. Und dann kannst du entscheiden, ob du auch willst.« Abwartend sieht er mich an.

Obwohl mir klar ist, dass ich wohl nicht auf die Maschine steigen werde, nicke ich und gebe so mein Einverständnis.

Henry verzieht keine Miene. Stattdessen schließt er das Tor auf, führt mich hindurch und geht auf eine der Hallen zu, die sich auf der linken Seite befinden.

Ich finde es ein wenig unheimlich. Außer uns kann ich weit und breit niemanden erkennen. Es hat auch nicht den Anschein, als würde sich jemand in den Gebäuden befinden. Hinter den Fenstern ist alles dunkel, und ein paar der Rollos sind sogar nach unten gelassen.

Nachdem Henry vor einer der schweren Eisentüren stehengeblieben ist, zieht er seinen Schlüssel aus der Hosentasche und öffnet sie. Eine ganze Reihe von Maschinen stehen vor uns und in der hintersten Reihe kann ich Werkzeugwagen erkennen.

»Bist du dir sicher, dass du nicht zuerst fahren willst?«, fragt Henry mich noch einmal.

»Ich bin mir sicher«, gebe ich zurück.

Sein raues Lachen erfüllt die ansonsten leise Halle und jagt mir eine Gänsehaut über den Körper. Sogar meine Brustwarzen richten sich auf. Allerdings versuche ich, das so gut es geht zu ignorieren. Es ist definitiv eine Reaktion, die hier und jetzt nichts zu suchen hat. Stattdessen wende ich mich wieder Henry zu. Ich beobachte ihn dabei, wie er sich den Helm überzieht, der mir so vertraut ist. Als nächstes streift er sich seine Lederjacke über und schiebt die Rennmaschine nach draußen. Auf dem Hof schwingt er sein Bein über den Sitz und fährt langsam an.

Vorsichtig klettere ich auf die Bande und sehe ihm dabei zu, wie er eine Runde nach der anderen fährt.

»Willst du auch?«, fragt er mich, nachdem er neben mir angehalten hat. Dabei sieht er mich herausfordernd an. Doch ich bleibe bei meiner Meinung und schüttle den Kopf.

Henry erwidert nichts. Er streift sich nur den Helm vom Kopf und stellt die Maschine ab. »Na komm schon. Es ist nichts anderes als Rad fahren«, versucht er mich zu überreden.

»Das kann ich mir irgendwie nicht vorstellen.«

»Nur eine Runde.«

Er streckt seine Hand nach mir aus und zieht mich an sich. Mit einem Ruck springe ich von der Bande und lande vor ihm.

»Nur fürs Protokoll, wenn ich mit dem Teil umfalle, ist das definitiv deine Schuld«, sage ich.

Ich saß noch nicht einmal hinten auf so einem Ding und bin mir nicht sicher, ob ich die Maschine überhaupt fahren kann.

Doch Henry lässt mir nicht wirklich eine Wahl. Er setzt mir den Helm auf und passt den Verschluss an. »Das ist eine Rennmaschine. Das heißt, sie hat ordentlich Power.«

»Sie?«, frage ich ihn.

»Ja, sie.« Er zwinkert mir einmal zu. »Hier gibst du Gas und hier bremst du. Fahr erst langsam und beschleunige nur dann, wenn du dir wirklich sicher bist. Du kannst die Runde auch in Schrittgeschwindigkeit fahren, das ist dir überlassen. Allerdings ist es einfacher, wenn du schneller fährst. Dann brauchst du dich nicht auf dein Gleichgewicht zu konzentrieren.«

»Oh Mann«, entfährt es mir leise.

»Ich bin mir sicher, dass du das schaffst. So schwer ist es nicht«, spricht er mir Mut zu und startet die Maschine erneut.

Mit einem unheilvollen Ton erwacht der Motor zum Leben und macht mir klar, wie viel Power wirklich in ihr steckt. Mit klopfendem Herzen betrachte ich die Strecke. Wenn ich nicht mit zweihundert Sachen da durchrase, müsste ich sie eigentlich bewältigen können. Ich brauche ja schließlich nur eine Runde zu fahren. Also atme ich tief durch und steige auf. Ich spüre, wie die Maschine unter mir vibriert.

»Ich habe dich immer im Auge«, sagt Henry noch, bevor er das Visier nach unten klappt.

Langsam fahre ich an. Die ersten Meter bringe ich wirklich nur in Schrittgeschwindigkeit hinter mich. Sogar eine Schnecke wäre schneller als ich.

Doch dann traue ich mich ein wenig mehr Gas zu geben. Je länger ich auf der Maschine sitze, umso sicherer werde ich. Als ich die Runde beende, ohne einen Unfall zu bauen, bin ich stolz auf mich. So schwer ist Motorrad fahren gar nicht.

Ich bin so vertieft, dass ich gar nicht merke, wie ich in die nächste Runde rolle. Doch schließlich bleibe ich an der gleichen Stelle stehen, an der auch Henry zuvor gehalten hat. Als ich den Helm abnehme und meinen Kopf hebe, sehe ich in sein zufriedenes Gesicht.

»Siehst du? Ich habe dir doch gesagt, dass es nicht so schlimm ist.« Henry nimmt mir das Motorrad ab, sodass sich meine Nerven beruhigen.

»Dafür dass du nicht fahren wolltest, scheint es dir aber ganz schön Spaß gemacht zu haben.«

»Ich muss zugeben, dass es mir besser gefallen hat, als ich am Anfang erwartet habe. Trotzdem wäre es nichts für mich, Rennen zu fahren.«

»Nun ja, wie sich herausgestellt hat, war es auch für mich nichts.« Mit diesen Worten kommt er ein paar Schritte näher. Sein dunkler Blick ruht auf mir. Ein Schauer läuft mir über den Rücken und meine Brustwarzen richten sich erneut auf.

Ich habe das Gefühl, mein Herz hört auf zu arbeiten, während ich darauf warte, dass er endlich vor mir stehen bleibt. Als es soweit ist, beginnt es wieder zu schlagen, aber in doppelter Geschwindigkeit.

Sanft fährt er mit den Fingerspitzen über meine Haut, sodass ich scharf die Luft einziehe. Dann lehnt er sich zu mir und küsst mich.

Sein Kuss fordert mich und nimmt mich in Besitz. So macht Henry mir klar, dass er mich kein zweites Mal gehenlässt, und das will ich auch gar nicht. Ich will glücklich sein und genießen. Deswegen konzentriere ich mich ganz auf diesen Mann.

Als er sich von mir löst, kann ich gerade noch vermeiden, dass mir ein enttäuschter Seufzer über die Lippen kommt. Henry greift nach meiner Hand und führt sie an seinen Mund, um mich zu küssen.

»Hast du morgen schon etwas vor, oder musst du arbeiten?«

»Ich habe das ganze Wochenende frei«, antworte ich ihm.

Ein glücklicher Ausdruck erscheint auf seinem Gesicht, und mein Herz macht einen Sprung.

»Ich bin mit Travis und seiner Verlobten verabredet. Hast du vielleicht Lust mitzukommen?«

»Und du meinst, dass das wirklich in Ordnung ist?«, hake ich schließlich nach.

»Sicher doch. Du bist schließlich meine Freundin.«

Seine Stimme lässt keinen Zweifel daran, dass er jedes einzelne Wort ernst meint. Trotzdem wirft mich seine Feststellung für einen kurzen Moment aus der Bahn.

»Okay«, sage ich schließlich.

Scheinbar zufrieden mit meiner Antwort küsst er mich erneut, ehe er die Maschine wieder in die Garage schiebt. Ich bleibe neben der Bande stehen und beobachte ihn dabei. Seine Bewegungen sind routiniert und trotz seiner Körpergröße geschmeidig. Schon immer konnte ich ihn ewig beobachten und daran hat sich nichts geändert.

Als er wieder vor mir steht, greift er nach meiner Hand und führt mich zurück zum Wagen. Es ist zwar erst zehn Uhr, aber ich bin müde. Es ist so viel passiert. Zu wissen, dass Henry nun wieder da ist und noch immer die gleichen Gefühle für mich hat, die ich für ihn habe, macht mich so glücklich, dass ich mich wie erschlagen fühle. Erschlagen von meiner Liebe für diesen Mann.

20

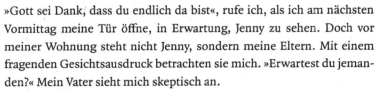

»Gott sei Dank, dass du endlich da bist«, rufe ich, als ich am nächsten Vormittag meine Tür öffne, in Erwartung, Jenny zu sehen. Doch vor meiner Wohnung steht nicht Jenny, sondern meine Eltern. Mit einem fragenden Gesichtsausdruck betrachten sie mich. »Erwartest du jemanden?« Mein Vater sieht mich skeptisch an.

»Ich bin eigentlich mit Jenny verabredet. Deswegen habe ich nicht mit euch gerechnet«, erwidere ich, mache dabei aber einen Schritt zur Seite, damit die beiden hereinkommen können. Im Stillen hoffe ich, dass sie wieder verschwunden sind, bevor meine Freundin hier ist. An ihrem Verhältnis zueinander hat sich in den letzten Monaten leider nichts geändert.

»Wir waren gerade in der Nähe und dachten, dass wir mal vorbeischauen. Schließlich hört man von dir in letzter Zeit ja kaum noch etwas.« Meine Mom sieht mich auf eine Weise an, bei der ich früher sofort ein schlechtes Gewissen bekommen hätte. Doch heute ist es nicht so.

»Würdest du bei mir in der Klinik arbeiten, hättest du mehr Zeit«, fügt mein Vater hinzu.

»Dad, bitte.« Ich seufze und reibe mir dabei über das Gesicht. Ich habe keine Lust, diese Unterhaltung schon wieder mit ihm zu führen. Das haben wir in den letzten Monaten oft genug gemacht. Und meine Meinung ist noch immer die gleiche.

Ich hätte zwar mehr Freizeit, wenn ich in der Privatklinik arbeiten würde, aber das ist auch der einzige Vorteil. Ich will da sein, wo ich mich behaupten und wo ich etwas bewirken kann. Und nicht da, wo ich immer mit meinem Vater in Verbindung gebracht werde. Das wissen die beiden genau und trotzdem versuchen sie es immer wieder.

»Aber wie ich sehe, verbringst du einen freien Tag lieber mit deiner Freundin als mit deinen Eltern.« Ich erkenne genau den anklagenden Ton in der Stimme meines Vaters, beschließe aber, dass es für mich besser ist, wenn ich nicht näher darauf eingehe. Für mich und meine Nerven.

In diesem Moment klingelt es erneut an der Tür. Erleichtert über die kurze Pause atme ich tief durch und öffne sie ein zweites Mal. Und nun ist es Jenny, die die Treppen hinaufkommt.

»Hi, sorry das ich zu spät bin. Aber Lukas hat die Einfahrt blockiert, sodass ich nicht rausgekommen bin, bis er seinen Müll weggeräumt hatte«, erklärt sie mir und umarmt mich dabei.

»Kein Problem. Meine Eltern haben mir Gesellschaft geleistet.«

Ich habe noch nicht einmal ausgesprochen, da bekommt sie schon große Augen. Eigentlich wollte sie gerade die Wohnung betreten, doch nun bleibt sie ruckartig stehen und schaut vorsichtig an mir vorbei.

»Hallo, schön Sie zu sehen«, sagt sie, wobei sie sich allerdings nicht ganz überzeugend anhört. Ich bin mir sicher, dass sie gerade nicht weiß, wie sie sich verhalten soll, doch das lässt sie sich nicht anmerken. Zumindest bin ich davon überzeugt, dass meine Eltern es nicht merken. Dafür kennen sie Jenny nämlich nicht gut genug.

Eine bedrückende Stille macht sich zwischen uns breit. Wäre ich noch ein kleines Kind, würde ich von einem Bein auf das andere treten, doch so kann ich es mir gerade noch verkneifen.

Das ändert aber nichts daran, dass ich ungeduldig werde. Ich will mit Jenny über Henry sprechen und nicht mit meinen Eltern im Flur stehen und sie anschweigen. Innerlich schreie ich die beiden an, dass sie endlich verschwinden sollen, doch meine Lippen bleiben geschlossen. Die beiden sehen mich an, als würden sie erwarten, dass ich meine Freundin aus der Wohnung schmeiße.

»Wir werden dann jetzt verschwinden. Komm doch in den nächsten Tagen vorbei, oder ruf uns wenigstens an.«

Ich nicke, sage aber nichts.

Ein letztes Mal betrachtet meine Mutter Jenny abfällig, bevor sie an ihr vorbei geht und die Haustür schwungvoll öffnet. Dabei muss Jenny ausweichen, um die Tür nicht abzubekommen. Mein Vater folgt meiner Mutter, ohne etwas zu sagen.

»Ich finde, deine Eltern sind schon etwas gruselig«, ertönt Jennys Stimme neben mir, nachdem die Tür hinter ihnen ins Schloss gefallen ist.

»Ja, das sind sie. Vor allem in der letzten Zeit«, antworte ich.

»Vielleicht hoffen sie ja, dass Jonathan sich irgendwann von seinem Lover trennt und ihr doch wieder eine Chance habt. Schließlich bist du ja nicht mehr mit Henry zusammen. Auf jeden Fall nicht, wenn es nach ihnen geht.« Sie sieht mich vielsagend von oben bis unten an. Innerlich winde ich mich, doch ich versuche, es mir nicht anmerken zu lassen. »Und nun erzähl schon. Ich bin schrecklich neugierig. In deiner Nachricht hast du mir ja nicht sehr viel verraten.« Mit festem Griff schiebt sie mich vor sich her, bis wir die Küche erreicht haben, wo ich mich auf einen Stuhl fallen lasse. Jenny holt sich ein Glas aus dem Schrank und gießt sich Wasser ein, bevor sie sich mir gegenüber hinsetzt.

»Wo soll ich anfangen?«, überlege ich laut.

»Solange ich alles erfahre, ist es mir egal.« Gespannt sieht sie mich an. Mehr braucht sie nicht zu sagen, damit die Worte aus mir heraussprudeln. Und ich erzähle ihr wirklich alles, einschließlich des Grunds für die Trennung.

»Wow, du bist wirklich alleine auf so einer Maschine gefahren?«, fragt sie mich, nachdem ich geendet habe.

»Ja, und ich würde wetten, dass du das auch schon gemacht hast.«

»Einmal und nie wieder. Ich sag es mal so: Man sollte keine Vollbremsung auf nassem Rasen hinlegen, wenn man noch nie gefahren ist.«

»Eine Vollbremsung?«

»Zu meiner Verteidigung muss ich sagen, dass ich keine Ahnung hatte, dass mein Bruder erst neue Bremsen eingebaut hat. Mein Bein leuchtete hinterher in allen Farben.«

Bei ihren Worten verziehe ich ein wenig das Gesicht, da ich mir vorstellen kann, wie schmerzvoll das ist. Doch Jenny zuckt nur mit den Schultern.

»Nun aber wieder zu dir und Henry. Ich finde das so unglaublich süß, dass kannst du dir gar nicht vorstellen«, schwärmt sie.

»Ich liebe ihn noch immer, aber ich habe Angst.«

»Wovor?«

»Dass all das, was passiert ist, irgendwie zwischen uns steht. Das unser Glück wieder nur von kurzer Dauer ist.«

»Ich glaube, da brauchst du dir keine Sorgen zu machen. Lukas meinte, Henry hätte nach dir keine andere Frau gehabt. Und du hattest auch keinen anderen Freund, obwohl es dir an Angeboten nicht gemangelt hat. Ihr zwei seid füreinander geschaffen. Ihr müsst euch nur wieder annähern, mehr nicht. Auch wenn sich an euren Gefühlen nicht viel verändert hat, so hat sich in euren Leben einiges getan. Du bist nun Ärztin, und Henry fährt keine Rennen mehr, macht nicht mehr einen auf Einbrecher sondern ist stattdessen Club-Besitzer. Ihr müsst wieder aus zwei Leben eines machen, mehr aber auch nicht.«

Sie klingt so überzeugt davon, dass sie mich mit ihrer Euphorie ansteckt. *Wir können das schaffen*, denke ich, fest davon überzeugt. »Du hast recht.«

»Und verschwende keinen Gedanken an deine Eltern, die werden es schon überleben. Genauso wie sie es überlebt haben, dass du nun woanders arbeitest, als sie es sich gewünscht haben.« Jenny grinst mich frech an, sodass ich mir gerade noch ein Lachen verkneifen kann.

Es tut gut mit ihr darüber zu sprechen. Jenny ist wie eine Schwester für mich. Wir haben die gleiche Denkweise, was wohl auch der Grund dafür ist, dass wir uns so gut verstehen.

»Mach dir nicht so einen Kopf. Du wirst merken, dass es von ganz alleine laufen wird.« Aufmunternd zwinkert sie mir zu.

»Ich werde es versuchen.«
»So gefällst du mir schon besser.«

»Komm rein«, rufe ich Henry zu, als er mich am nächsten Tag abholt. Ich selber laufe nervös durch meine Wohnung und suche alle Sachen zusammen. Kaum dringt sein leises Lachen an meine Ohren, schaue ich ihn irritiert an. »Was ist so lustig?«, frage ich ihn.
»Es freut mich zu sehen, dass sich nichts geändert hat.«
»In manchen Dingen ist das wahrscheinlich so«, erwidere ich, da ich genau weiß, was er meint. Schon vor einem Jahr bin ich wie ein aufgescheuchtes Huhn hin und her gelaufen, wenn ich nervös war.

Energisch macht er einen Schritt nach vorne und stellt sich mir in den Weg. Dann packt er mich an den Armen und küsst mich. Von einer Sekunde auf die andere weiß ich nicht mehr, was ich machen wollte. Doch genauso schnell, wie er mich geküsst hat, löst er sich auch wieder von mir. Dann greift er nach meiner Tasche und befördert mich zur Tür hinaus zu seinem Auto.

Ich freue mich darauf, Travis und seine Verlobte zu treffen. So wirklich kann ich es noch gar nicht glauben, dass er heiraten will. Er hatte nie den Eindruck auf mich gemacht, als wäre er der Mann für so etwas. Aber ein Jahr ist auch eine lange Zeit, in der viel passieren kann. Oder eben auch nicht, wie ich selber schon festgestellt habe.

Auf der anderen Seite habe ich mich nie wirklich großartig mit ihm unterhalten. Wir sind uns zwar ein paar Mal über den Weg gelaufen, aber ein richtiges Gespräch haben wir nie miteinander geführt.

»Da sind wir«, verkündet Henry, nachdem er zwischen zwei anderen Autos geparkt hat.

Erst jetzt nehme ich meine Umgebung wahr. Wir befinden uns vor einem Haus, was ein wenig abseits der Straße liegt. Es sieht älter aus, allerdings scheint es in guter Verfassung zu sein. Die Fassade wirkt, als wäre sie gerade erst gestrichen worden und die Blumenbeete sehen gepflegt aus.

»Und wo sind wir?«

»Hier wohnen Travis und Haley. Früher gehörte das Haus seinen Eltern, jetzt haben die beiden es renoviert.« Mit diesen Worten steigt er aus und stellt sich vor den Wagen.

Nachdem ich ihn erreicht habe, legt er seine Hände um meine Hüfte und führt mich die Treppe nach oben auf eine Tür zu. Ohne anzuklopfen öffnet er sie und streckt seinen Kopf hinein.

»Wenn ihr gerade nackt seid, dann schnell anziehen«, ruft er laut hinein. Für einen Moment schaue ich ihn geschockt an. Doch dann erinnere ich mich daran, dass Travis und Henry schon immer gute Freunde waren und auch seine Verlobte deswegen wohl weiß, wie die beiden miteinander sprechen.

Henry wartet erst gar nicht auf eine Antwort, sondern geht sofort hinein. Unschlüssig bleibe ich kurz stehen, bevor ich ihm folge. Dabei schaue ich mich neugierig um und stelle fest, dass wir uns in der Küche befinden. Sie ist modern eingerichtet. Die Möbel sehen noch nicht so alt aus, was zu Henrys Erklärung passt. Alles ist hell und freundlich, sodass man sich hier sofort wohlfühlt.

»Wo seid ihr?«, ruft Henry nun ein wenig lauter, während er in den Flur geht.

»Wohnzimmer«, höre ich nun eine weibliche Stimme.

»Seid ihr angezogen?«, fragt Henry weiter und hält dabei auf ein Zimmer zu, sodass ich davon ausgehe, dass sich dort das Wohnzimmer befindet.

»Wieso sollten wir nicht angezogen sein?«, dröhnt nun die tiefe Stimme von Travis durch das Haus. Sie kommt aber aus einer anderen Richtung.

»Das würde ich auch gerne wissen«, erwidere ich.

»Ich habe die beiden schon mehr oder weniger nackt erwischt.«

Überrascht schaue ich ihn an. Doch er grinst nur, als wäre das überhaupt nichts Schlimmes.

Kurz versuche ich mir vorzustellen, Jenny und ihren Freund, wenn sie denn einen hätte, beim Sex zu erwischen. Aber alleine der Gedanke reicht aus, dass mir ein kalter Schauer über den Rücken läuft und ich mich schüttle. Sie ist zwar meine beste Freundin, aber ich bin der Meinung, dass es Sachen gibt, die man einfach nicht sehen muss.

Meine Reaktion sorgt dafür, dass er laut lacht. Im selben Augenblick steckt Haley ihren Kopf in den Flur.

»Du musst Lauren sein. Ich habe schon so viel von dir gehört. Travis hat mir alles erzählt«, ruft sie begeistert. Dabei kommt sie auf mich zu und umarmt mich.

Für einen winzigen Moment bin ich so perplex, dass ich nicht weiß, wie ich reagieren soll. Solche Gefühlsausbrüche bin ich sonst nur von Jenny gewohnt. Doch nachdem ich in das glückliche Gesicht von Henry gesehen habe, erwidere ich die Umarmung.

»Na kommt, das Essen ist gleich fertig. Es gibt Spaghetti Bolognese«, verkündet sie nun und geht voran.

Das Wohnzimmer ist hell erleuchtet. Die Möbel sind etwas dunkler als in der Küche, aber trotzdem erdrückt es einen nicht. Ich muss zugeben, dass die beiden sich wirklich große Mühe gegeben haben. Alles passt perfekt zusammen. Sogar die kleinen Dekorationen, die überall verteilt sind.

»Setzt euch«, erklärt nun Travis, der hinter mir in der Tür erscheint.

Erschrocken drehe ich mich herum und schaue ihn an. Er steht nur zwei Schritte von mir entfernt, aber trotzdem muss ich meinen Kopf heben, um ihn ansehen zu können. Travis ist nämlich noch ein Stück größer als Henry.

»Gott sei Dank«, ruft er aus und schließt mich ebenfalls in die Arme. »Du hast ja keine Ahnung, was für eine Laune er in den letzten Monaten hatte.«

Kaum hat er ausgesprochen lacht er leise.

»Wirklich sehr witzig«, grummelt Henry vor sich hin, sodass ich ebenfalls kichern muss.

»Na kommt, sonst wird das Essen noch kalt. Und kalte Nudeln schmecken nicht«, sagt Haley und unterbricht so das Geplänkel zwischen den beiden Männern. Ich bin dankbar dafür, da ich die Befürchtung habe, dass sich die beiden ansonsten noch streiten. Und darauf habe ich überhaupt keine Lust. Also schiebe ich Henry vor mir her, bis wir den Tisch erreicht haben. Dort gibt er mir einen Kuss auf die Schläfe und rückt mir den Stuhl zurecht.

Ich bin so froh, dass ich mich von ihm dazu habe überreden lassen, den Abend hier zu verbringen. So habe ich die Chance, Travis besser kennenzulernen und auch seine Verlobte. Haley ist wirklich super. Sie ist lustig und scheint Travis gut im Griff zu haben.

Je weiter der Abend voranschreitet, umso sicherer bin ich mir, dass die beiden perfekt zusammenpassen. Wir lachen viel und haben Spaß.

»Ich hoffe, dass wir uns bald mal wiedersehen«, erklärt Haley, als wir uns von den beiden verabschieden.

»Das wäre schön. Und danke für alles«, erwidere ich.

»Das habe ich gerne gemacht. Ihr zwei seid wirklich süß. Irgendwann wird das alles vergessen sein.«

Da ich nicht weiß, was ich darauf erwidern soll, lächle ich sie nur an. Aber das scheint ihr zu reichen. Aufmunternd zwinkert sie mir zu, bevor sie sich von Henry verabschiedet.

Es dauert noch ein paar Minuten, doch schließlich führt mich Henry zurück zu seinem Wagen.

»Ich danke dir für den Abend«, sage ich, als wir vor meinem Wohnhaus stehen.

Henry sagt nichts, beobachtet mich aber aufmerksam. Es erscheint mir, als würde er jede Regung in meinem Gesicht in sich aufnehmen. Als würde er nicht wollen, dass ihm irgendetwas entgeht.

»Was ist?«, frage ich ihn schließlich und lächle dabei.

Doch auch jetzt gibt er keinen Ton von sich. Stattdessen spüre ich seine Hand an meiner Wange. Sanft streicht er mit seinen rauen Fingern darüber, sodass mir eine Gänsehaut über den Körper läuft.

Keiner von uns sagt etwas. In diesem Moment fühle ich mich ihm näher, als es jemals zuvor der Fall war.

Es kommt mir so vor, als könnte er meine Gedanken lesen, als wäre ich nackt. Ich kann mich einfach nicht vor ihm verstecken, und das fühlt sich gut an.

Ich beobachte ihn dabei, wie er sich langsam in meine Richtung bewegt und tue es ihm nach. Als sich schließlich unsere Lippen treffen, explodiert ein Feuerwerk in mir. Beinahe kommt es mir so vor, als würde die Welt um uns herum aufhören sich zu drehen. Henry ist zurückhaltend und doch vielversprechend.

»Ich liebe dich, Lauren«, flüstert er dicht an meinen Lippen.

Mein Herz schlägt vor Freude einen Purzelbaum. Ich wusste gar nicht, wie sehr ich mich danach gesehnt habe, diese Worte von ihm zu hören. Ich fühle mich zu Hause. »Ich dich auch.« Kaum habe ich ausgesprochen rollen mir Tränen über das Gesicht.

Ich habe in der Zeit nach unserer Trennung so viel geweint. Immer wieder habe ich mich gefragt, ob ich die richtige Entscheidung getroffen habe. Und genauso oft kam ich zu dem Schluss, dass es unmöglich richtig sein kann, wenn es sich so falsch anfühlt.

Doch dieses Mal weine ich nicht aus Traurigkeit. Nein, dieses Mal weine ich, weil ich glücklich bin.

Das scheint auch Henry zu spüren, denn er wischt mir die Tränen von der Wange und küsst mich wieder.

»Es ist spät«, flüstere ich nach einer gefühlten Ewigkeit.

»Ich melde mich morgen bei dir«, erklärt er mit sanfter Stimme. Dabei streicht sein Finger über meine Hand und setzt sie in Flammen.

»Okay.«

»Mir ist klar, dass wir noch einen weiten Weg vor uns haben. Aber das hier ist erst der Anfang.«

»Das weiß ich. Und ich bin froh darüber, dass Jenny mich an dem Abend mit in den Club geschleppt hat, obwohl ich überhaupt keine Lust hatte.«

»Das bin ich auch.« Ein leichtes Lächeln umspielt seine Lippen.

Obwohl es noch so viele Dinge gibt, die ich ihm gerne sagen würde, tue ich es nicht. Ich kann jetzt sowieso keinen klaren Gedanken fassen. Ich erwidere sein Lächeln, steige aus und gehe auf die Haustür zu, die sich nur ein paar Meter entfernt befindet. Als ich sie erreiche, zittere ich am ganzen Körper. Ich will noch mehr Zeit mit ihm verbringen, habe aber auch Angst, etwas zu überstürzen.

Und in diesem Moment wird mir klar, dass wir nicht einfach an dem Punkt weitermachen können, an dem es aufgehört hat. Dafür ist einfach zu viel passiert. Trotzdem finde ich, dass wir auf dem richtigen Weg sind.

21

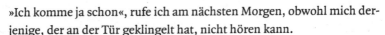

»Ich komme ja schon«, rufe ich am nächsten Morgen, obwohl mich derjenige, der an der Tür geklingelt hat, nicht hören kann. Verschlafen wische ich mir ein paar Haarsträhnen aus dem Gesicht und versuche etwas zu erkennen, damit ich nirgends gegen stoße. Das ist jedoch gar nicht so einfach. Gestern Abend lag ich noch drei Stunden wach in meinem Bett, weil ich an Henry gedacht habe. Und auch an Jonathan, seine Eltern und meine Eltern. Dabei habe ich mir mehr als einmal gewünscht, dass meine Eltern meine neue Beziehung so gut aufgenommen hätten wie seine. Sie mussten den neuen Mann in Jonathans Leben zwar auch erst mal verdauen, aber bereits nach wenigen Wochen hatten sie Noah in ihrem Kreis aufgenommen. Meine Eltern hingegen machen mir noch heute Vorhaltungen, wie ich mich überhaupt auf Henry einlassen konnte.

Als ich endlich die Tür erreicht habe, drücke ich auf den Türöffner. Ungeduldig warte ich darauf, dass die Person in meinem Blickfeld erscheint, die mich viel zu früh aus dem Bett geworfen hat. Als ich ihn sehe, ziehe ich scharf die Luft ein und gebe einen überraschten Ton von mir.

Henry.

Mit einem breiten Grinsen im Gesicht kommt er auf mich zu und zieht sich dabei die Jacke aus. Für einen Moment bin ich zu überrascht, um irgendetwas zu sagen. Auch die Tatsache, dass er in seinem hautengen Shirt absolut heiß aussieht, macht es mir nicht unbedingt einfacher.

»Hi, was machst du denn hier?«, begrüße ich ihn, als ich mich gefasst habe.

Doch Henry macht keine Anstalten, mir zu antworten. Stattdessen drängt er mich zurück in die Wohnung und schließt dabei die Tür hinter sich. Im nächsten Moment drückt er seine Lippen hart auf meine. Er erobert mich und sorgt dafür, dass ich nicht mehr weiß, wo oben oder unten ist. Wie von selbst schlingen sich meine Arme um seinen Hals, um ihm noch näher zu sein. Denn genau das ist es, was ich nach dieser Nacht will.

Sanft streicht seine Zunge über meine Lippen, sodass sie sich öffnen. Er zieht mich in seinen Bann, und ich vergesse, dass ich ihm eine Frage gestellt habe.

Henry umgreift meine Hüften fest und hebt mich auf seine Arme. Nur am Rande merke ich, dass er mich in mein Schlafzimmer trägt, ohne sich dabei von mir zu trennen. Wir haben das Bett noch nicht einmal erreicht, da rast mein Puls schon so schnell, als wäre ich einen Marathon gelaufen.

Sein Mund entfernt sich wenige Zentimeter von meinem. Langsam öffne ich meine Augen und bemerke das unwiderstehliche Grinsen, was nun sein Gesicht erhellt. Dann spüre ich die weiche Matratze unter mir.

Mit einer fließenden Bewegung zieht er sich sein Shirt über den Kopf, sodass sein trainierter Oberkörper zum Vorschein kommt. Ich sauge seinen Anblick in mich auf, während ich jede Stelle betrachte. Jedes Tattoo, jeden Muskel, jedes Heben und Senken seiner Brust bei jedem Atemzug.

Als er meinen Blick bemerkt, richtet er sich noch ein Stück auf. Meine Brustwarzen werden hart. Ich komme mir vor, als wäre ich ein Schulmädchen, was keinerlei Erfahrung im Umgang mit Männern hat. Aber ich kann es nicht ändern. Er hatte mich damals schon im Griff und nun zeigt er mir, dass sich nichts daran verändert hat.

In Zeitlupe setzt er sich in Bewegung und kniet sich zwischen meine Beine, die er so gleichzeitig noch weiter auseinander drückt. Dann fährt er mit der Hand unter mein Shirt und schiebt es nach oben, bis er freie

Sicht auf meine nackten Brüste hat. Ohne zu zögern schließt er seine Lippen um eine und saugt an ihr.

Ein lautes Stöhnen kommt tief aus meiner Kehle, wobei ich meinen Rücken biege, um ihm näher zu sein. Ausgiebig verwöhnt er erst die rechte und dann die linke Brustwarze. Ich habe das Gefühl, als würde ich gleich wahnsinnig werden. Am liebsten würde ich ihn anflehen, damit er mich endlich von der Hose befreit, doch das kann ich mir gerade noch verkneifen.

Stattdessen gleiten meine Hände nach unten, bis ich an seinem Gürtel angekommen bin. Schnell öffne ich ihn und auch den Verschluss seiner Jeans. Doch bevor ich sie ein Stück nach unten schieben kann, stützt er sich auf seinen Armen ab und richtet sich auf.

Ich nehme nur noch ihn wahr. Alles um mich herum verblasst, als würde ich mich in einem dunklen Tunnel befinden. Ich nehme nur noch ihn wahr. Henry entfernt sich von mir und zieht mir dabei meine Hose und mein Höschen aus.

»Du kannst dir gar nicht vorstellen, wie oft ich mir in den letzten Monaten genau das vorgestellt habe. Aber das hier ist viel besser als in meinen Träumen.«

Ich beiße mir auf die Lippe. Ich beobachte ihn dabei, wie er sich seine Hose und seine Boxershorts auszieht und sich vor dem Bett auf die Knie sinken lässt.

In der nächsten Sekunde kreische ich erschrocken auf, als er mich an den Beinen zu sich heranzieht. Er lässt mir keine Zeit, mich zu erholen, sondern küsst die Innenseite meines Oberschenkels. Langsam arbeitet er sich weiter nach oben, bis er meine empfindliche Stelle berührt. Immer wieder umkreist seine Zunge meine Klit. Meine Fingernägel krallen sich im Bettbezug fest, während der Druck in meinem Inneren größer wird. Doch kurz bevor ich komme entzieht er sich mir.

Allerdings nur um im nächsten Moment seinen Schwanz in mich zu schieben. Das ist fast zu viel für mich, und meine Nägel kratzen über seinen Rücken. Am Anfang sind seine Bewegungen noch sanft und vorsichtig, als wolle er mir Zeit geben, damit ich mich an das Gefühl gewöhnen kann. Doch als sich der Orgasmus ein zweites Mal ankündigt, wird auch er schneller und wilder.

Dann lasse ich mich fallen und komme. Meine Finger kratzen über seinen Rücken, während ich immer wieder seinen Namen rufe. Gleichzeitig spüre ich, wie auch er kommt.

Als er sich neben mich sinken lässt brauche ich einen Moment, um wieder zu mir zu finden. Ich ringe nach Luft, während ich gleichzeitig zu verarbeiten versuche, was gerade geschehen ist.

»Wow«, sage ich, obwohl ich weiß, dass sich das wahrscheinlich ziemlich bescheuert anhört.

Doch Henry erwidert nichts. Er lacht nur leise, sodass sein Atem mich an der empfindlichen Stelle hinter meinem Ohr kitzelt.

»Habe ich dich vorhin geweckt?«

»Ja«, antworte ich nur, wobei ich noch nach Luft schnappe.

»Das tut mir leid. Aber vielleicht hilft es dir ja, wenn ich dir sage, dass ich überhaupt nicht geschlafen habe.«

Überrascht drehe ich meinen Kopf zu ihm. Kurz habe ich die Befürchtung, dass er einen Scherz gemacht hat. Doch da ist nicht das kleinste Anzeichen dafür in seinem Gesicht. Ich brauche ein paar Sekunden bis mir klar wird, dass er seine Worte wirklich ernst meinte.

»Wieso?«, erkundige ich mich also.

»Mir gingen ein paar Dinge im Kopf herum.«

Ich warte, da ich die Hoffnung habe, dass er noch mehr sagt, doch er schweigt.

Henry zieht mich an seinen nackten Körper und schlingt seine Arme um mich. So gibt er mir schweigend zu verstehen, dass er sich nicht darüber unterhalten will. Und ich akzeptiere es. Wieso sollte ich auch nicht? Mir ging es ja in der letzten Nacht nicht anders.

Glücklich kuschle ich mich an ihn und atme seinen Geruch ein. Als ich spüre, wie er die Decke über uns wirft, bin ich schon fast wieder eingeschlafen.

»Hi Mom«, begrüße ich meine Mutter, als ich am nächsten Morgen müde meine Wohnung betrete, da ich Nachtdienst hatte. Dabei kann ich mir gerade noch ein Gähnen verkneifen.

»Ich möchte dich nur daran erinnern, dass am Wochenende deine Großeltern zu Besuch sind. Wir wollen mit ihnen Essen gehen«, erklärt sie mir ohne Umschweife.

Ein winziges Lächeln erscheint auf meinem Gesicht. Mit den beiden habe ich mich schon immer gut verstanden. Als ich noch klein war, waren sie immer für mich da und hatten ein offenes Ohr für mich. Ihnen habe ich so viel anvertraut und sie unzählige Male nach ihrem Rat gefragt. Auch in den letzten Jahren noch. Wahrscheinlich kennen sie mich besser als meine Eltern. »Keine Sorge, das werde ich schon nicht vergessen«, erwidere ich nun und schließe dabei die Wohnungstür hinter mir.

»Ich wollte es nur noch einmal gesagt haben. Die beiden freuen sich so sehr darauf, dich zu sehen. Es ist ja schon eine Weile her. Sie waren lange in Europa.«

Bei den letzten Worten meiner Mutter meine ich so etwas wie Traurigkeit in ihrer Stimme zu hören. Allerdings weiß ich nicht einen einzigen Grund, wieso sie traurig sein sollte. Es ist nichts Neues, dass ihre Eltern von einem Kontinent zum nächsten fliegen. Vor allem seitdem mein Großvater vor einigen Jahren in Rente gegangen ist.

»Ich werde da sein, keine Sorge. Und nun tut es mir wirklich leid, aber ich werde jetzt auflegen. Ich hatte Nachtdienst und will nur noch in mein Bett.« Ich gähne.

»Na gut, wir telefonieren später noch einmal in Ruhe.«

Kurz stocke ich. Es kommt mir so vor, als hätte sie irgendetwas auf dem Herzen. Doch ich bin zu müde, um mich damit auseinanderzusetzen. Also beschließe ich, dass es auch noch etwas Zeit hat.

»Bis dann«, sage ich und lege auf. Während ich weiter auf mein Schlafzimmer zugehe, werfe ich das Handy auf die Kommode und meine Tasche daneben. Kurz bevor ich mein Schlafzimmer betrete, ziehe ich mir noch das Top über den Kopf und lasse es einfach auf den

Boden fallen. Doch dann bleibe ich abrupt stehen. In meinem Bett liegt Henry. Und er ist nackt.

Ich nehme mir ein paar Sekunden Zeit und betrachte ihn. Ich weiß, dass er die ganze Nacht im Club war. Deswegen kann ich mir vorstellen, dass er mindestens genauso müde ist wie ich. Vielleicht sogar noch mehr. Bei mir war es diese Nacht ziemlich ruhig, ich schätze mal, bei ihm nicht.

Langsam setze ich mich in Bewegung und gehe zu ihm hinüber. Dabei öffne ich meine Hose und bleibe kurz stehen um sie mir von den Beinen zu streifen. Dann schlüpfe ich, nur mit Spitzen-BH und knappem Höschen bekleidet, unter die Decke.

Er gibt einen zufriedenen Ton von sich, als ich mich vorsichtig an ihn kuschle, um ihn nicht zu wecken, sodass ich leise lachen muss. Dann zieht er mich dicht an sich heran.

22

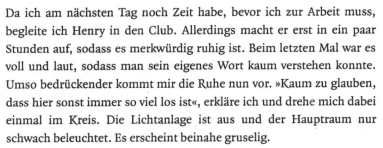

Da ich am nächsten Tag noch Zeit habe, bevor ich zur Arbeit muss, begleite ich Henry in den Club. Allerdings macht er erst in ein paar Stunden auf, sodass es merkwürdig ruhig ist. Beim letzten Mal war es voll und laut, sodass man sein eigenes Wort kaum verstehen konnte. Umso bedrückender kommt mir die Ruhe nun vor. »Kaum zu glauben, dass hier sonst immer so viel los ist«, erkläre ich und drehe mich dabei einmal im Kreis. Die Lichtanlage ist aus und der Hauptraum nur schwach beleuchtet. Es erscheint beinahe gruselig.

»Ja, die ersten Male musste ich mich da auch erst dran gewöhnen. Aber mittlerweile genieße ich die Ruhe, bevor es wieder richtig losgeht.«

»Wieso hast du mir nie etwas davon erzählt?«, frage ich ihn schließlich leise. Diese Frage ging mir schon eine ganze Weile durch den Kopf. Bis jetzt habe ich aber nicht den richtigen Moment gefunden, um sie auch zu stellen.

»Was meinst du?« Verwirrt schaut er mich an.

»Ich meine von deinen Plänen mit dem Club.«

»Wahrscheinlich aus dem gleichen Grund, wieso ich dir nie etwas von dem ganzen Mist gesagt habe, den ich mit meinem Bruder verzapft habe. Irgendwann habe ich für mich beschlossen, dass ich dich damit überrasche.« Fast schon traurig sieht er mich an.

Es bricht mir das Herz. Mich von ihm zu trennen war eine Kurzschlussreaktion, das gebe ich zu. Doch rückgängig machen kann ich es nun auch nicht mehr, obwohl ich eigentlich genau das gerne tun würde.

Noch bevor ich etwas sagen kann, überbrückt er den kurzen Abstand, der sich noch zwischen uns befindet, und greift nach meinen Fingern. Sanft streicht er über meinen Handrücken und sieht mich durchdringend an. Obwohl mir gerade noch so viele Dinge durch den Kopf gegangen sind, ist er nun wie leergefegt. Schon spüre ich seine Lippen auf meinen. Der Kuss ist sanft, aber gleichzeitig reißt er mir den Boden unter den Füßen weg.

Als Henry sich von mir löst, stehe ich auf wackeligen Beinen vor ihm. Doch dann dringt sein heiseres Lachen an meine Ohren und bewegt mich dazu, dass ich meine Lider aufschlage und ihn genauer betrachte. Ich erkenne ein amüsiertes Funkeln in seinen Augen.

»Ich will mich nicht mehr darüber unterhalten. Ich will einfach das Beste daraus machen, dass ich dich jetzt wiederhabe«, erklärt er mit fester Stimme.

Als Antwort nicke ich nur, denn mir geht es genauso.

»Na komm.« Er lässt eine Hand los, während er die andere noch immer fest umklammert hält. Zusammen gehen wir durch die Küche in sein Büro.

Kaum haben wir es betreten, würde ich am liebsten wieder umdrehen und verschwinden. Vor uns sitzt der Mann, der dafür gesorgt hat, dass ich mich von Henry getrennt habe.

Sein Bruder Logan.

Als er uns entdeckt, bildet sich ein hinterhältiges Grinsen auf seinem Gesicht. Schon als ich ihn das letzte Mal gesehen habe, hatte er das perfekt drauf und leider muss ich feststellen, dass sich nichts daran geändert hat. Auch sein Aussehen hat sich nicht großartig verändert, nur dass seine Haare nun ein Stückchen länger sind. Ich bin allerdings der Meinung, dass das sein merkwürdiges Auftreten noch verstärkt.

Da ich mir nicht sicher bin, wie ich auf seine Gegenwart reagieren soll, bleibe ich unschlüssig im Türrahmen stehen. Kurz schaue ich Logan an, bevor mein Blick zu seinem Bruder wandert. Henry scheint ebenfalls nicht zu wissen, was Logan hier will.

Mir ist klar, dass es nichts Gutes sein kann. Logan scheint nicht zu den Männern zu gehören, die ihren Bruder besuchen, um zu sehen, wie es ihm geht. Er hat mit Sicherheit Hintergedanken.

»Wie bist du hier reingekommen?«, erkundigt sich Henry und schaut Logan dabei böse an.

Ich muss an den Tag denken, an dem Logan in Henrys Haus auf ihn gewartet hatte.

»Du musst mir einen Gefallen tun«, erwidert er nur und verzieht dabei keine Miene.

»Ich glaube nicht.« Henrys Stimme ist kühl und lässt keinen Zweifel daran, dass er seinen Bruder hier nicht sehen will.

»Da bin ich aber anderer Meinung. Du bist schließlich derjenige, der mich in der Luft hängen lassen hat. Und das nur, weil du das hier haben wolltest.«

Bei Logans Worten presse ich meine Lippen aufeinander, damit nicht etwas über sie dringt, von dem ich mir sicher bin, dass es uns gerade nicht hilft. Allerdings hindert es mich nicht daran, ihm einen bösen Blick zuzuwerfen.

»Und wie ich sehe, hast du auch deine kleine Freundin wieder«, fährt Logan fort und betrachtet mich dabei kurz.

»Ich bin nicht seine kleine Freundin«, erkläre ich ihm, obwohl ich das bereits vor zwölf Monaten gemacht habe. Noch immer halte ich Henrys Hand in meiner.

»Also, zurück zum Thema. Du wirst ein paar Dinge in deinem Club verstecken.«

Die Worte hören sich bei ihm so selbstverständlich an, als würde er über das Wetter sprechen. Er scheint sich seiner Sache sicher zu sein.

Schlagartig ist es ruhig im Zimmer. Keiner der Männer sagt etwas. Sie sehen sich nur an, als würden sie sich alleine durch Blicke in die Knie zwingen wollen. Wenn das hier nicht so eine ernste Situation wäre, würde ich wahrscheinlich lachen. Aber jetzt kann ich es nicht. Meine Nervosität steigt, je länger sie sich anschweigen.

»Das werde ich nicht machen«, erwidert Henry schließlich ruhig. Ich bewundere ihn dafür, dass er nicht ausrastet. Ich hingegen wäre schon längst laut geworden. Doch er kennt seinen Bruder und weiß deswegen genau, wie er mit ihm reden muss. Zumindest hoffe ich das.

»Ich glaube nicht, dass du eine Wahl hast.«

»Was? Willst du mir wieder drohen?« Nun ist seine Stimme nicht mehr ruhig, sondern herausfordernd. Während er spricht, stellt er sich so vor mich, dass Logan mich nicht mehr sehen kann.

»Ich würde es nicht direkt als Drohung bezeichnen. Aber wenn du es nicht machst, dann kann es sein, dass dein Laden geschlossen wird. Das Gesundheitsamt ist wirklich sehr pingelig.«

Ich schnappe geschockt nach Luft. *Oh nein*, schießt es mir durch den Kopf. Henry liebt diesen Club. Wenn sein Bruder dafür sorgen würde, dass er geschlossen wird, dann würde das alles nur noch schlimmer machen. Da bin ich mir sicher.

Aber die Sachen hier zu verstecken und sich damit erneut strafbar zu machen, ist auch keine Lösung. Fieberhaft suche ich nach einem Ausweg, doch mir will einfach keiner einfallen.

»Denk darüber nach. Ich rate dir, es dir gut durch den Kopf gehen zu lassen.«

Logan steht auf und geht an uns vorbei aus dem Raum. Kurz schaue ich ihm nach, ehe ich mich zu Henry drehe. Noch immer betrachtet er die Stelle, an der Logan saß. Dabei ist er ein wenig blass um die Nase.

Ich lasse mich schweigend gegen die Wand sinken, die sich direkt hinter mir befindet.

Henry fährt sich durch die Haare. »Es tut mir leid, dass er hier war.«

»Das braucht es nicht. Du kannst ja nichts dafür«, antworte ich. »Was willst du jetzt machen?«

»Ich habe keine Ahnung.« Er seufzt. »Ich will diesen Club nicht aufgeben«, murmelt er schließlich.

»Das kann ich verstehen. Du hast hart für ihn gearbeitet. Und das musst du auch nicht.«

Henry hebt seinen Kopf und schaut mich an. »Ich habe gar keine andere Wahl. Ich muss ihn die Sachen hier verstecken lassen.«

»Was?«, fahre ich ihn an. Es kommt mir vor, als hätte ich mich verhört. Henry kann das unmöglich gesagt haben. »Das kann nicht dein Ernst sein.«

»Du hast keine Ahnung, wozu mein Bruder fähig ist.« In seinem Blick liegt Verzweiflung.

»Nein, das stimmt. Allerdings kann es sich genauso gut um eine Falle handeln. Woher willst du wissen, dass er nicht die Polizei ruft und die hier alles durchsuchen?« Meine Stimme klingt energischer, als ich es beabsichtigt habe.

»Glaubst du, dass ich das will? Oder dass ich das geplant habe?«, fragt er und wird dabei immer lauter.

Mit geöffnetem Mund schaue ich ihn an und versuche mir dabei nicht anmerken zu lassen, dass mein Herz rast. Ich habe ihn noch nie in diesem Ton reden hören. Normalerweise ist er ruhig. Vor allem wenn er mit mir spricht.

Warum bin ich nicht zu Hause geblieben?, frage ich mich. Ich hätte dort meine Ruhe haben und später zur Arbeit fahren können. Doch dafür ist es nun zu spät.

»Es tut mir leid, Lauren. Ich will mich nicht mit dir streiten.« Mit diesen Worten steht er auf und überbrückt die wenigen Meter, die sich zwischen uns befinden. Aufmerksam betrachte ich ihn. Dabei versuche ich, seine Stimmung anhand seiner Gesichtszüge einzuschätzen.

In der nächsten Sekunde spüre ich seine Hände an meinen Wangen und wie sie mich sanft streicheln. Langsam hebe ich meinen Kopf. Ich erkenne in seinen Augen die Liebe, die er für mich empfindet. Meine Wut verfliegt.

Sanft küsst er mich auf die Lippen, ehe er leise seufzt. »Ich will das ja auch nicht.«

»Dann mach es nicht«, flehe ich ihn an. »Lass nicht zu, dass er sich erneut zwischen uns stellt. Du könntest zur Polizei gehen.«

Mir ist klar, dass dieser Vorschlag wahrscheinlich nicht leicht zu verdauen ist, schließlich ist Logan sein Bruder. Aber einen anderen Ausweg sehe ich nicht. Vorsichtig schaue ich ihn an. Ich erwarte, dass er mich für den Vorschlag verurteilt, doch das tut er nicht.

»Es ist nur ein Vorschlag«, setze ich dennoch hinzu.

Ich sehe ihm an, dass er mit sich kämpft. »Wahrscheinlich hast du recht«, raunt er schließlich. »Ich hätte das schon viel eher machen sollen.« Mit diesen Worten zieht er mich für eine feste Umarmung an sich. Vor Erleichterung lasse ich die Luft, die ich unbewusst angehalten habe, aus meinen Lungen entweichen. Glücklich schlinge ich meine Arme um ihn und vergrabe mein Gesicht in seinem Shirt. Sein Geruch steigt mir in die Nase und hat eine beruhigende Wirkung auf mich. Ich bin einfach glücklich.

»Ich liebe dich, Lauren.«

»Ich liebe dich auch«, erwidere ich.

»Ist dir eigentlich aufgefallen, dass wir seit drei Wochen den gleichen Dienst haben«, begrüßt mich Jenny, als ich im Krankenhaus ankomme. Dabei grinst sie mich frech von einem Ohr zum anderen an.

»Schicksal«, erwidere ich, während ich mit meinen Gedanken noch immer bei Henry bin. Ich kann einfach nicht verdrängen, dass Logan im Club auf uns gewartet hat.

Als ich mich zu Jenny drehe, beobachtet sie mich aufmerksam. »Ist alles in Ordnung?«, erkundigt sie sich schließlich. Dabei spricht sie so leise, dass die Kolleginnen, die sich gerade um uns herum befinden, nichts mitbekommen.

Bevor ich ihr antworte, warte ich, bis wir allein sind. Ich habe keine Lust, dass meine Probleme die Runde im Krankenhaus machen. Denn eins habe ich in den letzten Monaten gelernt. Meine Kolleginnen können genauso schlimm sein wie die Weiber auf der Highschool.

»Wir haben heute Logan gesehen«, sage ich dann. »Aber mehr kann ich dir nicht verraten. Auf jeden Fall jetzt noch nicht. Vielleicht nächste Woche«, erkläre ich ihr.

Jenny wirkt überrascht. »Okay«, murmelt sie. »Nur um sicher zu gehen, du meinst Henrys Bruder?«

»Genau den.« Meine Stimme ist leise und brüchig.

»Dann werde ich dich nächste Woche noch mal danach fragen.«

»Danke«, erwidere ich erleichtert.

»Aber du weißt, wenn etwas ist, dann kannst du dich jederzeit bei mir melden. Ich würde dem Typen wirklich gerne in seinen Arsch treten. Lukas hat mir einmal von ihm erzählt. Ich bin mir sicher, dass ich nicht alles weiß, aber die wenigen Dinge, die ich weiß, reichen aus.«

Ich muss ein wenig schmunzeln, als ich mir vorstelle, wie Jenny Logan die Leviten liest.

»Okay, du willst nicht über Logan sprechen. Dann vielleicht eher über den Geburtstag von Lukas?«

»Was hast du denn geplant?«

»Ich nichts. Seine Jungs wollen eine Überraschungsparty veranstalten.«

»Meinst du etwa die, die mit im Club waren?«, erkundige ich mich.

»Ja, die meine ich. Glaub mir, ich bin auch kein Fan von der Truppe. Aber sie sind Freunde, und ein paar von ihnen kennt Lukas schon seit Jahren.« Jenny verzieht ein wenig das Gesicht.

»Weiß Lukas das?«

»Ja, das weiß er. Wie dem auch sei. Wir feiern bei denen. Kurz hatten die Jungs sogar meine Wohnung vorgeschlagen. Doch diese Idee habe ich ihnen schnell wieder ausgetrieben. Das hat mir gerade noch gefehlt. Danach dürfte ich erstmal tagelang sauber machen.«

»Wir werden auf jeden Fall kommen.«

»Super, das höre ich gerne.« Jenny sieht erleichtert aus.

»Ich kann dich doch nicht einfach dort alleine lassen.«

»Du könntest schon. Allerdings wäre das wirklich gemein.«

»Und das bin ich nicht«, erwidere ich, ehe ich mein Handy in der Tasche meines Kittels verschwinden lasse. »So, ich werde jetzt an die Arbeit gehen.« Ein letztes Mal umarme ich sie noch, ehe ich verschwinde.

In dieser Nacht habe ich das Gefühl, als würde mein Dienst gar nicht zu Ende gehen. Ich wäre gern bei Henry, um ihn zu unterstützen. Aber wahrscheinlich hat er im Club selber viel zu tun. Nach allem was passiert ist habe ich Angst davor, dass sein Bruder es erneut schafft, sich zwischen uns zu stellen.

23

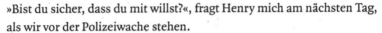

»Bist du sicher, dass du mit willst?«, fragt Henry mich am nächsten Tag, als wir vor der Polizeiwache stehen.

Ich bin furchtbar nervös. Mein Körper zittert und mein Mund ist trocken. Ich hoffe, dass die Polizei Henry glauben wird. Und ich mache mir Sorgen, wie Henrys Eltern reagieren werden, wenn sie von den kriminellen Machenschaften ihrer Söhne erfahren.

»Ja, das bin ich. Ich werde dich nicht alleine lassen.«

Henry lehnt er sich zu mir und küsst mich. »Dann komm. Je schneller wir das hinter uns haben, umso besser.« Er legt seinen Arm um meine Hüfte und führt mich die große Treppe nach oben.

Im Inneren bleibt Henry kurz stehen und schaut sich zu allen Seiten um. Polizisten rennen hin und her. Ein paar von ihnen tragen Uniformen, andere sind nur als Cops zu erkennen, weil sie eine Waffe am Gürtel haben.

»Weißt du, wo wir hinmüssen?«, frage ich Henry.

»Ehrlich gesagt nicht.«

Henry geht auf den Empfangstresen zu, der sich auf der linken Seite des Raums befindet. »Entschuldigen Sie«, sagt er und zieht so die Aufmerksamkeit eines älteren Polizisten auf sich.

»Wie kann ich Ihnen helfen?«

»Es geht um die Einbrüche während der Motorradrennen im letzten Jahr. Und wahrscheinlich auch noch ein paar andere.« Henry sagt das mit so normaler Stimme, dass ich nicht glauben würde, dass es um seinen eigenen Bruder geht, wenn ich es nicht wüsste.

»Moment, ich werde einem Kollegen Bescheid geben.« Mit diesen Worten greift der Polizist nach dem Telefon und drückt ein paar Ziffern. Dabei beobachtet er uns aufmerksam.

Die nächsten Minuten kommen mir wie eine Ewigkeit vor. Immer wenn ein Polizist in unsere Nähe kommt, versteift sich Henry ein wenig. Dabei laufen sie nur an uns vorbei.

»Ich bin Detektive Martin. Sie wollen eine Aussage machen?« Erschrocken fahre ich herum und betrachte den Polizisten, der hinter uns steht. Er ist jünger als ich erwartet hatte. An seiner aufrechten Körperhaltung kann ich erkennen, dass er schon einiges erlebt hat. Er hat Adleraugen, denen wahrscheinlich nichts entgeht.

»Ja«, erwidert Henry knapp.

»Dann kommen Sie mit!«

Wir folgen ihm an einigen Büros vorbei, bis er schließlich in eines hineingeht. Dort zeigt er auf zwei Besucherstühle, die vor einem großen Schreibtisch stehen. Nur ein Bildschirm, eine Tastatur und ein paar Akten liegen auf dem Tisch.

»Es geht um die Diebstähle während der Motorradrennen?«, erkundigt er sich, als würde er sichergehen wollen, dass er das auch richtig verstanden hat.

»Ja.«

»Sie sind in den letzten Monaten zwar weniger geworden, aber aufgehört haben sie nicht«, erklärt der Polizist.

»Das könnte daran liegen, dass ich keine Rennen mehr fahre.«

Gerade hatte der Cop noch auf den Bildschirm geschaut. Doch nun dreht er seinen Kopf und betrachtet uns.

»Das müssen Sie mir genauer erklären«, sagt er nun und beugt sich dabei ein Stück vor. Die Unterarme legt er auf dem Tisch ab, sodass er uns genauer betrachten kann.

»Mein Bruder steckt dahinter«, fährt Henry fort. »Er hat mich erpresst, damit ich ihm dabei helfe.«

Bei den Worten scheint der Mann hellhörig zu werden. Neugierig sieht er erst Henry an, ehe er dann mich betrachtet. Doch ich schüttle den Kopf. So gerne ich es ihm auch erklären würde, aber ich bin die falsche Ansprechpartnerin.

Henry beginnt Stück für Stück zu erzählen. Der Polizist sieht immer geschockter aus, je weiter der Bericht fortschreitet. »Und Sie sind ausgestiegen?«

Henry nickt. Dabei greift er nach meiner Hand. Kurz schaut Detektive Martin auf die Stelle, an der wir uns berühren, ehe er sich leise räuspert. »Sie verstehen sicher, dass es eine schwierige Situation ist.«

Bei seinen Worten zucke ich ein wenig zusammen. Vor meinem inneren Auge sehe ich schon, wie Henry in Handschellen abgeführt wird.

Henry scheint davon jedoch nichts mitbekommen zu haben. »Ja, das kann ich nachvollziehen.«

Stille breitet sich im Zimmer aus. Ich sehe dem Polizisten an, dass er nicht weiß, was er machen soll.

»Zuerst muss ich Ihnen sagen, dass es wirklich mutig ist, hier aufzutauchen. Ich glaube, das würden die wenigsten machen.«

»Mutig?«, entfährt es mir.

»Ja, die Sachen sind noch lange nicht verjährt, sodass Ihr Freund mit einer Strafe rechnen muss. Vor diesem Hintergrund kann ich Sie aber beruhigen. Ich denke, es wird nur ein paar Sozialstunden geben. Vor allem, weil er gestanden hat. Und er hat seine Mitarbeit angeboten.«

Henry scheint das nicht überrascht. Er sitzt gelassen neben mir und hält noch immer meine Hand in seiner. »Das habe ich mir gedacht«, erwidert er.

Der Polizist lächelt aufmunternd. »Können Sie mir sagen, wo wir Ihren Bruder finden?«, fragt er nun weiter.

»Er hat keine feste Arbeitsstelle. Er zieht auch gerne mal um, aber wenn Sie etwas zu schreiben haben, dann werde ich Ihnen seine letzte Adresse geben, von der ich weiß.«

»Gerne. Selbst wenn wir ihn dort nicht mehr antreffen, wäre es so einfacher, seinen neuen Aufenthaltsort zu bestimmen.« Mit diesen Worten reicht er Henry einen Stift und ein Blatt.

Ohne zu zögern schreibt er die Adresse auf. Ich muss zugeben, dass ich ihn bewundere. Ich bin mir nicht sicher, ob ich das so gelassen fertigbekommen würde. Denn trotz allem sind die beiden schließlich Brüder, eine Familie. Auf der anderen Seite ist Logan selber schuld. Er hat sich Henry gegenüber nicht wie ein Bruder verhalten.

Als Henry fertig ist, nimmt der Polizist den Zettel wieder an sich und betrachtet ihn prüfend.

»Danke. Ich werde Ihre Aussage zu Protokoll nehmen, dann können Sie sie gleich unterschreiben. Ihr Verfahren wird vor Gericht gebracht werden, das kann ich leider nicht verhindern. Ich weiß auch nicht, ob es getrennt von Ihrem Bruder verhandelt wird. Das wird die Staatsanwaltschaft entscheiden. Aber ich kann Ihnen den Tipp geben, sich einen Anwalt zu suchen und zur Not zu beantragen, dass die Verfahren getrennt werden.«

»Danke, das werde ich machen.«

»Warten Sie kurz hier. Ich bin sofort wieder da.« Der Polizist steht auf und verlässt das Büro.

Vorsichtig schaue ich Henry an. Ich habe die Befürchtung, dass ich irgendetwas in seinen Gesichtszügen sehe, was darauf schließen lässt, dass er es bereut, diesen Schritt getan zu haben. Doch dem ist nicht so. Ich finde sogar, dass er glücklich aussieht.

»Das hätte ich schon eher machen sollen«, flüstert er schließlich und lächelt mich an. Er klingt befreit.

»Ja, wahrscheinlich. Dann wäre es erst gar nicht zu der Begegnung mit Logan im Club gekommen.«

»Nein. Und ich verspreche dir, dass es das letzte Mal war, dass du Logan gegenüberstehen musstest.«

Ich will gerade ansetzen, um etwas zu erwidern, als die Tür hinter mir aufgeht und der Polizist wieder erscheint.

Die nächste halbe Stunde verbringen er und Henry damit, eine Menge Papierkram zu erledigen. Ich bin schon kurz davor, einfach den Raum zu verlassen, doch da stehen die beiden endlich auf.

Der Polizist schüttelt Henry die Hand, ehe er sich auch von mir verabschiedet.

Als wir endlich wieder auf der Straße stehen, kommt es mir so vor, als würden meine Beine gleich unter mir nachgeben, so erleichtert bin ich. Henry scheint das zu spüren. Er umgreift meine Hüfte fest und zieht mich so dicht an seinen warmen Körper heran, dass kein Blatt mehr zwischen uns passt. Eine Weile bleiben wir so stehen, dann machen wir uns schließlich auf den Weg.

Gemeinsam gehen wir den Bürgersteig entlang, bis ich höre, wie jemand meinen Namen ruft. Ich drehe mich um und sehe, dass Jonathan und sein Freund Noah auf uns zukommen.

»Hi«, begrüße ich sie und umarme die beiden kurz.

»Schön dich zu sehen, Henry. Es freut mich, dass ihr euch wieder vertragen habt«, sagt Jonathan und grinst dabei von einem Ohr bis zum anderen.

»Das hat ja auch lange genug gedauert«, fügt Noah hinzu.

»In den letzten Monaten hat sich einiges geändert«, erwidert Henry und stellt sich dabei so hinter mich, dass er seine Hände auf meinem Bauch verschränken kann.

Ich genieße die Nähe zu ihm. Und dabei ist es mir egal, ob wir alleine sind oder von Freunden umgeben.

»Wir wollten gerade etwas essen gehen. Wollt ihr mitkommen, oder müsst ihr weiter?« Jonathan schaut fragend zwischen uns hin und her.

Ich bin unsicher. Einerseits würde ich gerne Zeit mit den beiden verbringen, auf der anderen Seite will ich Henry aber auch nicht dazu zwingen.

»Wir kommen mit«, entscheidet Henry, ohne dass ich die Möglichkeit habe, etwas zu erwidern. Eigentlich war ich davon ausgegangen, dass er nicht mit möchte. Schließlich waren die beiden vor einem Jahr noch Konkurrenten. Umso mehr überrascht mich seine Antwort nun. Doch Jonathan und Noah scheinen sich darüber zu freuen.

Wir machen uns gemeinsam auf den Weg zu einem Restaurant, was nur zwei Straßen entfernt liegt.

Am Anfang hatte ich noch die Befürchtung, dass es vielleicht komisch werden würde. Schließlich sind Jonathan und Henry sich bisher nur einmal über den Weg gelaufen und haben damals kaum ein Wort miteinander gesprochen. Und das obwohl zu diesem Zeitpunkt schon klar war, dass ich Jonathan nicht heiraten werde. Umso entspannter unterhalten sich die drei nun. Wüsste ich es nicht besser, würde ich davon ausgehen, dass sie die besten Freunde wären.

»Du hattest recht«, sagt Henry, nachdem wir uns zwei Stunden später von ihnen verabschiedet haben.
»Womit?«
»Jonathan ist ein guter Mann. Und nicht so ein Langweiler, wie ich immer gedacht habe.«
»Ach? Wirklich?«
»Ja, und das kann ich zugeben, ohne dass es mir peinlich ist.«
»Ich freue mich, dass ihr euch versteht.« Mit diesen Worten stelle ich mich auf die Zehenspitzen und drücke ihm einen sanften Kuss auf die Wange.
»Selbst wenn ich mich nicht mit ihnen verstehen würde, würde ich nicht wollen, dass du den Kontakt zu ihnen abbrichst.«
»Das weiß ich, und das ist einer der Gründe, wieso ich dich so liebe.«

24

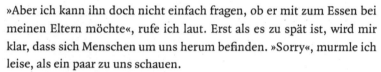

»Aber ich kann ihn doch nicht einfach fragen, ob er mit zum Essen bei meinen Eltern möchte«, rufe ich laut. Erst als es zu spät ist, wird mir klar, dass sich Menschen um uns herum befinden. »Sorry«, murmle ich leise, als ein paar zu uns schauen.

Jenny grinst. »Schön zu wissen, dass du auch laut werden kannst.«

»Jenny, ich meine es ernst. Ich würde ihn gerne mit zum Essen nehmen. Vor allem weil ich weiß, dass meine Eltern nicht laut werden, solange meine Großeltern daneben sitzen. Aber ich glaube nicht, dass Henry Lust auf einen Abend mit meinen Eltern hat.«

»Du willst die beiden also als Schutzschild benutzen«, stellt meine Freundin fest.

»Wenn ich mir überlege, was das letzte Mal los war, als meine Eltern erfahren haben, dass ich mit Henry zusammen bin, kann man mir das wohl kaum übelnehmen«, erwidere ich und gehe dabei weiter auf meinen Wagen zu.

»Schlag es ihm doch einfach vor. Überlass Henry die Entscheidung, ob er jetzt schon deinen Eltern gegenübertreten will. Allerdings kann ich mir nicht vorstellen, dass er irgendeiner Herausforderung aus dem Weg geht. Und du musst zugeben, dass deine Mom und dein Dad eine Herausforderung sind.«

»Ja, das sind sie wirklich«, murmle ich leise.

»Ich beneide dich aber nicht.«

»Das glaube ich dir sofort.« Seufzend lasse ich mich gegen meinen

Wagen sinken und fahre mir mit den Händen durch das Gesicht. »Wieso muss das eigentlich alles immer so kompliziert sein?«

»Weil es sonst langweilig wäre.«

Entschuldigend zuckt Jenny mit den Schultern.

»Du wirst es ihnen sagen müssen, da kommt ihr gar nicht drum herum. Und wahrscheinlich ist es wirklich das Beste, wenn du dich dabei wenigstens etwas hinter deinen Großeltern verstecken kannst.«

»Aber wäre das nicht feige?«

»Nein, so würde ich das nicht nennen. Auf diese Weise haben deine Eltern die Chance, Henry besser kennenzulernen, und euch doch noch ihren Segen zu geben.«

Kurz denke ich über ihre Worte nach. Mir war dieser Gedanke zwar auch schon gekommen, aber aus ihrem Mund hört er sich irgendwie besser an.

»Und jetzt fahr. Glaub mir, es wird nicht besser, wenn du dir noch mehr Zeit lässt.«

»Habe ich dir schon mal gesagt, dass ich es hasse, wenn du so vernünftig bist?«, frage ich lächelnd.

»Ich hasse das auch.« Sie seufzt und streckt mir die Zunge heraus.

»Wir sehen uns morgen«, verabschiede ich mich von ihr.

Während ich zu Henry fahre, versuche ich die richtigen Worte zu finden. Doch das ist gar nicht so einfach. Meine Familie ist kompliziert. »Verdammt«, fluche ich, als ich in seine Straße biege. Henry hat keine Ahnung, dass ich vorbeikomme. Ich hoffe, dass er zu Hause ist.

Doch als ich meinen Wagen hinter seinem parke, hadere ich kurz mit mir. Er ist nicht alleine. Ich erkenne den Geländewagen seiner Eltern vor dem Haus. Mein Herz schlägt schneller als ich daran denke, was er vor ein paar Tagen getan hat. Seiner Mom und seinem Dad zu beichten, dass er seinen Bruder bei der Polizei angeschwärzt hat, fällt ihm wahrscheinlich schwer.

Mit zögerlichen Schritten gehe ich auf die Tür zu. Kurz verharre ich vor ihr, doch dann trete ich ein ohne anzuklopfen. In der nächsten

Sekunde bemerke ich Henry und seine Eltern. Sie sitzen sich auf dem großen Sofa gegenüber. Die Szene wirkt alltäglich, sie ist es aber nicht. Die beiden sagen nämlich kein Wort. Und auch Henry wirkt ein wenig betreten.

»Wir können deine Entscheidung verstehen, Henry. An deiner Stelle hätten wir nicht anders reagiert. Das ändert aber nichts daran, dass er unser Sohn ist und es wehtut, all das über ihn zu hören.« Maria wischt sich eine Träne aus dem Gesicht.

Plötzlich weiß ich, was ich tun muss. Meine Unsicherheit ist wie weggeblasen. Ich räuspere mich leise.

»Lauren«, ruft Maria und springt auf. Henry betrachtet mich dankbar. Als würde er mir sagen wollen, dass er froh über mein Auftauchen ist. Kurz zwinkere ich ihm zu, ehe seine Mutter mich an sich zieht.

»Henry hat uns gerade schlechte Nachrichten überbracht. Aber dich zu sehen ist schön. Es ist schon viel zu lange her. Ich bin so froh, dass ihr euch endlich wieder gefunden habt. Ist das nicht das Beste heute?«, fragt sie ihren Mann, der mich ebenfalls glücklich ansieht.

»Natürlich ist es das. Wenigstens einer unserer Söhne ist in der Lage, ein vernünftiges Leben zu führen.«

»Lauren weiß es. Um genau zu sein, hat Logan seinen Teil dazu beigetragen, dass wir uns vor einem Jahr getrennt haben«, erklärt Henry. Ich höre ihm an, dass er die Wut auf seinen Bruder nur schwer im Griff hat.

Am liebsten würde ich zu ihm gehen, um ihm zu zeigen, dass ich bei ihm bin. Allerdings hält seine Mutter noch immer meine Hand fest in ihrer.

»Oh«, erwidert Maria nur. »So lange ging das mit den Einbrüchen schon?«

»Es hat mich gefreut, dich zu sehen, Lauren. Ich bin froh darüber, dass ihr wieder zusammen seid. Kommt doch in den nächsten Tagen mal vorbei. Dann können wir uns unterhalten. Ich glaube, es ist besser, wenn ich Maria jetzt nach Hause bringe. Die letzten Tage waren hart für sie«, sagt Henrys Vater und lächelt mich dabei an. Langsam steht er auf und kommt zu mir. Dann drückt er mir einen Kuss auf die Wange, ehe er seine Frau an die Hand nimmt und mit ihr zusammen das Haus verlässt.

Ich schaue ihnen nach. »Oh Mann«, entfährt es mir schließlich.

»Was ist?«

»Das muss schwer für deine Eltern sein.«

»Du brauchst dir um die beiden keine Sorgen machen«, erklärt er mit fester Stimme und kommt näher. »Sie sind zwar nicht sehr begeistert, aber ich vermute, dass sie es immer irgendwie geahnt haben. Logan hat ein Leben in Saus und Braus geführt, ohne einen entsprechenden Job vorweisen zu können. In seinem ganzen Leben hat er nicht länger als vier Wochen gearbeitet. Sie haben sich immer gefragt, woher er so viel Geld hatte.«

»Er hat das wirklich im ganz großen Stil aufgezogen«, sage ich. Ich schüttle den Kopf.

Ich möchte mir diesen Moment nicht von Gedanken an Logan kaputtmachen lassen.

Henry schließt seine Arme um mich und küsst mich. Seine Lippen streifen meine und setzen so ein Feuerwerk in mir frei. Seine Hände legen sich an meinen Hals und halten mich gefangen. Ich vergrabe meine Finger in seinem Shirt.

»Was ist los?«, fragt er mich leise, nachdem er sich ein winziges Stück von mir entfernt hat.

»Was soll los sein?«

»Das frage ich dich. Als wir uns gestern Abend voneinander getrennt haben, war noch alles in Ordnung.« Aufmerksam sieht er mich an.

Ich winde mich. Mir ist klar, dass ich ihm nicht ausweichen kann, obwohl ich das wirklich gerne würde. Meine Eltern sind nun mal ein sensibles Thema.

»Lauren, du kannst es mir wirklich sagen.«

»Meine Großeltern sind das Wochenende in der Stadt, die ganze

Familie trifft sich zum Essen«, sage ich. Die Worte platzen regelrecht aus mir heraus.

»Und?«, fragt er mich.

»Du willst, dass ich mit zum Essen komme? Bist du dir sicher?«

»Aber nur, wenn du willst. Wenn nicht ist das auch in Ordnung«, füge ich schnell hinzu, da ich nicht will dass er denkt, ich würde ihn dazu drängen.

»Ich komme gerne mit, wirklich. Auch wenn deine Eltern wahrscheinlich nicht sehr begeistert sein werden.«

»Nein, das werden sie nicht. Aber irgendwann muss ich ihnen sagen, dass wir wieder zusammen sind.« Ich lasse meinen Kopf auf seine Schulter sinken. Mir ist klar, dass das hier die Ruhe vor dem Sturm ist. Denn auch wenn meine Eltern morgen vielleicht nichts sagen werden, so wird das Donnerwetter früher oder später kommen. Da bin ich mir sicher.

»Ich glaube, das ist der schwierigste Schritt für uns«, meint Henry.

»Kommt drauf an. Die Sache mit deinem Bruder war auch nicht einfach.«

»Nein, aber die konnte ich kontrollieren, deine Eltern hingegen nicht.«

Obwohl er meiner Mutter nur einmal kurz über den Weg gelaufen ist und das schon eine Weile her ist, kann er meine Eltern ganz gut einschätzen. Ich habe ihm oft genug von den beiden erzählt.

Ich will gerade noch etwas erwidern, als ich spüre, wie seine kühle Hand unter mein Shirt wandert und meinen Rücken sanft hinauffährt. Auf meinem Körper bildet sich eine Gänsehaut und meine Brustwarzen richten sich auf. Als hätte er den stummen Wunsch meines Körpers verstanden öffnet er meinen BH mit zwei Fingern. Dann wandert die Spitze seines Zeigefingers nach vorne, bis er die Unterseite meiner Brüste erreicht hat. Mein Herz schlägt schneller. Ich überlasse ihm die volle Kontrolle über meinen Körper.

Zentimeter für Zentimeter schiebt er mein Oberteil nach oben, bis er es mir schließlich mitsamt meinem BH über den Kopf ziehen kann.

Das Shirt ist noch nicht einmal auf dem Boden angekommen, als ich seine warmen Lippen auf meiner Brustwarze spüre. Tief saugt er sie in seinen Mund und spielt mit der Zunge an ihr. Mein Kopf sinkt nach hinten, während meine Hände nach seinem Shirt greifen. Alles um mich herum verschwindet. Es kommt mir vor, als würde ich gleich mein Gleichgewicht verlieren.

Immer wieder lässt er von meiner Brustwarze ab, nur um sie im nächsten Moment wieder zu reizen, während sein Daumen über die andere streicht. Mit jeder Sekunde die vergeht werde ich erregter.

»Leg dich hin«, raunt er mit gefährlich leiser Stimme. Für den Bruchteil einer Sekunde schaue ich ihn an und überlege, was er mit mir vorhat. Doch dann beschließe ich, dass ich mich überraschen lassen werde.

Er öffnet meine Hose und zieht sie hinunter. Meinen Tanga lässt er jedoch an.

»Willst du dich nicht ausziehen?«, frage ich ihn, als ich bemerke, dass er noch komplett bekleidet ist. Ich warte erst gar nicht auf seine Antwort, sondern erhebe mich wieder ein Stück und ziehe dabei sein Oberteil mit mir. Ich will seine Haut an meiner spüren und nicht den Stoff seiner Klamotten. Als würde er das ganz genau wissen, grinst er mich frech an.

Beim Anblick seiner durchtrainierten Brust kommt mir ein Seufzen über die Lippen. Niemals werde ich mich daran sattsehen können. Ich betrachte jeden Muskel genau. Mit den Fingern fahre ich seine Tattoos nach. Ich folge ihnen über seine Brust den Bauch hinunter, an seinem Sixpack entlang. Seine Haut fühlt sich warm und glatt an.

Als ich am Bund seiner Hose ankomme, öffne ich den Gürtel und ziehe sie ihm über den Hintern. Ich befreie ihn auch von den Boxershorts. Ohne zu warten bis er sich seiner Hose ganz entledigt hat, greife ich nach seinem Schwanz und lasse meine Hand mit festem Griff mehrmals rauf und runter gleiten. Sein leises Stöhnen feuert mich dabei an.

Doch es dauert nicht lange, bis er sich mir entzieht. Henry drückt mich nach hinten, sodass ich mit dem Rücken auf den weichen Kissen lande. Mit der Hand umgreift er mein Höschen. In der nächsten Sekunde spüre ich einen scharfen Schmerz durch mich hindurchfahren. Triumphierend hält er das zerrissene Stück Stoff nach oben, während ich noch nach Luft schnappe. Henry presst seinen Mund auf meinen Bauch. Mir kommt es so vor, als wären seine Hände überall. Sie streicheln mich, reizen mich und verführen mich, während seine Zunge um meinen Bauchnabel fährt.

Als seine Finger über meine Klitoris streichen, biegt sich mein Rücken durch. Mit zwei Fingern dringt er in mich ein und treibt mich zum Höhepunkt. Ein unglaublich intensiver Orgasmus rollt über mich hinweg.

Als ich endlich wieder zu mir komme, schnappe ich nach Luft. Doch Henry gibt mir keine Zeit. Er kniet sich zwischen meine Beine und dringt mit einer einzigen Bewegung in mich ein. Meine Augen schließen sich, während er immer wieder in mich stößt und dabei mit den Zähnen über meine Halsschlagader fährt. Ich kralle mich an ihm fest, wobei meine Fingernägel Spuren auf seinem Rücken hinterlassen, obwohl sie nicht einmal sonderlich lang sind. Mit festen Stößen traktiert er mich. Gezielt treibt er mich weiter an den Rand der Klippe, bis ich gar nicht anders kann, als erneut zu springen. Dieses Mal springe ich jedoch nicht alleine, sondern ziehe Henry mit mir.

Ich genieße es.

Minuten vergehen, bis er schließlich auf mir zusammenbricht und mich unter sich begräbt. Er sagt kein Wort, aber das muss er auch gar nicht. Es reicht mir, seinen Atem auf meiner Haut und seinen Körper an meinem zu spüren.

»Wir haben das Problem mit Logan gelöst. Da bin ich mir sicher, dass wir auch deine Eltern überstehen werden«, flüstert er mir leise ins Ohr. Dabei greift er nach meiner Hüfte und zieht mich dicht an sich heran.

»Das weiß ich«, gebe ich zurück. Dieser Moment ist einfach zu schön, als dass ich mich über meine Eltern oder das morgige Essen unterhalten will.

25

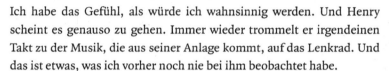

Ich habe das Gefühl, als würde ich wahnsinnig werden. Und Henry scheint es genauso zu gehen. Immer wieder trommelt er irgendeinen Takt zu der Musik, die aus seiner Anlage kommt, auf das Lenkrad. Und das ist etwas, was ich vorher noch nie bei ihm beobachtet habe.

»Du musst nicht mitkommen«, erinnere ich ihn. Das mache ich aber hauptsächlich, um mein schlechtes Gewissen ein wenig zu beruhigen. Schließlich habe ich ihn ja darum gebeten.

»Wenn du das noch einmal sagst, dann werde ich es sogar in Betracht ziehen«, erklärt er in ernstem Ton. Doch als ich ihn anschaue sehe ich, dass er mich frech angrinst, dabei aber die Straße im Auge behält. »Wenn ich es nicht machen wollen würde, dann würde ich jetzt nicht hier neben dir sitzen. Ich liebe dich und das will ich auch deinen Eltern und deinen Großeltern zeigen. Und dabei gehe ich gerne das Risiko ein, dass der Abend eine einzige Katastrophe wird. Anders geht es nun mal nicht.« Während er spricht, greift er über die Mittelkonsole hinweg nach meiner Hand und drückt sie fest.

Nachdem ich von der Arbeit gekommen war, hatte ich meiner Mom eine Nachricht geschickt, dass ich jemanden zum Essen mitbringe. Danach hatte ich mein Handy ausgeschaltet, damit ich ihre Mitteilungen nicht lesen muss. Und ich bin mir sicher, dass sie mir davon reichlich geschrieben hat. Das ist auch der Grund dafür, dass ich es bis jetzt noch nicht wieder eingeschaltet habe. Das ist zwar ein wenig kindisch, aber ich will mir die Hoffnung nicht verderben lassen, dass doch alles gut ausgeht. Denn die stirbt ja bekanntlich zuletzt.

Als wir endlich vor dem Restaurant stehen bleiben, bin ich fast ohnmächtig vor Nervosität.

Hand in Hand betreten wir das Restaurant, wo ich mich suchend nach meiner Familie umschaue. Es dauert nicht lange, da entdecke ich sie. Meine Eltern sitzen mit dem Rücken zu uns, sodass sie uns nicht sofort bemerken. Und dafür bin ich dankbar. Es verschafft mir wenigstens noch ein paar Sekunden, in denen ich mir überlegen kann, was ich zu ihnen sage.

Noch bevor ich Henry auf sie aufmerksam machen kann, winkt meine Großmutter mir zu.

»Na komm«, fordere ich ihn auf. Jetzt gibt es kein Zurück mehr, sodass wir es auch direkt hinter uns bringen können.

Wir haben gerade einmal die Hälfte des Weges hinter uns gebracht, als meine Oma aufsteht und uns entgegenkommt. Mit einem glücklichen Gesichtsausdruck schließt sie mich in ihre Arme und drückt mich fest an sich.

»Kindchen, ich freue mich ja so, dass wir uns endlich mal wiedersehen. Du siehst wunderschön aus, aber das tust du ja immer.« Kaum hat sie ausgesprochen, dreht sie sich zu Henry herum. Prüfend sieht sie ihn von oben bis unten an, ehe sie grinst.

»Ich nehme an, dass du Henry bist.«

»Woher ...?«, setzt er an, doch ich schüttle den Kopf und gebe ihm zu verstehen, dass er gar nicht weitersprechen muss. Ich habe ihr Henry gut genug beschrieben, sodass sie ihn auch auf der Straße erkannt hätte, wenn ich nicht dabei gewesen wäre.

»Ich freue mich riesig für euch. Na los, setzt euch.« Schwungvoll dreht sie sich wieder herum und geht zurück zum Tisch.

Doch dabei gibt sie leider den Blick auf meine Mutter frei. Gerade hatte ich mich noch gefreut, doch nun würde ich am liebsten zusammen mit Henry verschwinden. Wütend sieht sie mich an. Ihre Lippen sind so fest aufeinandergepresst, dass es wehtun muss. Doch ich versuche das so gut es geht zu ignorieren.

Während wir auf unsere Vorspeise warten, löchern meine Großeltern Henry mit allen möglichen Fragen. Vor allem mein Großvater interessiert sich sehr für die Motorradrennen, bei denen mein Freund früher mitgefahren ist. Ich bin froh, dass die beiden sich so gut mit Henry verstehen, denn meine Eltern ziehen es noch immer vor, den Mund zu halten. Eisern schweigen sie. Sie antworten nicht einmal dann, wenn sie angesprochen werden.

Immer wieder schauen sie mich an, doch noch immer tue ich so, als würde ich nichts mitbekommen. Mir ist es egal, ob sie meine Entscheidung gutheißen oder nicht. Es ist schließlich mein Leben. Und Henry ist ein wichtiger Teil davon.

»Ich bin gleich wieder da«, erklärt Henry, nachdem die Suppenteller abgeräumt wurden. Dabei sieht er mich prüfend an, als würde er sichergehen wollen, dass ich auch wirklich alleine klarkomme. Doch ich nicke nur, sodass er sich langsam entfernt.

»Ist das dein Ernst?«, fragt mich mein Dad, nachdem Henry um die Ecke gebogen ist.

»Was?«, frage ich ihn und tue so, als hätte ich keine Ahnung, wovon er spricht. Im Gegenteil dazu haben meine Großeltern wirklich keine Ahnung und schauen dementsprechend verwirrt zwischen uns hin und her.

»Dass ihr wieder zusammen seid. Hast du nichts aus der Beziehung gelernt?«

»Doch das habe ich. Nämlich dass ich diesen Mann noch immer liebe, Dad.«

Ich sehe ihm an, dass ihm meine Antwort nicht passt.

»Ich liebe ihn. Und ich wünsche mir nichts weiter, als dass ihr es akzeptiert. Siehst du nicht, dass ich glücklich bin, oder willst du es nicht sehen?«

Keiner sagt etwas. Weder meine Eltern noch meine Großeltern. Ich bin mir darüber bewusst, dass sie mich ansehen, doch ich wende mich nicht von meinem Dad ab. Er soll ruhig wissen, dass es mir ernst ist.

»Ich bin kein kleines Kind mehr. In den letzten Monaten hat sich so viel verändert. Bei mir und auch bei ihm. Es gibt nicht einen einzigen

Grund, wieso wir nicht noch einen Versuch unternehmen sollten.« Dies sage ich schon wesentlich leiser. Allerdings nur, weil sich bereits ein paar Leute von den Nebentischen zu uns drehen.

Das scheint auch mein Vater zu merken, denn er verkneift sich einen Kommentar, obwohl ich an seinen angespannten Gesichtszügen sehe, dass er etwas sagen will. Eine bedrückende Stille hat sich zwischen uns breitgemacht. Fieberhaft suche ich nach Argumenten, die ihn überzeugen könnten, aber ich weiß, dass es keine gibt. Deswegen gebe ich es auf.

»Wir gehen«, verkünde ich mit fester Stimme, als Henry sich wieder neben mich setzen will.

Er hält in der Bewegung inne und sieht mich irritiert an. Doch ich schiebe energisch meinen Stuhl zurück und stehe auf.

Ich muss hier raus, schießt es mir durch den Kopf.

In den letzten Minuten hat sich etwas in mir angesammelt, von dem ich mir sicher bin, dass es früher oder später aus mir herausbrechen wird. Vor allem dann, wenn ich noch länger hier sitze und so tue, als wäre alles in bester Ordnung. Das ist es nämlich nicht!

Henry sieht mich beinahe geschockt an. Mir ist klar, dass er sich denken kann, was während seiner Abwesenheit passiert ist, sodass ich nichts weiter dazu sagen muss.

Meine Großeltern sehen mich mitfühlend an. »Wir hören voneinander«, erklärt meine Oma mit fester Stimme. Dann verabschiedet sie sich von Henry.

»Es hat mich gefreut dich kennenzulernen«, fügt mein Großvater hinzu.

»Es hat mich auch gefreut.«

Die beiden reichen sich noch die Hand, ehe Henry seine Finger auf meinen Rücken legt. Ich weiß, dass wir beobachtet werden, bis wir den Laden verlassen haben, doch das ist mir egal. Es sorgt eher dafür, dass ich mich noch näher an ihn heran drücke um zu zeigen, dass ich zu ihm stehe.

»Willst du mir sagen, was passiert ist?«, fragt er mich, nachdem wir seinen Wagen erreicht haben.

»Kannst du dir das nicht denken?«, erwidere ich und mache Anstalten einzusteigen. Doch Henry stellt sich mir in den Weg und blockiert die Tür.

»Das kann ich. Aber ich möchte es aus deinem Mund hören. Nur um auch wirklich sicherzugehen.«

Mir entfährt ein leiser Seufzer. Da ich weiß, dass ich keine andere Wahl habe, erzähle ich im alles. Und obwohl es mir schwerfällt das zuzugeben, tut es mir gut. Es fühlt sich wie eine Erleichterung an, dass ich das nicht alleine mit mir ausmachen muss.

Nachdem ich geendet habe zieht Henry mich an sich und küsst mich. Erst dann öffnet er die Tür der Beifahrerseite und lässt mich einsteigen. Im Rückspiegel erkenne ich, dass er noch einmal zurück sieht. *Wahrscheinlich will er nur sichergehen, dass sie uns nicht gefolgt sind*, überlege ich.

Während er vom Parkplatz fährt, merke ich, wie müde ich eigentlich bin. Dieser ganze Mist hat mich mehr mitgenommen, als ich es mir selber eingestehen will.

Den ganzen nächsten Tag verbringen Henry und ich auf dem Sofa. Mein Telefon klingelt zwar ein paar Mal, doch ich gehe nicht ran. Ich habe keine Lust mit meinen Eltern zu reden, und genauso wenig will ich mich mit Jenny unterhalten. Am liebsten würde ich den gestrigen Abend vergessen. Doch das geht nicht, dessen bin ich mir bewusst.

Ohne Unterbrechung geht er mir immer wieder durch den Kopf und macht mich wahnsinnig.

»Lauren, Babe, ich rede mit dir«, dringt die tiefe Stimme von Henry zu mir durch.

Erschrocken zucke ich zusammen. Erst jetzt merke ich, dass er mich abwartend ansieht.

»Entschuldige«, murmle ich leise.

»Ist alles in Ordnung?«, fragt Henry und streicht mir dabei sanft über die Wange.

»Ja, mir geht es bestens.« Doch ich sehe ihm an, dass er mir kein Wort glaubt. »Okay«, gebe ich schließlich zu, nachdem ich kurz mit mir gerungen habe. »Der Mist mit meinen Eltern will mir einfach nicht aus dem Kopf gehen. Ich kann nicht verstehen, wieso sie so sind. Dabei habe ich ihnen damals nicht einmal den Grund für unsere Trennung gesagt.«

»Ich bin mir sicher, dass sie sich irgendwann beruhigen werden.«

»Und wenn nicht?«

»Das werden sie. Vielleicht nicht heute oder morgen. Vielleicht auch nicht in ein paar Tagen. Aber irgendwann werden sie merken, dass du zu mir gehörst.«

Ich hebe meinen Kopf ein Stück und schaue ihn an. Er sieht so fest davon überzeugt aus, dass ich es selber glaube. Ich muss ihnen nur die Zeit geben, die sie brauchen. »Und wenn es Jahre dauert?«, frage ich ihn dennoch.

»Dann ist es eben so. Wir sollten ihnen nicht hinterherlaufen.«

»Das habe ich auch nicht vor.« Nun ist es meine Stimme, die sich fest und bestimmt anhört. Auch wenn meine Eltern mir viel bedeuten, werde ich mir mein Glück von ihnen nicht kaputtmachen lassen.

»Sollen wir lieber hierbleiben? Ich kann Lukas anrufen und das Treffen verschieben. Ich bin mir sicher, dass er nicht böse deswegen wäre.«

»Nein«, erwidere ich sofort. »Wir werden gehen. Es wird mich ablenken und meine Laune bessern.«

Henry sieht mich so an, als wäre er sich nicht sicher, ob ich auch wirklich die Wahrheit sage. Doch ich drücke ihm einen Kuss auf die Wange und stehe auf, um mich fertig zu machen.

26

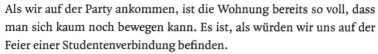

Als wir auf der Party ankommen, ist die Wohnung bereits so voll, dass man sich kaum noch bewegen kann. Es ist, als würden wir uns auf der Feier einer Studentenverbindung befinden.

Damit ich Henry nicht verliere halte ich mich an ihm fest, während er sich einen Weg durch die Menge sucht. Dabei bleibt er zwischendurch stehen und grüßt ein paar der Typen um uns herum.

»Herzlichen Glückwunsch«, rufe ich laut aus, um die Musik zu übertönen, als ich Lukas endlich entdeckt habe. Mit einer Flasche Bier in der Hand steht er mit einigen anderen Männern in der Küche und unterhält sich.

»Danke«, sagt er und umarmt mich kurz, ehe er auch Henry begrüßt.

»Wo ist Jenny?«, frage ich ihn. Dabei sehe ich mich in der Küche um, aber ich kann sie nirgends entdecken.

»Als ich sie das letzte Mal gesehen habe, stand sie noch auf dem Balkon.«

»Alleine?« Ich kann nicht verhindern, dass ich mich ein wenig irritiert anhöre. Jenny ist zwar keine Partymaus, aber trotzdem ist sie immer mitten im Geschehen.

»Ein paar Frauen waren mit dabei. Allerdings sah sie nicht so aus, als würde sie wirklich Lust haben, sich mit ihnen zu unterhalten.«

Ich sehe mir die Weiber näher an, die sich um uns herum befinden. Ich kann meine Freundin verstehen. Sie gehören eindeutig zu der Gattung, um die wir sonst einen riesigen Bogen machen.

»Ich werde sie mal suchen«, verkünde ich schließlich und drücke Henry einen Kuss auf die Lippen, bevor ich mich umdrehe und die Männer stehen lasse.

Ihn bahne mir einen Weg durch die Menge, bis ich endlich die Tür erreicht habe, die auf den Balkon hinausführt. Dort bemerke ich sofort meine Freundin. Sie steht zwischen einem Haufen von Frauen und sieht gelangweilt aus. Jenny hat sich an die Wand angelehnt, die sich hinter ihr befindet, und schaut immer wieder auf ihr Handy.

Eine Weile bleibe ich stehen und schaue mir das an. Die anderen versuchen immer wieder, sie in ein Gespräch zu verwickeln, oder fragen sie über ihren Bruder oder einen der anderen Typen aus. Doch Jenny macht nicht wirklich Anstalten, ihnen zu antworten. Sie nickt nur oder schüttelt den Kopf, sodass die Weiber sich schnell wieder von ihr abwenden.

»Jenny«, rufe ich, als ich mir das nicht länger ansehen kann.

Ruckartig hebt sie ihren Kopf und grinst mich an. »Meine Güte, ich dachte schon, dass du gar nicht mehr kommst. Hat Henry dich nicht aus dem Bett gelassen?«

Als Jenny meinen Freund erwähnt sehe ich, dass ein paar der Mädels neugierig zu mir schauen. In manchen Gesichtern kann ich sogar so etwas wie Feindseligkeit erkennen. Doch davon lasse ich mich nicht beeindrucken. Wir haben von Anfang an zu viel durchgemacht, als dass ich mich jetzt von denen aus der Bahn werfen lasse. Ich beachte sie gar nicht weiter, sondern greife nach Jennys Hand, um sie wieder in die Wohnung zu ziehen.

»Sag nichts«, erklärt sie.

»Ich werde mir Mühe geben.« Ich kichere, halte mir jedoch schnell die Hand vor den Mund.

Sie betrachtet mich warnend.

»Du hast mir den ganzen Tag nicht auf eine einzige Nachricht geantwortet. Deswegen gehe ich davon aus, dass du dein Handy ausgeschaltet hattest, weil es Ärger mit deinen Eltern gab«, stellt sie fest, nachdem wir uns eine etwas ruhigere Ecke gesucht haben.

»So könnte man es ausdrücken«, flüstere ich. Dann erzähle ich ihr alles.

Nachdem ich geendet habe, seufzt sie nur. Jenny und ich kennen uns nun schon lange genug, dass ich mir vorstellen kann, was in ihrem Kopf vor sich geht.

»Die Hauptsache ist, dass ihr euch davon nicht unterkriegen lasst.«

»Nein, das werden wir nicht.«

»Das wollte ich hören.« Zufrieden schaut sie mich an und nickt dabei.

In den nächsten zwei Stunden lästern Jenny und ich über die anderen Weiber und unterhalten uns über die Arbeit. Zwischendurch schaut Henry bei uns vorbei. Doch die meiste Zeit redet er mit alten Freunden und erzählt von seinem neuen Club. Doch das stört mich nicht. Ich liebe es, ihn dabei zu beobachten, wie er sich in Gegenwart seiner Freunde verhält. Hier ist er ganz anders als bei mir.

»Lass uns verschwinden«, flüstert Henry einige Stunden später in mein Ohr. Erschrocken drehe ich mich um und sehe ihn an. Ich war so in mein Gespräch mit Jenny vertieft, dass ich gar nicht gemerkt habe, dass er sich mir genähert hat.

Ich bemerke, dass er nicht gerade das ist, was man als nüchtern bezeichnen kann. Noch nie habe ich ihn so erlebt.

Kaum merkbar fährt die Spitze seines Zeigefingers über den Streifen Haut, der zwischen meinem Top und meiner Hose frei liegt. Sofort reagiere ich darauf.

»Ich glaube, dass sollten wir wirklich machen«, antworte ich. Dabei lasse ich ihn keine Sekunde aus den Augen.

Henry sieht nicht so aus, als würde er sich prügeln wollen. Stattdessen zieht er mich dicht an sich heran und vergräbt seine Nase in meinen Haaren. Obwohl es um uns herum noch immer laut ist und ich das Gefühl habe, als wäre es noch voller geworden, sind wir in diesem Moment alleine. Es gibt nur ihn und mich. »Hi, Henry. Willst du noch einen mit uns trinken?«, ertönt eine Stimme hinter ihm.

Henry betrachtet den Mann, der zu uns getreten ist, als würde er darüber nachdenken, schüttelt jedoch den Kopf. »Nein, meine Prinzessin und ich werden jetzt nach Hause fahren«, antwortet er und deutet mit dem Kopf auf mich.

Ich lächle den Typen nur entschuldigend an.

»Ja, das kann ich verstehen. Hätte ich sie zur Freundin, würde ich auch lieber Zeit mit ihr alleine verbringen.« Der Typ schlägt Henry auf die Schulter, ehe er mir zuzwinkert und dann wieder verschwindet.

»Das war Will«, erklärt er mir und grinst.

»Okay«, erwidere ich nur. »Gib mir deine Autoschlüssel.«

Henry greift in seine Hosentasche und zieht die Schlüssel heraus, um sie mir zu geben. Dann beugt er sich zu mir und drückt mir einen Kuss auf die Lippen.

»Ihr zwei seid wirklich süß.« Jenny kichert hinter mir. »Wir sehen uns. Ich werde noch Ausschau nach meinem Bruder halten und dann verschwinden. Die Gespräche mit den Tussis vorhin haben mir gereicht.«

»Gespräche? Für mich sah das nicht so aus, als hättest du dich groß mit denen unterhalten.«

»Das kommt, weil man sich mir denen nicht unterhalten kann.« Jenny umarmt mich kurz. »Und jetzt verschwindet. Bevor Romeo es sich doch noch einmal anders überlegt.« Mit diesen Worten deutet sie auf Henry, der dicht neben mir steht.

»Bis später«, erwidere ich und verziehe ein wenig das Gesicht. »Na los.« Ich schiebe Henry vor mir her, bis wir endlich im Hausflur stehen. Hier draußen ist es schon um einiges ruhiger, und ich kann endlich befreiter atmen.

»Kennst du ein gutes Mittel gegen einen Kater?«, fragt mich Henry, während wir die Treppen nach unten gehen. »Ich glaube, dass ich morgen einen schönen haben werde.«

»Die beste Möglichkeit ist, erst gar keinen Alkohol zu trinken.«

»Hm«, macht Henry nur, als würde er gerade wirklich darüber nachdenken.

Schweigend gehen wir Hand in Hand durch die warme Nachtluft, bis wir seinen Wagen erreicht haben.

»Ich liebe dich, Lauren. Vergiss das nie.« Seine Stimme ist so eindringlich, dass ich ihn überrascht anschaue.

»Das habe ich in den Monaten, in denen wir getrennt waren, nicht ein einziges Mal vergessen. Trotzdem war ich nicht in der Lage, über meinen Schatten zu springen. Wahrscheinlich hatte ich zu große Angst davor, dass sich doch irgendetwas geändert hat.« Ich habe keine Ahnung, wieso ich ihm das ausgerechnet hier und jetzt sage, doch es fühlt sich richtig an.

»Daran wird sich nie etwas ändern. Das verspreche ich dir.«

»Ich weiß. Ich liebe dich.« Verlegen lächle ich ihn an. Seine großen Hände umgreifen meine Schultern und halten mich fest. Ich kann mich nicht mehr bewegen, will es aber auch gar nicht.

Eine Weile stehen wir so da und schauen uns in die Augen. Immer mal wieder stolpern ein paar Betrunkene von Lukas' Party an uns vorbei, doch das interessiert mich nicht. Schließlich löst sich Henry von mir.

»Ich weiß nicht, wann ich das letzte Mal so viel getrunken habe.«

Ich lache. »Und wieso hast du es dann heute getan?«

»Keine Ahnung, vielleicht weil ich dich dabeihabe und ich mir keine Gedanken machen musste.«

»Das brauchst du doch auch sonst nicht.«

»Wenn du wüsstest.«

Nachdenklich schaue ich ihn an. Doch ich schlucke die Frage, was er damit meint, hinunter und verfrachte ihn lieber in den Wagen. Ich kann es mir auch so denken. Wahrscheinlich hat er sich Sorgen gemacht, dass es einen anderen Mann in meinem Leben gibt.

Kurz atme ich tief durch, nachdem ich die Tür hinter ihm geschlossen habe, bevor ich auf die andere Seite gehe und ebenfalls einsteige.

Ich fahre aber nicht zu meiner Wohnung, sondern zu ihm. Und genau dort verbringen wir auch die nächsten Tage. Ich habe keine Lust, in meiner Wohnung zu sitzen. Dafür genieße ich es viel zu sehr, in seinem Bett einzuschlafen und aufzuwachen, mit ihm auf seinem Sofa zu liegen und zu kuscheln.

»Holt Henry dich heute ab?«, fragt Jenny mich.

Nachdem ich ihr zum Schichtwechsel zwei Patienten übergeben habe, wollte ich eigentlich verschwinden und nicke. »Mein Wagen steht bei ihm. Da ich in den nächsten Tagen Feierabend habe, bevor er abends in den Club muss, ist das einfacher.«

»Ahhh, daher weht also der Wind. Kein Wunder, dass ich dich gestern nicht zu Hause angetroffen habe.«

»Du warst bei mir?«

»Ja, ich war in der Nähe und dachte, dass ich mal bei euch vorbeischaue.«

»Das tut mir leid«, erkläre ich ihr und bekomme ein schlechtes Gewissen.

»Kein Problem«, meint sie und winkt ab. »Und jetzt genieße deinen Feierabend. Ich werde mich an die Arbeit machen.« Jenny verzieht ein wenig das Gesicht und ich lache leise.

»Wir sehen uns«, sage ich noch, ehe ich nach meiner Tasche greife und den Raum verlasse.

Ich habe noch nicht einmal die Hälfte des Weges durch die Eingangshalle hinter mich gebracht, als ich ruckartig stehen bleibe.

Meine Eltern stehen nur ein paar Schritte von mir entfernt. Noch schauen sie auf die Tafel und studieren sie. Dann entdeckt mein Vater mich.

Fieberhaft überlege ich, was ich machen soll. Ich kann nicht einfach verschwinden, da ich an den beiden vorbei laufen müsste. Aber ich habe auch keine Lust, mich mit ihnen zu unterhalten. Die Angst, dass es wieder nur Streit gibt, ist einfach zu groß. Überall laufen Kollegen von mir herum und ich will kein Theater. Die müssen nicht unbedingt wissen, was in meinem Privatleben los ist. Ich sehe nur einen Ausweg. Ich straffe meine Schultern und will an meinen Eltern vorbeigehen.

Doch als ich auf Höhe der beiden bin, greift meine Mom nach meinem Arm, sodass ich gezwungen bin stehen zu bleiben.

Mein Blick streift ihren. Ich kann ihren Gesichtsausdruck nicht einordnen, da sie mich noch nie so angesehen hat. »Was?«, frage ich sie, wobei ich darauf bedacht bin, leise zu sprechen, damit keiner etwas mitbekommt.

»Wir wollen mit dir reden. Können wir das hier irgendwo in Ruhe machen?« Suchend schaut sie sich um, als würde sie erwarten, dass es Neonschilder für genau solche Situationen gibt.

»Ich will aber nicht mit euch sprechen, schon gar nicht hier.« Mit diesen Worten entziehe ich ihr meinen Arm und mache Anstalten, an ihr vorbei zu gehen.

»Lauren, bitte«, erklärt mein Dad. Er klingt ungeduldig, aber das war schon immer so, wenn nicht alles so läuft, wie er es will. Deswegen schüttle ich nur den Kopf und gehe weiter.

Ich spüre die Blicke der beiden in meinem Rücken. Zu gerne würde ich mit ihnen sprechen und den Grund für ihr Auftauchen erfahren, aber ich will diese Unterhaltung nicht hier führen.

Als ich durch die Eingangstür trete, erblicke ich Henry. Er steht an seiner üblichen Stelle und grinst zufrieden, als er mich zwischen den Ärzten, Schwestern und Besuchern entdeckt. »Hi, meine Hübsche«, begrüßt er mich und zieht mich an sich. »Wie war dein Tag?« Zur Begrüßung gibt er mir einen Kuss.

»Anstrengend, und deiner?«, gebe ich zurück, wobei ich nicht verhindern kann, dass mir ein leises Seufzen über die Lippen dringt.

»Auch.«

»Lauren, jetzt warte doch mal. Wir wollen mit dir und Henry sprechen.« Die laute Stimme meiner Mom dringt an meine Ohren. Mein Freund sieht kurz an mir vorbei, bevor er mich wieder betrachtet.

Ich drehe mich in seinen Armen herum, sodass ich meinen Eltern entgegenschauen kann. Mit großen Schritten kommen sie näher, wobei mein Dad ein Stück hinter meiner Mom läuft.

»Was wollt ihr?«, frage ich sie mit energischer aber trotzdem ruhiger Stimme. Da wir etwas abseits stehen, werden nicht sofort alle auf uns aufmerksam. Das heißt aber nicht, dass ich mein Glück herausfordern will.

Die beiden bleiben vor uns stehen und scheinen unsicher zu sein. Ich hingegen werde unsicher, da ich keine Idee habe, was sie von uns wollen. Bei meinen Eltern kann man das nie so genau wissen.

»Es geht um das, was letzte Woche im Restaurant passiert ist«, beginnt meine Mom. An ihrer zitternden Stimme höre ich, dass es ihr nicht leicht fällt, diese Worte auszusprechen.

Trotzdem bleibe ich still. Die Angst, die ich schon vor wenigen Sekunden gespürt habe, verstärkt sich noch, sodass mir schlecht wird.

»Es tut uns leid«, ergänzt mein Dad nun.

Ungläubig starre ich die beiden an. Henry spannt sich an.

Kurz frage ich mich, ob sie das wirklich gesagt haben. Doch sie verziehen keine Miene. Nicht ein Muskel regt sich in ihrem Gesicht.

Trotzdem dauert es eine Ewigkeit, bis ich es wirklich glauben kann. Es ist schon eine Weile her, dass die beiden sich bei mir entschuldigt haben. Und dabei ging es auch eher um eine Kleinigkeit.

»Was?«, erkundige ich mich, als ich endlich wieder einen Ton über die Lippen bekomme. Ich muss sichergehen, dass mein Gehirn mir gerade keinen Streich gespielt hat.

»Wir haben in den letzten Tagen immer wieder über alles nachgedacht. Und dabei haben wir gemerkt, dass du mit Jonathan nie so glücklich aussahst, auch wenn wir uns das gewünscht haben.«

Ich hole Luft, um etwas zu erwidern, doch da ich nicht weiß was, lasse ich sie wieder entweichen. Auch Henry schweigt. Wahrscheinlich muss er die Nachricht selber erst verdauen.

Obwohl ich mir von meinen Eltern gewünscht hatte, dass sie unsere Beziehung endlich akzeptieren, hatte ich nicht damit gerechnet, dass es so schnell geht. Schließlich ist es erst eine Woche her, dass wir uns im Restaurant gestritten haben. Und normalerweise muss schon ein Wunder geschehen, damit meine Eltern einlenken.

Meine Großeltern, schießt es mir durch den Kopf. Die beiden sind die Einzigen, die dafür sorgen können, dass meine Eltern sich etwas anders überlegen.

Eine bedrückende Stille hat sich zwischen uns breitgemacht, während sich meine Gedanken überschlagen. Mir geht so viel im Kopf herum, dass ich gar nicht weiß, wo ich anfangen soll.

»Ich war noch nie religiös. Aber wenn ihr nicht zusammen gehören würdet, dann, dann hättet ihr nicht wieder zueinander gefunden. Das ist uns klargeworden«, sagt meine Mom.

»Wir wissen, dass wir nicht von heute auf morgen ein besseres Verhältnis haben werden. Aber wir würden uns freuen, wenn ihr am Wochenende zum Essen vorbeikommt«, fügt mein Dad hinzu.

Mir fällt ein Stein vom Herzen. Ich bin zwar noch ein wenig skeptisch, aber ich sehe ihnen an, dass es ihnen nicht leicht fällt, das zu sagen.

»Wir kommen gerne«, antwortet Henry für mich.

Meine Mom sieht von einer Sekunde auf die nächste viel entspannter aus. Es kommt mir beinahe so vor, als würde sie sich nicht mehr so unwohl in ihrer Haut fühlen. Sie hat sogar wieder ein wenig Farbe im Gesicht. »Du bist unsere Tochter, wir wollten immer nur das Beste für dich. Und wenn er das ist, dann ist das in Ordnung für uns«, erklärt sie.

»Danke«, flüstere ich, mache einen Schritt auf sie zu und umarme beide.

Auch Henry reicht ihnen die Hand. Ich sehe ihm zwar an, dass er noch immer nicht weiß, wie er damit umgehen soll, aber trotzdem scheint er sich über das Friedensangebot zu freuen.

»Wir werden euch dann auch mal nicht länger aufhalten. Ihr habt sicher noch etwas zu erledigen.« Während meine Mom spricht, greift sie nach der Hand meines Vaters. Ein letztes Mal lächelt sie uns noch an, bevor sie meinen Dad vor sich her schiebt und schließlich verschwindet.

»Wow«, entfährt es mir, als ich die beiden nicht mehr sehe. Noch immer stehe ich an Ort und Stelle und versuche, das Gespräch zu verarbeiten. Es sich zu wünschen und es dann tatsächlich zu bekommen, sind zwei vollkommen unterschiedliche Dinge.

»Jip«, raunt Henry nur. »Das war überraschend.«

»So kann man es auch ausdrücken. Vor allem wundert es mich, dass sie mich in der Klinik abgepasst haben. Ich hatte eher damit gerechnet, dass sie, wenn überhaupt, zu meiner Wohnung fahren. Oder es am Telefon machen. Vielleicht haben sie es aber auch mit Absicht hier gemacht, damit ich ihnen nicht die Meinung sage.« Kaum habe ich ausgesprochen, drückt Henry seine Lippen auf meine. »Denk nicht so viel darüber nach, sondern sei einfach froh, dass sie es getan haben. Alles andere wird sich mit der Zeit ergeben. Aber falls ich das sagen darf, auf mich haben sie nicht den Eindruck gemacht, als hätten sie irgendein unlauteres Ziel verfolgt.«

»Du hast recht. Ich sollte mir nicht so viele Gedanken machen.«

Glücklich schlinge ich meine Arme um ihn. Es ist zwar noch ein weiter Weg, aber ich bin mir sicher, dass sich die Arbeit lohnen wird.

Henry legt seine Hand auf meinen unteren Rücken und führt mich zur Beifahrerseite.

»Ich liebe dich«, flüstert er mir leise ins Ohr. Dabei streift sein heißer Atem die empfindliche Stelle hinter meinem Ohr und sorgt dafür, dass mir ein kalter Schauer über den Körper fährt. Henrys Lachen verrät mir, dass er es genau mitbekommen hat. Und an seinem geheimnisvollen Blick kann ich erkennen, dass er es darauf angelegt hatte.

»Ich dich auch.«

Ich schaue in seine Augen und erkenne die tiefen Gefühle, die er für mich hegt. Es sind die gleichen, die ich für ihn empfinde. Deshalb bin ich mir sicher, dass wir alles schaffen können.

Schnell steige ich ein und schnalle mich an. Ich wünsche mir nichts sehnlicher, als mit ihm alleine zu sein. Mit dem Mann vereint zu sein, den ich mehr liebe, als ich es jemals für möglich gehalten hätte.

Sexy Romance bei Forever by Ullstein

Prickelnde Unterhaltung mit den Bad Boys von Erfolgsautorin Sarah Glicker.

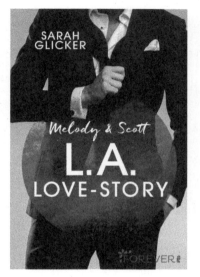

Sarah Glicker
Melody & Scott – L.A. Lovestory
Pink Sisters Band 1
ISBN 978-3-95818-914-0

Ein Bad Boy zum Verlieben!
Melody muss sich in ihrem Job in der Anwaltskanzlei beweisen. Doch Scott, der Sohn des Chefs, macht ihr das Leben zur Hölle...

Auch als E-Book erhältlich.
forever.ullstein.de

Die Romane der Autorin auf einen Blick:
Alle Titel sind als Taschenbuch und als E-Book erhältlich.
- **Haley & Travis – L.A. Love Story** (Pink Sisters 2)
- **Brooke & Luke – L.A. Love Story** (Pink Sisters 3)
- **Second Chance for Love** (Las-Vegas-Reihe 1)
- **Love at Third Sight** (Las-Vegas-Reihe 2)
- **Craving You. Henry & Lauren** (A Biker Romance 1)
- **Breaking You. Jenny & Dean** (A Biker Romance 2)
- **Releasing You. Lucas & Abby** (A Biker Romance 3)

FOREVER NEWSLETTER

- ✔ Neuerscheinungen
- ✔ Preisaktionen
- ✔ Gewinnspiele
- ✔ Events

bit.ly/forever-news